고구려-당나라 전쟁 관련 문학에 나타난
한-중 역사인식에 관한 비교연구

A comparative research on historic cognition between Korean
and Chinese in war literature about Koguryo and Dang

이 연구는 2006년도 고구려연구재단의
연구비 지원으로 이루어졌음

고구려-당나라 전쟁 관련 문학에 나타난

한-중 역사인식에 관한 비교연구

A comparative research on historic cognition between Korean
and Chinese in war literature about Koguryo and Dang

· 권 도 경 지음 ·

한국학술정보㈜

목 차

Part 1

고·당 전쟁 문학에 나타난 한·중 역사인식에 관한 비교연구

고·당 전쟁 문학에 나타난 한·중 역사인식에 관한 비교연구

Ⅰ. 들어가는 말

　본 연구는 고·당 전쟁 문학에 나타난 한·중의 역사인식에 관해 비교 연구하는 것을 목적으로 한다. 고·당(高唐) 전쟁은 고대 동북아시아의 패권을 두고 한국과 중국 사이에 벌여졌던 중요한 역사적인 사건이다. 이 전쟁은 한·중 두 나라의 정치, 경제는 물론 국가의 운명에까지도 영향을 미쳤다. 고구려는 비록 당나라의 1차 침공은 잘 막아냈으나 정치관계·자연재해 등 복잡한 국내외의 문제 때문에 나당(羅唐)이 연합한 2차 침공의 결과 멸망했고, 당나라는 1차 침공에서 막대한 군사·경제적 손실을 입고 정치적 혼돈기를 맞았으며, 그 결과 당태종 사후 정권이 교체되는 치명적인 위기를 맞기도 했다. 무엇보다도 고·당 전쟁은 한국의 입장에서는 동북아를 휘어잡았던 고구려가 멸망함으로써 한민족의 세력판도가 한반도로 축소되는 역사적 전환의 터닝 포인트가 되는 사건이었으며, 중국의 입장에서는 자국을 중심으로 하여 아시아 각국의 정치·경제·문화를 주변으로 재편하고자 했던 제국주의적 세계관에 치명적인 상처를 입은 대표적인 사례였다. 이 때문에 고·당 전쟁은 역사 기록은 물론 다양한 형태의 관련 문학을 파생했다.

고·당 전쟁 관련 문학은 고대사와 민족 문제에 관한 한·중 양국의 역사인식을 담은 일종의 허구적인 담론이라고 할 수 있다. 정사(正史) 기록이 국가의 공식적인 세계관을 담은 역사적인 담론이라면 문학 작품은 사적인 담론이다. 다시 말해서 아무리 사관의 자의적인 해석이 가미된다 하더라도 사실 자체를 기술해야 한다는 역사 기술 본연의 목적에서 완전히 자유로울 수 없는 역사적인 담론에서 배제된 개개인의 허구적인 상상력과 해석의 가능성이 상대적으로 열려있는 것이다. 특히 중세 이전의 문학은 태생적으로 역사로부터 자유롭지 못하다는 점에서 이 둘은 불가분의 관계를 맺고 있다. 예컨대 중국의 소설은 역사에 허구적인 상상력을 덧보탠 역사소설로부터 출발했으며, 실제 역사와 관련 없는 순수한 창작물일지라도 역사적 연대기와의 관계 속에서 시공간을 짜나간 전통을 가지고 있다. 이러한 이유로 소설, 희곡을 비롯한 중국의 문학 작품은 역사적 인물과 사건을 빈번하게 등장시키며 그 자체가 구체적인 역사적 사건에 대한 해석을 담고 있는 경우가 많다. 중세 한자 공용어권에 위치하며 중국과의 교류를 통해 자국의 정체성을 상대적으로 인식한 우리의 경우도 마찬가지다. 중세 보편주의 질서 속에서 우리는 중국과의 상대적인 거리를 가늠하는 방식으로 개별적 독자성과 민족적 주체성에 관한 역사적·문학적 담론을 펴나갔다. 한·중 양국에서 문학과 역사는 전통적으로 해당 국가 혹은 민족의 역사인식을 담은 동전의 양면과도 같은 위치에 놓여있었던 것이다.

한편 고·당 전쟁 관련 문학은 민족과 국가 문제를 첨예하게 드러내는 전쟁사를 기반으로 한다는 점에서 한·중 양국의 역사인식을 비교적인 관점에서 살펴보는데 가장 적절한 대상이 될 수 있다. 전쟁사는 자기편은 정당하고 상대편은 부당하므로 패배가 당연하다는 자민족 중심적인 양단논법이 지배하기 때문이다. 이러한 인식 하에서는 자국의 명예를 높이고 이익을 취하자는 애국심이 그 중요한 배후로 작용하게 된다. 자국에게 승리를 가져온 장군이 최대의 우국지사이자 위인이라고 하는 인식이 한·중 각국에서 각자의 역사적·민족적 맥락 하에서 전개되고 있음을 볼 수 있다. 예컨대 고대 동아시아의 강자인 제국 한나라의 침공을 물리치고 열세였던 고구려의 승리가 어떻게 이루어졌느냐가 우리 측 기술의 주된 한 부분을 이룬다면, 자기편이 패배한 이유를 숨기고 상대의 승리를 조작하는 것이 중국 측 기술이 고민한 부분이었다. 우리 측에서는 원 지배 하에서 고구려의 역사, 신화가 민족의식의 중요한 매개체로 인식되면서 고구려·당나라 전쟁의 실체도 지식인층의 담론 대상으로 부각되기 시작했으며, 조선조를 거쳐 일제 지배 하에서는 고구려의 대당투쟁을 통해 대일독립

항쟁의식을 고취하고자 하는 목적 하에 고구려·당나라 전쟁을 민족적 차원에서 재해석하고자 하는 시도들이 일어나기도 했다. 반면 중국 측에서는 송원 시대 이민족의 침입과 지배 하에서 민족적 의식을 고취하고자 하는 역사적·민족적 필요성이 문학 작품 내부에 내재해있다.

지금까지 고·당 전쟁 문학에 관한 연구는 전혀 이루어진 바가 없다. 고·당 전쟁 문학에 관한 본 연구는 크게 두 가지 차원으로 진행된다. 첫째는 한·중 고·당 전쟁 문학의 존재 양상과 특징에 관한 연구이다. 고·당 전쟁은 한국과 중국에서 다양한 문학 작품을 파생하고 있다. 한국만 해도 고·당 전쟁 관련 문학은 연개소문 전설 및 소설, 설인귀 전설 및 소설, 고·당 전쟁에 관한 문헌설화 등 다양한 형태로 존재하고 있다. 특히 설인귀 관련 문학은 중국의 그것과 일정한 교섭 양상을 보여준다. 이들 문학 작품들은 고·당 전쟁이란 역사적 사건에 대한 문학적 해석이다. 동시에 우리의 특정한 역사적·민족적 인식 체계를 기반으로 하고 있으며 또한 그것을 일정하게 담아내고 있다. 충실한 자료의 수집·정리 및 분석을 통해 고·당 전쟁에 관한 역사적 인식망을 고스란히 재구해낼 필요가 있으며, 이것이 선결될 때 개개 작품에 대한 해석과 의미 추출은 보다 실상에 가까워질 수 있다.

둘째는 고·당 전쟁 문학에 나타난 한·중 역사인식에 관한 비교 연구이다. 역사적 사건과 인물에 대한 형상화 양상의 차이는 고스란히 해당 역사에 대한 양국의 입장 차이를 보여줄 수 있다. 동일한 역사적 사건이 각기 다른 역사적·민족적 전통을 갖고 있는 다른 나라에서 문학화 되었다는 것은 특별한 인식적 지평이 양국의 역사와 문학 사이에 놓여 있다는 것을 의미한다. 양국 문학에 나타난 공통점과 차이점은 그 자체로 특정한 역사적 사건에 대한 두 나라의 역사적 사유방식의 차이를 드러낸다. 고·당 전쟁에 관한 한·중의 문학에 대한 비교 연구는 단순히 양국 역사인식의 차이만을 드러내는데 그치지 않는다. 비교 고찰의 결과는 다시 양국의 자국 문학의 인식 지평을 재구하고 해당 작품을 분석하는데 기여할 수 있다. 한·중 양국이 고·당 전쟁이라는 역사적 사건을 허구화하는 방식을 통해 두 나라가 드러내는 역사인식의 차이를 고찰하는 것이 본 연구의 두 번째 목표이다.

II. 한·중 고·당 전쟁 문학의 존재 양상과 특징

1. 중국 측 고·당 전쟁 문학의 존재 양상과 특징

중국의 고·당 전쟁 문학¹⁾은 당태종, 연개소문, 설인귀가 서로

---

1) 중국측 고·당 전쟁 문학의 목록을 제시하면 다음과 같다.
  (01) 「薛仁貴征遼事略」, 趙萬里 編注, 北京: 古典文學出版社, 1957
  (02) 「莫離支飛刀對箭」, 『孤本元明雜劇』一, 北京: 中國戱劇出版社, 影印本, 1958
  (03) 「賢達婦龍門隱秀」, 『孤本元明雜劇』二, 北京: 中國戱劇出版社, 影印本, 1958
  (04) 「新刊全相唐薛仁貴跨海征遼故事」, 『明成化說唱詞話叢刊十六種附白兎記傳
    奇一種』, 三冊, 北京: 文物出版社, 影印本, 1979

맞닥뜨리면서 전쟁을 이끌고 나가는 것으로 되어 있으며, 그 과
정에서 연개소문이 죽임을 당하는 것을 서사의 중심축으로 한다.
시기와 장르별로 유형 분류하면 다음과 같다.

   a. 송원(宋元) 희곡·잡극: (01)-(03)
   b. 명대(明代) 사화(詞話)·희곡: (04), (05)
   c. 청대(淸代) 소설: 경극: (06), (07)-(10)

   자료 (01)은 연개소문과 설인귀의 이야기를 다룬 최초의 희곡
이자 관련 고사(故事)를 본격적으로 문학화한 작품이다. 연개소
문이 당태종에게 도전을 한 것으로 되어 있으며, 당태종은 백포
소년(白袍少年) 설인귀가 자신을 구하는 꿈을 꾸고 그를 등용한
다. 설인귀가 대공을 세우고 연개소문을 참수한다는 내용이다. 자
료 (02)와 (03)는 원 잡극으로서 자료(01)과 큰 줄기는 다를 바
없으나 연개소문과 설인귀의 대전을 확대하고 장사귀가 설인귀의
공을 가로채려는 내용을 각각 부가함으로써 설인귀의 영웅적 입
공을 강조하는 방향으로 나아갔다.
   자료 (04)는 명대의 설창사화(說唱詞話)로 자료 (01)을 바탕
으로 하면서도 연개소문의 등장 비중을 확연히 줄이는 방향으로

---

(05) 「薛仁貴跨海征東白袍記」, 『古本戲曲叢刊初集』, 上海: 商務印書
     館, 影印本, 1954
(06) 「薛仁貴征東」, 北京: 華夏出版社, 1995
(07) 「獨木關」
(08) 「殺四門」
(09) 「淤泥河」
(10) 「汾河灣」

개편되어 있다는 점이 특징이다. 자료 (05)는 자료(02)와 (03)을 원작으로 한 작품인데, 설인귀가 당태종에게 등용되기 위해 백포(白袍)를 입었다는 『당서』의 기록에 근거하여 제목을 바꾸었다.

자료 (06)은 청나라 건륭 연간에 출간된 「설당후전(說唐后傳)」에서 후반부의 당태종과 설인귀의 고구려 원정 부분만 독립시킨 소설이다. 자료 (01)과 함께 고구려·당나라 전쟁 문학의 전범을 이룬 작품으로 조선조에 수입 번역되어 「설인귀전」의 원본이 되었다. 자료 (07)-(10)은 청나라 경극이다. 자료 (07)은 설인귀를 방해하는 인물들과의 갈등이 강조되어 있으며, 병든 몸으로 고구려군을 패퇴시킨 설인귀의 애국적 면모를 부각시킨 작품이다. 자료 (08)에서는 연개소문을 굴복시키고 당태종을 구하는 인물이 설인귀가 아니라 진회옥(秦懷玉)으로 되어 있다. 자료 (09)는 전쟁을 사냥으로 바꾸어 놓았는데, 사냥터에서 연개소문의 핍박을 받게 된 당태종을 설인귀가 구하고 연개소문을 죽였다는 내용이다. 자료 (10)은 자료 (01)-(07)과 (09)의 후속편이라고 할 수 있는 작품으로, 특이하게도 설인귀가 전공을 세우고 집으로 돌아가는 중에 일어난 일을 다루고 있다. 연개소문은 여기서 설인귀의 이전 행적을 관중에게 알려주는 보조인물로 잠깐 등장한다.

2. 한국 측 고·당 전쟁 문학 존재 양상과 특징

한국의 고구려·당나라 전쟁 문학2)을 유형 분류해 보면 다음과

---

2) 한국측 고·당 전쟁 문학 자료의 목록을 제시하면 다음과 같다.
  (01) 「연개소문」, 『한국구비문학대계』1-7, 강화군 편, 한국정신문화연구
      원, 1982, 690-691쪽
  (02) 「합수문 이야기」, 『한국구비문학대계』1-7, 강화군 편, 한국정신문화
      연구원, 1982, 918-919쪽
  (03) 「연개소문 터」, 강화사10, 『강화사』, 재단법인 강화문화원, 1976,
      920-921쪽
  (04) 「고려산 치마대」, 강화사11, 『강화사』, 재단법인 강화문화원, 1976,
      921-923쪽
  (05) 「고려산 오정」, 강화사13, 『강화사』, 재단법인 강화문화원, 1976, 924쪽
  (06) 「泉蓋蘇文傳」, 朴殷植, 『白巖朴殷植全集』, 백암박은식선생전집편
      찬위원회
  (07) 『大東地志』卷三, 積城 壇壝條, 金正浩, 한양대학교 국학연구원,
      1974, 62쪽
  (08) 『記言』卷27, 山川 紺岳山條, 「紺岳山記」, 許穆, 세음사, 1976, 136쪽
  (09) 『世祖實錄』卷34, 10년 9월 2일 壬子條
  (10) 「설인귀비가 감악산으로 옮겨간 까닭(1)」, 『경기북부구전자료집(1)』,
      [동두천설화1] 생연2동 한약방, 1999.5.21., 조희웅, 조흥욱, 노영근,
      박인희 조사. 이윤형, 남·76, 조희웅 외, 박이정, 299-301쪽
  (11) 「설인귀비가 감악산으로 옮겨진 까닭(2)」, 『경기북부구전자료집(1)』,
      [동두천설화13] 생연2동 한약방, 1999.5.21., 조희웅, 조흥욱, 노영근,
      박인희 조사. 홍성연, 남·69, 조희웅 외, 박이정, 2001, 316-318쪽
  (12) 「이사 간 설인귀 비」, 『경기북부구전자료집(1)』, [적성면 설화3] 어
      유지리 노인정, 1999.8.9., 조흥욱, 박인희, 조재현 조사. 정규운, 남
      ·84, 조희웅 외, 2001, 박이정, 540-541쪽
  (13) 「영험한 설인귀비」, 『경기북부구전자료집(1)』, [적성면설화4] 어유
      지리 노인정, 1999.8.9., 조흥욱, 박인희, 조재현 조사. 정규운, 남·
      84, 조희웅 외, 2001, 박이정, 541-542쪽
  (14) 「백포소장 설인귀」, 『경기북부구전자료집(1)』, [동두천설화2] 생연2
      동 한약방, 1999.5.21., 조희웅, 조흥욱, 노영근, 박인희 조사. 이윤
      형, 남·76, 조희웅 외, 박이정, 2001, 301-303쪽
  (15) 「설인귀 전설」, 『경기북부구전자료집(1)』, [적성면설화5] 율포리
      노인정, 1999.2.9., 조흥욱, 박인희, 조재현 조사. 조팽기, 남·65,

같다.

   a. 연개소문 관련 문학: (01)-(06)

   b. 설인귀 관련 문학: (07)-(17)

   c. 고구려·당나라 전쟁 문학: (18)-(36)

조희웅 외, 2001, 박이정, 542-543쪽
(16) 「설인귀 이야기」, 『경기북부구전자료집(2)』, [화현면설화10] 화현3
    리(영신) 노인정, 2000.1.18., 조흥욱, 박인희, 조재현 조사. 최재수,
    남·66, 조희웅 외, 박이정, 2001, 502-507쪽
(17) 「설윤기 전설」, 제보자: 김정홍(남, 70세, 파주시 적성면 주월리 154-8), 조
    사지: 제보자의 집, 경기도 박물관 홈페이지, http://www.musent.or.kr/
    resources/river, 제4장 임진강 유역의 민속문화, 제7절 구비전승,
    508-509쪽
(18) 『筆苑雜記』2, 徐居正, 『大東野乘』 권3
(19) 『星湖僿說』萬物編, 木弩干步, 李瀷
(20) 『關西樂府』, 申光洙
(21) 「天山詩」, 金昌翕
(22) 『熱河日記』, 「渡江錄」, 朴趾源
(23) 「月汀漫筆」, 尹根壽, 『大東野乘』권57, 민족문화추진회, 1982
(24) 『涪溪記聞』
(25) 경판40장본「설인귀전」, 러시아 상트 페테르부르크 동방학연구소
    소장본
(26) 경판30장본「설인귀전」, 파리 동양어학교 소장본, 김동욱 편 『영인
    고소설판각본전집』4
(27) 경판17장본「설인귀전」, 김동욱 편 『영인고소설판각본전집』1
(28) 국립도서관본 「설인귀전」
(29) 영남대학도서관본 「설인귀전」
(30) 연세대학교도서관본 「설인귀전」
(31) 이화여대도서관본「설인귀전」
(32) 박순호 소장본「설인귀전」
(33) 고려대도서관본「白袍將軍傳」
(34) 동미서시본 「설인귀전」, 1915
(35) 경성서적조합본 「설인귀전」, 1926
(36) 신구서림본「설인귀전」

a의 연개소문 관련 문학에는 구전설화, 소설이 있다. 먼저 연개소문 구전설화에는 (01)-(05)이 속한다. 연개소문 구전설화는 남한에서는 강화도에서 집중적으로 나타난다. 공통적인 스토리 라인은 그가 고려산 시루미산에서 태어나 군사훈련을 하여 고구려의 명장이 되었다는 것이다. 연개소문이 태어났다고 하는 집터, 말에게 물을 먹였다는 고려산 정상의 오정(五井)과 군사훈련을 했다는 치마대(馳馬臺)와 같은 지명을 증거물로 제시하고 있다.

자료 (01)과 (03)은 연개소문의 씨족이 물을 숭배하는 수신족임을 드러내는 수생담을 담고 있다. 이는 연개소문 출신 인물의 묘지명에 밝혀져 있는 내용과도 상통하는 것이어서 주목된다. 자료 (02)와 (05)는 풍수지리의 단혈 모티프와 결합되어 있다는 점이 특징이다. 강화도 고려산이 장군이 날 명지이므로 중국에서 혈을 끊었는데 그 결과 정상의 연못물이 말랐다는 것이다. 자료 (01)과 (03)은 연개소문을 부정적으로 묘사하면서도 그 능력은 인정한 중국 『당서』와 우리측 『삼국사기』의 기술태도의 동궤에 있다. 연개소문에 대한 『삼국사기』와 『당서』 기술태도 중 같고도 다른 점과 여기에서 드러나는 이면적인 기술전략 및 의도는 별도로 분석하겠지만, 자료 (01)과 (03)은 연개소문이 영류왕을 시해한 사건을 들어 '잔학'함을 강조하는 중국 『당서』의 패턴을 이어받고 있다.

반면 자료 (04)는 연개소문을 민족적 영웅의 차원에서 긍정적으로 기술하고 있다. 이야기 화자의 허구적 구연력이 상당히 개입되어 대당(對唐) 민족적 구국운동을 중심축으로 하여 연개소문의 일대기를 만들어냈다는 점이 특징이다. 이처럼 자료 (04)에서

노골적으로 表面化된 민족적 시각은 자료 (02)와 (05)에 공통적
으로 나타나는 단혈 모티프의 이면적 의미와도 상통하는 측면
이 있다. 특히 자료 (05)는 민족주의 학자인 이건창(李建昌) 선
생의 말을 언급함으로써 이러한 시각을 살짝 표출해 놓고 있기
도 하다. 자료 (06)은 연개소문에 관하여 민족주의 학자 백암(白
巖) 박은식(朴殷植: 1859-1925) 선생이 쓴 역사전기소설이다. 「천
개소문전」은 50쪽의 비교적 짧은 분량 속에 연개소문을 한국사
에서 웅대한 국혼을 발휘한 민족영웅으로 부각시켜 놓고 있다.
여기에는 대일 독립투쟁의 모범을 연개소문의 대당 투쟁에서
찾고자 하는 민족적 의도가 작용하고 있다.

  b의 설인귀 관련 문학에는 문헌설화와 구전설화가 있다. 자료
(07)-(17)에 해당하는 설인귀 관련 문헌설화는 감악산(紺岳山)에
전승된다는 설인귀 신앙을 담고 있다는 점이 특징이다. 감악산은
경기도 북부 양주군 남면에 있는데 고대부터 산악신을 모시는 감
악신사(紺岳神社)가 있었다. 자료 (07)에 의하면 원래 감악산 신
사는 목각의 부인상을 모셨고, 설인귀의 사당은 그 옆에 있었다.
설인귀의 사당은 왕신사(王神社)라는 음사(淫祠)였는데, 고려조부
터 점차 감악신사와 혼동되기 시작하였다고 한다. 설인귀를 감악
산신으로 숭앙하는 신앙이 조선조에 이르면 완전히 정착되기 시작
했던 사정을 자료 (09)에서 확인할 수 있다. 일국의 재상인 권람
이 그것도 유교주의자인 학자이자 정치가인 인물이 산신의 비위를
거슬린 덕분에 병을 얻었다는 자료 (09)의 이야기는 감악산신으로
서의 설인귀에 대한 경기북부 지역민의 숭앙이 대단했던 사정을
입증한다. 주목할 점은 경기 북부민들에게 숭앙을 받았던 토속 사

신이 중국의 인물과 동일시되었다는 사실이다. 만약 숭앙의 대상
으로 걸출한 인물이 필요했다면 신앙의 대상으로 다른 역사적 인
물을 대입시킬 수도 있다. 여기에는 경기북부 지역민들로 하여금
설인귀를 친밀한 대상으로 인식케 하는 특별한 요인이 있을 것임
을 추정해 볼 수 있다.

이와 관련하여 주목되는 것이 바로 설인귀 관련 구비설화이다.
설인귀 구비설화는 경기도 북부 일대에 널리 퍼져 있는데 자료
(10)과 자료 (13) 같은 이야기는 설인귀비석이 신통력을 발휘하여
자리를 옮겨다녔다는 것으로 설인귀에 대한 신성관념이 그의
비석에까지 옮겨져 있는 예이다. 설인귀비가 지역민들에게 숭앙
을 받았다는 것이 설인귀 문헌설화에 등장하는 설인귀 신사에 관
한 신앙과 상통한다. 그런데 자료 (11), (12), (14), (15), (16),
(17) 등은 일괄적으로 설인귀가 경기도 파주 주월리 적성면 출신
이라고 말한다. 집안 형편이 어려워 친척집(백부, 누이, 부친외가)
에 얹혀살면서 박대를 받고, 밭 갈다가 나온 궤짝에서는 갑옷과
투구, 혹은 보검을, 율포리 석굴에서는 용마 혹은 백마를 얻는
등, 전형적인 장수 이야기의 스토리를 담고 있다. 이러한 이야기
들은 하나같이 감악산의 설인귀비, 설인귀굴, 설인귀의 훈련장인
무건리, 설인귀가 말 달리던 마제리 혹은 솔마치, 칼을 얻은 칼
바위 등을 증거물로 제시하며 설인귀가 경기도 지역 출신임을
강조한다. 드물게 자료 (11), (14), (17)은 장수가 된 설인귀가
중국으로 건너가서 전쟁을 했으며, 아버지가 중국인이라는 역사
의식을 드러내보이기도 한다. 한편 자료 (16)는 전통적인 아기장
수 전설 유형과 결합되어 있다. 설인귀의 이름이 원래 현귀(玄

貴)인데 이름이 알려지면 죽임을 당하므로 인귀(仁貴)라고 했다
는 이야기는 뛰어난 능력을 지닌 설인귀의 존재가 알려지면 어
린 나이에 죽임을 당할 것이라는 설화 향유층의 인식이 내재해
있다. 자신의 출신 환경과 어울리지 않는 뛰어난 능력을 타고
났으나 가족으로부터 인정받지 못하고, 이로 인해 비극적인 죽
음을 맞는 아기장수의 이야기 패턴이 변용되어 있다.

  c의 고구려·당나라 전쟁 문학은 문헌설화와 소설로 나뉘어 진
다. 먼저 문헌설화에서는 고구려·당나라 전쟁과 관련하여 중국
측 사서에서 누락된 두 가지 내용에 주목한다. 하나는 안시성
싸움에서 당 태종이 눈에 화살을 맞고 돌아갔다는 것이고, 다
른 하나는 당태종이 안시성주 양만춘에 의해서 패배했다는 것
이다. 자료 (18)-(22)이 전자에 속하고 자료 (23)-(24)가 후자
에 속한다. 이러한 문헌설화 자료들에서 중국사서가 누락한 사
건들을 언급하는 방식은 각기 다르다. 자료 (18), (23), (24)이
사실 여부를 합리적으로 따져보고자 하는 신중한 태도를 보인
다면, 자료 (19), (20), (21), (22)는 안시성 싸움을 둘러싼 이야
기를 기존 사실로 인정하고 이에 대한 감상을 민족적인 입장에
서 노래하고 있다는 점이 특징이다.

  자료 (25)-(35)에 해당하는 소설 작품들은 설인귀를 주인공으
로 하여 당태종·설인귀와 연개소문 간의 대립을 통해 고구려·당
나라 전쟁을 그리고 있다는 점에서 기본적으로는 중국소설 「설인
귀정동」의 번역본을 토대로 한 것으로 보인다. 그러나 여기에는
두 가지 유형이 존재한다. 중국소설 「설인귀정동」을 그대로 번역
힌 유형과 그 번역본을 기반으로 하면서도 다른 이야기 원천을

결합하여 형성된 유형이다. 전자에 자료 (31), (32), (33), (34), (35)가 속한다면 후자에는 자료 (25), (26), (27), (28), (29), (32), (33)이 속한다. 후자의 작품에는 설인귀의 집이 망하고 외삼촌에게 의탁하나 박대를 당하며, 외삼촌에게 노자를 빌리려다 얻지 못하고 밭을 갈다가 투구와 갑옷을 얻는다는 내용이 들어있다. 이러한 내용은 중국의 강창(講唱) 고사(鼓詞)인 「인귀과해정동(仁貴跨海征東)」에 그대로 들어있다.

문제는 「인귀과해정동」에서 번역해온 내용과 우리의 설인귀 구비전설의 내용이 상통한다는 점이다. 물론 우리 측 설인귀 구비전설에서 설인귀가 의탁하는 대상이 외삼촌이 아니라 백부, 부친의 외가, 누이로 나타나며 그 집에서 얻어먹는다는 것만 나올 뿐 양을 치는 등의 내용은 없고, 밭을 갈다 투구와 갑옷은 얻되 요괴와 싸우는 이야기는 없다는 점은 다르다. 그럼에도 불구하고 양국의 이야기에서 나타나는 뼈대는 거의 동일하다. 이와 관련해서는 두 가지 해석이 가능하다. 첫째는 우리의 설인귀 구비전설의 일부 내용이 중국의 「인귀과해정동」을 번역한 내용으로부터 촉발되었을 가능성이다. 둘째는 양국에서 공히 나타나는 이야기 뼈대에 해당되는 원형 이야기가 존재하며 이것의 변이형태들이 각기 다른 모습으로 전승되었을 가능성이다. 예컨대 중국에서는 그 실정에 맞게 집이 망한 설인귀가 친척에게 의탁해 가서 양을 치는 이야기로 변모했고 우리 쪽에서는 아기장수 전설과 결합하여 용마를 얻는다거나 어려서부터 비범한 능력 때문에 죽을 위험에 노출되어 있는 장수라는 식으로 전승되었을 수 있다는 것이다. 현재로서는 두 가지 층위가 복합적으로 작용하였으리란 조심

스런 추정만을 하고 넘어가지만 이는 깊이 있게 고찰해보아야만
하는 과제이다.

Ⅲ. 고·당 전쟁 문학에 나타난 한·중 역사의
서사화 방식

1. 중국 측 고·당 전쟁 문학에 나타난 역사의 변형 방식

중국 측 고·당 전쟁 문학은 침공의 당위성을 보장받기 위해
고구려를 미개하고 난폭한 오랑캐라 지칭하고 타국의 정권교체를
자신들이 바로잡겠다는 명분을 내세우고 있다. 이를 위해 일관되
게 연개소문은 부정적인 인물로 모는 반면, 당태종이나 설인귀의
능력과 우국충정, 영웅적인 면모는 강조하는 방향으로 캐릭터와
서사를 짜나가고 있다.

원래 화본은 역사를 소재로 한 이야기로 작자의 의도에 따라
허구가 개입되는 장르이므로, 특정 국가 혹은 민족의 역사의식에
따라 역사적 사실을 자유롭게 변형할 수 있는 여지가 허락되어
있기는 하다. 그러나 중요한 점은 허구화하는 방식, 즉 사건을
전개하고 캐릭터를 형상화함에 있어서 역사를 허구화하는 방식에
개입된 역사의식이랄 수 있는 것으로, 중국문학이 실제 역사를

비트는 방식을 통해 고구려·당나라 전쟁과 관련한 중국의 역사
인식을 추출해 낼 수 있다.

일단 중국 문학이 고구려·당나라 전쟁과 관련한 역사적 사실
을 변개하는 양상과 방식을 정리하여 제시하면 다음과 같다. 여
러 작품 가운데서도 「설인귀정동사략」을 중심으로 한다.

첫째, 연개소문의 부정적 형상화이다. 연개소문은 시종일관 대세
를 모르고 잔인한 인물로 묘사된다. 「설인귀정료사략」에서는 연개
소문이 설인귀에게 사로잡혀 당태종 앞에 끌려가 목숨만 살려주면
조공을 바치겠다고 애걸하다가 참수형을 당하는 구차한 모습으로
묘사되어 있다. 그러나 실제 역사에서 연개소문이 죽은 것은 그 이
후이며, 고구려가 망한 것도 당 고종 때의 일이다. 그러나 시종일관
연개소문을 설인귀와 당태종의 팽팽한 맞수로 내세우고 있는 바, 이
는 연개소문이 그만큼 위협적인 인물이며 비범한 존재라는 것을 부
각시키는 반증일 수 있다. 연개소문의 인물됨에 대한 중국 중심의
일방적인 왜곡에도 불구하고 그의 리더쉽과 카리스마, 능력은 역설
적으로 더욱 부각되는 측면이 있는 것이다.

둘째, 설인귀의 고난을 강조하는 방식이다. 부인 유씨의 권유로 인
귀가 장사귀군에 응모하는 등의 내용은 『신당서』의 「설인귀전」과 「
설인귀정료사략」이 일치한다. 그러나 그 구체적인 내용에 있어서 인
귀(仁貴)의 귀자가 장사귀(張士貴)의 '귀'자를 범했다 해서 일차 응
모에 받아들여지지 않아 이차에서 정교금(程咬金) 장군의 도움으로
종군이 가능하게 되었다는 이야기는 설인귀와 장사귀의 대립, 장사
귀의 음모, 이로 인한 설인귀의 시련 등을 강조하기 위해 허구적으로
설정된 부분이다. 장사귀는 벼슬이 좌령대장군(左領大將軍)에까지

올라 괵국공(虢國公)에 봉해졌으며 고종 현경(顯慶) 초에 죽어 소릉(昭陵)에 배장(陪葬)되었다.[3] 이러한 장사귀를 「설인귀정료사략」에서는 철저하게 악역으로 변형시키고 있는 것이다.[4]

셋째, 고구려 원정 결과의 왜곡이다. 「설인귀정료사략」에는 설인귀가 당 태종의 고구려 원정 때 발탁되어 고구려를 정벌하였다고 되어 있으나 설인귀가 고구려를 멸망시킨 것은 당 고종 때의 일이다. 물론 『자치통감(資治通鑑)에 의하면 당나라군의 설인귀 발탁사실 자체는 실제로 있었던 일이다.[5] 그러나 「설인귀정료사략」에서는 당 고종 때 있었던 설인귀의 고구려, 돌궐 정복(당 고종 662년 3월)을 태종 때로 당겨오고 있다. 특히 설인귀가 화살 석 대로 적장 형제 셋을 사로잡아 개선하여 유행하게 된 개선가와 관련된 에피소드 역시 당 태종이 고구려를 정복할 때 이루어진 것으로 설정된 서사 속에 변형되어 있다. 『신당서』의 「설인귀전」의 기록에 따르면 고종 때, 구성돌궐(九性突厥)에 무리 십여만이 있는데 용감하고 날랜 사람 수십 인을 시켜 싸움을 북돋으므로 인귀가 화살 석대로 세 사람을 쏘아 죽이자 나머지 사람들이 모두 말에서 내려 항복했다고 한다. 설인귀가 적북(磧北)의 나머지 사람들을 순무하고 적장 엽호(葉護) 형제 셋을 사로잡아 개선하여 군중에 '장군은 세 화살로 천산을 평정하고 전사는 노래하며 한관에 들어서네'라는 노래가 있게 되었다고 한다.[6] 역사 속 설인귀의 천산(天山)의 돌궐 정복 사

3) 『新舊唐書』, 「張士貴傳」
4) 「薛仁貴征遼事略」, 전게서, 62-63쪽
5) 『資治通鑑』 卷197, 唐紀, 太宗貞觀, 19年事
6) "高宗時, 九性突厥有衆十餘萬, 令驍健數十人逆來挑戰, 仁貴發三矢,

실은 작품 속에서 연개소문의 구원 요청에 따라 원룡(元龍), 원호(元虎), 원봉(元鳳) 등 장수들과 대군 삼만을 거느리고 온 천산 사조왕(獅鵰王) 힐리가한(頡利可罕)을 화살로 모두 죽여 버린 일로 변형되어 있다.7)

넷째, 당의 고구려 원정 계기의 변형이다. 한국과 중국의 정사 역사사료에 의하면 연개소문은 임금을 시해하고 대신을 살해하며 백성을 학대하고 당태종의 명을 듣지 않아 당태종은 고구려를 정벌하려는 마음이 있었다. 그래서 사신 장엄(蔣儼)을 보내 달랬으나 연개소문을 끝내 조서를 받들지 않았을뿐 아니라 무력으로 사신을 위협하였고, 그래도 사신이 굽히지 않자 굴실에 가두었다. 그래서 태종이 군사를 일으켜 친정하게 되었다고 되어 있다.8) 그러나 작품 속에서 연개소문은 당나라에 조공하러 가던 백제 사신 창흑비(昌黑飛)로부터 진상품을 강탈하고 당태종의 왕권에 대한 정통성 문제를 제기함으로써 싸움을 도발하는 것으로 그려진다.

다섯째, 안시성 패배의 생략이다. 당의 고구려 원정은 안시성에서의 결정적인 패배로 인해 실패로 돌아갔다. 「설인귀정료사략」과 같은 중국측 작품에서는 당의 고구려 원정을 성공한 전쟁으로 만들기 위해 안시성 싸움을 의도적으로 생략하고 있다. 안시성 싸움은 『당서연의(唐書演義)』에 가서야 나타난다. 『당서연의』

射殺三人, 自餘下馬淸降, 仁貴更就破北安撫餘衆, 擒其僞葉護兄弟三人而還, 軍中歌曰, 將軍三箭定天山, 戰士長歌入漢關", 「薛仁貴」, 『舊唐書』, 卷83, 列傳, 第33,

7) 「薛仁貴征遼事略」, 전게서, 64-65쪽
8) 『三國史記』, 卷49, 列傳, 第9, 「蓋蘇文」; 『練藜室記述』, 別集, 卷19, 歷代典故, 寶藏王條

는 명나라 때의 역사연의이다. 중국 한족이 세운 국가가 성립되
어 이민족인 고구려에게 당한 패배에 다소 너그러운 입장이 되고
나서야 이 에피소드를 문학작품에 등장시키기 시작한 것이라 할
수 있다.

  여섯째, 당의 패배의 조작이다. 당태종의 고구려 원정은 실패였
다. 고구려 원정 성공은 연개소문의 죽음 이후 이루어진 고구려
지배층의 내분과 자멸, 대기근과 자연재해에 의해 얻어진 어부지
리였으며 그것조차도 고종 조에서야 이루어졌다. 당태종 당시 고
구려는 건재했던 것이다. 연개소문이 죽은 것은 666년(寶藏王 25)
이다. 그의 사후 아우 연정토(淵淨土)와 아들 남생(男生), 남건(男
建), 남산(男産) 사이에 막리지 자리를 둘러싼 싸움이 벌어졌고,
맏아들 남생은 아우들에게 쫓겨 국내성에 가서 당 고종에게 투항
하였으며, 연정토는 여러 성과 주민을 들어 신라에 투항했다. 당과
신라는 고구려 이러한 고구려 지배층의 내분을 기회로 고구려를
공격했다. 이듬해 667년 이세적(李世勣), 설인귀(薛仁貴) 등으로
하여금 대군을 이끌고 수륙 양면으로 고구려를 치게 했으며, 신라
도 이에 호응하여 김인문(金仁問)으로 하여금 군사를 이끌고 북진
케 했다. 이로써 고구려는 나당 연합군에 의해 멸망했다. 그 후 당
은 고구려의 옛 땅을 지배하기 위해 평양에 안동도호부를 설치하
고 설인귀를 도호(都護)에 임명했으며 보장왕을 요동도독조선왕
(遼東都督朝鮮王)에 봉했다.[9] 패배한 전쟁을 승리한 전쟁으로
변형시키기 위해서 고종 때의 사실을 당태종 당대의 역사적 사건
으로 끌어온 것이다.

---

  9) 이에 관해서는 『나당전쟁사』, 국방군사연구소편, 1999를 참조하기 바람.

IV. 고·당 전쟁 문학에 나타난 한·중 역사인식의 비교

1. 고·당 전쟁 문학에 나타난 한국 측 역사인식

한국 고·당 전쟁 문학에 나타난 역사인식의 양상은 지식인의 차원과 민중의 차원의 두 가지로 나누어서 살펴볼 수 있다. 먼저 지식인 차원의 역사인식이다.

첫째, 중국의 사실 왜곡에 대한 문제제기와 논리적인 비판의식을 들 수 있다. 『구당서』『신당서』『자치통감』을 포함한 중국 측 사료들을 보면 당나라군이 안시성 함락에는 실패했으나 고구려 원정에는 대체적으로 성공했다는 입장을 취하고 있다. 그럼에도 불구하고 태종이 귀국 후 원정의 실패를 탄식했다는 기록이 곳곳에 나타난다. 역사 서술의식에 모순이 엿보이는 대목으로 둘 중의 어느 한쪽에 조작이 가해진 것은 아닌가 하는 의문을 가져볼 수도 있다. 우리측 사료나 문헌기록에서는 이러한 사실에 대한 문제제기가 일찍부터 이루어졌다. 『삼국사기』는 『구당서』 이하 중국 측 사료의 서술태도를 따르고 있으나 일부 부분에서 고구려·당나라 전쟁의 실상에 대한 합리적 해석을 가하고자 하는 태도를 보여준다. 당나라군이 고연수의 원군에 겁을 먹고 도망하려했다는 것을 기록한 유공권(柳公權: 1132-1196)의 글을 예로 들면서 당나라의 의도적 역사 왜곡 가능성을 슬쩍 제기하는 식이다. 예컨대 『구당서』『신당서』『자치통감』에서 이러한 내용을 언급하지 않은 것은 대국인 당나라의 체면이 깎이는 것이 되기 때문에

은폐시킨 것이 아닌가 하는 의문을 제기하고 있는 것이다. 표면
적으로는 중국측 사서의 내용을 따르는듯 하면서도 이면으로는
정곡을 찌르는 기술방식이다. 이러한 문제의식은 서거정의 「필원
잡기」10)나 윤근수의 「월정만필」11)로 이어지면서 점점 역사 비평
의 쟁점으로 표면화된다.

둘째는 고구려 역사에 대한 복권의식이다. 이익의 「목노간보
」12), 신광수의 「관서악부」13), 김창흡의 「천관시」14)는 누락된 고
구려사인 안시성 싸움을 '있었던 역사'로 인정하고자 한다. 이처
럼 누락된 고구려 역사를 다시 찾아내고자 하는 관심과 자부심이
안시성주인 양만춘(梁萬春)의 이름을 찾아나서게 했다고 볼 수
있다. 안시성주의 이름에 대한 설왕설래가 여기에 해당된다. 물론
『부계기문』15) 같은 글에서는 양만춘의 실존이 입증되지 않는 한

---

10) "李文靖公稽貞觀吟曰, 謂是囊中一物耳, 那知玄花落白羽, 玄花言其
目, 白羽言其箭, 世傳, 唐宗伐高麗至安市城, 箭中其目而還, 考唐書
通鑑皆不載, 但柳公權小說, 太宗初見延壽惠眞, 率渤海軍, 布陣四十
里, 有懼色, 亦未有言其中傷者, 居正意以謂, 當時雖有此事, 史官
必爲中國諱, 毋性乎其不書也, 但金富軾三國史亦不載, 未知牧老何
從得此", 『大東野乘』, 卷三, 徐居正, 『筆苑雜記』, 卷二
11) "安市城主抗唐太宗精兵, 卒全孤城, 其功偉矣, 姓名不傳, 我東之書
籍鮮少而然耶, 抑朱氏時無史而然耶, 壬辰亂後, 天朝將出來我國者,
有吳宗道謂餘曰, 安市城主姓名梁萬春, 見太宗東征記云, 頃見唐書衍
義則安市城主果是梁萬春, 而又有他人守將凡二人云", 『大東野乘』,
卷57, 尹根壽 「月汀漫筆」, 민족문화추진회, 1982
12) "唐太宗東征, 爲流矢所中目盲, 史官諱之, 故牧隱詩有誰知白羽落玄花
之句, 麗末必有文考故云爾", 「木弩干步」, 李瀷, 『星湖僿說』, 萬物篇
13) "蚪髥客是蓋蘇文, 句引東來大國軍, 留與高麗學士話, 玄花白羽笑唐
君", 申光洙, 『關西樂府』
14) "千秋大膽楊萬春, 箭射蚪髥落眸子", 金昌翕, 「千山詩」
15) "安市城主以最爾孤城, 能抗王師, 不特籌略不世, 登城拜辭, 詞氣從
容, 得禮之正, 實聞道君子也, 惜乎史失其名, 至明時唐書演義, 出表
其名爲梁萬春, 未知得之何書, 安市之功輝暎簡策, 苟非明不失傳, 通

섣불리 믿을 수 없다는 것으로 감상적 민족주의에 쉽게 휩쓸리지 않고자 하는 합리주의적 해석의식이 엿보이기도 한다. 그러나 여기에도 만약 양만춘의 실존성이 인정된다면 인정해야만 하는 성과라는 민족의식이 내재해 있다.

구활자본「설인귀전」3종은 조선이 일본의 식민지가 된 후 많은 사람들이 우리 역사에 대해서, 또 민족에 대해서 관심이 높아진 다음에 나온 것이다. 고구려가 우리 역사의 한 부분이라는 의식이 높아진 다음에 발행된 것이므로 발행자에게「설인귀전」은 국가와 민족 문제와 관련하여 논란의 소지가 있는 작품으로 생각되었을 것으로 보인다. 고구려와 당나라 연개소문과 양만춘, 당태종과 설인귀가 관련된 한·중 민족문제에 대한 고민이 소설과 같은 문예물의 창작 및 발간에도 기본적으로 고려되어야 할 정도인 시대가 도래 했음을 알 수 있다.

박은식의「천개소문전」은 고구려가 일제강점기 지식인에 의한 민족의식 고양문제와 관련된 첨예한 쟁점이었음을 보여주는 대표적인 사례이다. 박은식은 연개소문에 관한 역사전기소설을 창작하면서 고구려 대 당나라 간의 고대 전쟁사를 한민족 대 일본 간의 근대 이행기 민족분쟁 해결을 위한 모색의 장으로 끌고 왔다. 이 역사전기소설의「서론(緒論)」에서 박은식은 민족적 영웅의 복권을 주장하며 연개소문의 일대기를 서술하고 있는데, 여기서 주목되는 점은 안시성의 싸움을 고려의 대승리로 기록하고 당군이 패배하여 돌아갔다고 기술하고 있다는 사실이다. 『삼국사기』에서부

鑑綱目及東國史記, 不應幷遺, 豈待數百年, 始出於衍義耶, 殆不可信也", 『大東野乘』, 권72, 『부계기문(涪溪記聞)』

터 이어져온 민족주의적 문제제기가 박은식의 「천개소문」에 이르러 구체적인 모습으로 나타나게 되었다고 할 수 있다.

다음은 민중의 역사인식이다. 한국 고·당 전쟁 문학에 나타난 민중의 역사인식은 세 가지 차원으로 구체화해서 살펴볼 수 있다.

첫째는 적국의 희화화를 통한 민족의식 강조이다. 국립도서관본 계열 「설인귀전」에서는 적국의 왕인 당태종을 희화화함으로써 궁극적으로 민족의식을 자극하거나 그에 부응하는 방식을 취하고 있다는 점에서 주목된다. 국립도서관본 계열 「설인귀전」에는 당태종이 안시성 싸움에서 연개소문에게 활을 맞았다는 에피소드가 빠지지 않고 등장한다.[16] 고구려 당태종이 눈에 화살을 맞은 것이 사실인지 아닌지는 확인할 길이 없으나 연개소문이 사로잡혀 참수형을 당했다는 이야기와 묘하게 대조된다. 이러한 에피소드는 당태종의 불쌍한 모습을 더욱더 극적으로 강조하는 측면이 있다. 다시 말해서 패배한 적을 희화화시킴으로써 우리 측의 승리감을 고조시키는 방식이다.

그런데 당태종이 눈에 화살을 맞은 이야기는 중국소설 「설인귀정동」에는 등장하지 않는다. 이러한 사실은 중국판 「설인귀정동」과는 다른 루트로 연개소문과 양만춘, 설인귀와 당태종, 안시성 싸움과 관련한 이야기 소재들이 전승되고 있었을 가능성을 추정할 수 있게 한다. 「설인귀전」은 고구려와 당나라의 전쟁과 관련한 역사적 사실을 왜곡한 중국소설 「설인귀정동」의 서사를 원

---

16) 「설인귀전단」, 전게서; 「설인귀전」, 권지일, 국립도서관 소장본, 13쪽; 「설인귀전」, 권지이, 영남대학교 도시관 소상론, 18쪽; 「설인귀젼」, 박순호 소장본, 『한글필사본 고소설자료총서』23, 319쪽; 「설인귀젼」, 나손본, 『경인고소설판각본전집』, 439쪽

본으로 하면서도 고구려사에 관한 우리 민족의 관심과 그에 관련한 이야기, 당나라 황제를 희화화시킴으로써 민족의식을 역으로 고양하고자 하는 인식의 층위를 기저로 하여 개작되고 향유된 작품으로 볼 수 있는 것이다.

둘째는 대항적 민족주의와 민족적 외연 확대이다. 연개소문 관련 문학의 대부분은 중국에 대한 대항적 민족주의를 보여준다. 단혈 모티프 및 아기장수의 변형태와 결합되어 있는 연개소문 전설은 연개소문의 비범한 능력에 대한 인정에서 한 발짝 더 나아가 이를 중국과의 관계 속에서 파악하는 인식을 보여준다. 연개소문의 출생지라는 강화도 고려산의 혈맥을 끊은 나라가 당나라라는 사실은 부정적인 대중(對中) 의식의 소산이다. 뿐만 아니라 연개소문이 당나라의 제국주의에 대항한 인물로서 중국에 의해 끊임없이 견제와 왜곡의 대상이 되었다는 사실에 대한 설화 향유층의 인식 지평이 드러나 있다. 연개소문의 일대기를 그린 전설은 연개소문을 대당(對當) 투쟁의 탁월한 지도자로 묘사하고 있으며, 이는 애국적인 반외세 항쟁의 일환으로 그려지고 있다. 이른바 대항적 민족주의라고 할 수 있는 이러한 의식은 구한말 박은식의 소설 「천개소문」에서도 확인된다.

중화주의라는 명목 하에 타민족의 역사와 문화를 자민족의 것으로 흡수하는 것은 중국 제국주의의 대표적인 방식이다. 중국은 이를 통해 민족과 국가의 전통을 확대해 왔다. 그런데 우리의 설인귀 관련 문학에서도 이와 유사한 양상이 확인된다. 경기도 북부에서 집중적으로 나타나는 설인귀 전설은 설인귀가 우리 민족이라고 밝히고 있다. 뿐만 아니라 그 출생지, 행적을 증거물과

함께 구체적으로 제시하는 데서 나아가 아기장수 설화와 연결시
킴으로써 우리의 전통적인 민중영웅의 향유망 속으로 끌어오고
있다. 구활자본소설 「설인귀전」의 필사기에서는 설인귀를 우리민
족 출신이라고 묘사하기도 한다.[17] 설인귀가 본래 신라 사람으로
골품제의 한계를 뛰어넘지 못해 자신의 능력을 실현할 수 있는
당나라로 갔다는 것이다. 중국소설 「설인귀정동」이 번역되어 읽
히는 동안에 이러한 인식이 생겼는지 아니면 본래 민중들 속에
이러한 인식이 있었기 때문에 번역된 「설인귀전」이 우리나라에서
인기를 끌었는지는 단순히 말할 수 있는 부분이 아니다. 적어도
설인귀를 우리 설화의 독특한 유형적 특성 속에 안착시켜 놓은
구전설화들이 경기 북부와 강원도 지방에 널리 유전하고 있는 것
으로 보아 상기 두 층위는 동시다발적으로 이루어진 것으로 보인
다. 한 가지 분명한 것은 의식적이건 무의식적이건 간에 이러한
작품 속에서 확인되는 것은 설인귀를 우리 민족의 지평 속으로
끌어옴으로써 민족적 외연을 확대하고자 하는 지향이 존재하고
있다는 것이다.

---

17) "고구려사긔를 샹고ᄒᆞ니 쳔흡소문은 고구려 보장왕 쩍 ᄉᆞ람이라 잇ᄊᆡ
당제 리셰민이 흡소문의 시군ᄒᆞᆫ 죄를 빙ᄌᆞᄒᆞ고 ᄃᆡ병을 거ᄂᆞ려 요동 안
시셩을 칠ᄉᆡ 려장 고연슈 말갈병 십오만으로 막다가 당장 셜인귀의게
픽ᄒᆞᆫ 비 되ᄆᆡ ᄃᆡ군이 물밀 듯 하야 안시셩을 외우다가 셩쥬 양만츈의
게 픽ᄒᆞᆫ 비 되어 당제가 눈에 살를 마즈ᄆᆡ 당병의 예긔가 최활하ᄆᆡ 만
츈이 경긔를 닉여 좌우로 쳐 크게 파ᄒᆞ얏스며 당제가 쳔흡소문과 싸홈
ᄒᆞᆫ 것슨 조곰 모호ᄒᆞᆫ 사실이며 셜인귀는 본ᄃᆡ 요동 ᄉᆞ람이오 신라인
셜계두로 당장이 되야 공을 셰웟스니 잇ᄊᆡ도 ᄉᆞᆷ 쓰기를 골픔을 의논
ᄒᆞᄆᆡ 홍ᄌᆡᄃᆡ략이 잇셔도 발신치 못ᄒᆞᆫ는지라 고로 이샹 두ᄉᆞᆷ도 당에
도라가 비샹ᄒᆞᆫ 공업을 셰우이라", 이 필사긔는 동미셔시본, 경셩셔젹조
합본, 신구셔림본의 3종의 구활자본에 동일하게 실려있다.

2. 고·당 전쟁 문학에 나타난 중국 측 역사인식

중국 고·당 전쟁 문학에 나타난 역사인식은 다음과 같은 네 가지 국면으로 살펴볼 수 있다. 첫째는 고구려 원정의 합리화와 정당화이다. 중국 문학에서 이루어진 고구려·당나라 전쟁의 형상화는 당나라의 고구려 침공의 정당화라는 의도에 부응하기 위해 역사적 사실을 허구적으로 변개하는 방향으로 이루어지고 있음을 알 수 있다. 연개소문의 폭군화, 장사귀의 악인화, 이를 통한 설인귀의 영웅성 부각 등은 이러한 목적을 실현하기 위한 서사적 장치이다. 그렇다면 「설인귀정료사략」을 필두로 한 중국의 문학이 이처럼 당나라의 고구려 원정을 합리화하기 위해 노력을 기울인 이유는 무엇일까. 이를 알아보기 위해서는 실제 당나라 당대에 고구려 원정을 둘러싸고 이루어진 담론을 주목해 볼 필요가 있다.

당대에 고구려 원정은 정계는 물론 지식인들 속에서도 반대가 많았던 무모한 전쟁이었던 것으로 보인다. 당시 병부상서였던 저수량(褚遂良)이 당태종에게 고구려 원정을 반대한 비판적 담론[18]이 『자치통감』에 실려 있다. 일찍이 수 양제를 따라서 고구려 원정에 참여한 경험이 있었던 전 의주자사 정원숙도 고구려 가는 길이 멀어 군량을 옮기기 어려우며, 고구려 사람들은 성일 잘 수비하므로 공격하여 함락시킬 수 없다는 이유[19]를 들어 반대한 바 있다. 「설인귀정료사략」에도 이러한 당대의 담론이 반영되어 있다. 방현령(房玄齡)과 두여회(杜如晦)가 사사로운 원한에 치우

---

18) 『資治通鑑』, 卷197, 唐紀13, 太宗貞觀18年事
19) 『資治通鑑』, 卷197, 唐紀13, 太宗 貞觀 18년 11월 壬申

쳐 군대를 일으키지 말라고 하며, 고구려가 해동에 위치하여 길이 멀어 병사는 종군의 고역을, 백성은 수송의 고통을 겪게 될 것이며, 설사 승리하여 땅을 차지한다 하더라도 농경이나 목축에 적합지 않고, 게다가 전쟁의 성패를 가누기가 어렵다는 사실을 이유로 들며, 수양제는 고구려를 정벌하다가 삼만 군사를 절단내고 수천 리나 퇴각하여 후세사람들의 웃음거리가 되었으니 성상께서도 깊이 통찰하시라고 간하는 내용이 담겨 있다.[20]

둘째는 패배한 전쟁에 대한 보상의식이다. 역사적 사실의 왜곡에는 고구려에 대한 중국인의 콤플렉스가 작용하고 있는 것으로 생각된다. 중국 역사에 당태종만큼 성군으로 칭송받는 군주는 드물다. 그러나 그러한 당태종조차도 세 차례에 걸친 고구려 원정이 번번이 실패로 끝났고, 그 이전에 수양제도 대원정에 실패하여 급기야는 멸망을 자초하게 되었던 것이다. 중국 민족은 이러한 패배를 큰 수치로 여겼을 것이다. 역사적 패배를 문학적으로 보상받고자 하는 인식이 바로 그 패배를 숨기고 승리를 과장한 형태로 나타난 것으로 볼 수 있다.

셋째는 제국주의적 패권의식이다. 당의 고구려 원정의 주된 이유는 고구려가 당나라의 조공 요구를 받아들이지 않고 당나라의 제국주의적 지배 질서에 편입되는 것을 거부한 데 있다. 제국주의 질서하에서 천자의 소명을 받든 사신은 그와 동격으로 대접받아야 마땅하다. 그러나 연개소문은 그 사신을 위협하고 감금함으로써 당나라 중심의 패권질서 속에 편입되기를 거부하는 의사를 명백히 한 것이다. 자신의 질서 속에 들어온 국가는 중심에 대한

---

20) 「薛仁貴征遼事略」, 전게서, 2쪽

지역으로써 문화, 경제적 편의를 누리게 해주지만 그렇지 않은 국가나 민족에 대해서는 철저히 응징하는 것이 제국주의의 논리이다. 당나라의 고구려 원정은 이처럼 철저히 제국주의의 논리에 의해 이루어졌던 것이다.

그러나 이는 어디까지나 당나라의 입장일 뿐이다. 당나라를 중심으로 인정하지 않는 시각에서 보자면 이는 주권 침해다. 신하가 임금을 시해하든 백성을 학대하든 이것은 어디까지나 주권 국가 내부에서 이루어진 일이다. 타국이 왈가왈부할 문제가 아니다. 게다가 고구려는 당나라에게 무력으로 도발한 적도 없다. 따라서 고구려에 대한 당나라의 자율적 자존 침해를 합리화하기 위해서는 다른 계기가 필요해진다. 이를 위해 「설인귀정료사략」이 가져온 것이 바로 백제 사신 학대 사건이다. 작품 속에서 연개소문은 당나라에 조공하러 가던 백제 사신 창흑비(昌黑飛)로부터 진상품을 강탈하고 당태종의 왕권에 대한 정통성 문제를 제기함으로써 싸움을 도발하는 것으로 그려진다.[21] 당나라 역사를 보면 당태종은 현무문(玄武門)의 변을 일으켜 형 건성(建成)과 아우 원길(元吉)을 살해하고 부왕을 옥에 가둔 후에 등극했다. 「설인귀정료사략」은 사신과 관련된 사건이라는 점에서는 역사적 사실과 맥락을 비슷하게 가져가면서도 타국의 정치적 자율성을 침해하는 주체는 당나라에서 고구려로 바꾸어놓은 것이다.

넷째는 민족적 자부심 고양이다. 설인귀 고사가 예부터 전해오기는 했지만 화본이나 잡극으로 정착한 것은 송말원초(宋末元初)이다. 한민족이 이민족의 압제하에 있었던 시대에 쓰여 졌던

---

21) 「薛仁貴征遼事略」, 전게서, 1-5쪽

것이다. 그러므로 민족의식을 고양해야 할 당시의 시대적 필요성을 지적할 수 있다. 어느 시대를 막론하고 국난에 처한 민족이나 난세를 살아가는 민중은 민족적·애국적일 수밖에 없으며 민중들 사이에는 그 무엇보다도 성군, 현신과 민족적 영웅의 출현을 기대하게 된다. 남송의 악비(岳飛)처럼 당의 설인귀가 중국 민족의 영웅으로 추앙받는 이유를 여기서 찾아볼 수 있다. 연개소문은 그 카운트파트로서 부정적 인물로 선택되었다고 할 수 있다.

송원대에 잡극과 소설로 널리 읽히던 설인귀 관련 문학이 다시 청대에 와서 유행하게 된 것도 이러한 역사인식과 관련이 있는 것으로 보인다. 실지 역사에서 설인귀는 다섯 차례나 고구려 전쟁에 참가했지만 연개소문과 직접 싸워본 적도 없고 만나본 적도 없다. 아마도 두 인물의 비범함과 용맹함이 당시 중국의 사회 상황과 부합되어 연개소문, 설인귀 고사가 싹튼 것 같다.22) 한족은 송말(宋末), 원(元) 시대의 집권세력인 몽고족에 대한 반항심으로 한족 영웅을 선택하여 위상을 드높임으로써 대리만족을 느끼고자 했던 것인데, 이 과정에서 연개소문은 필연적으로 한족 영웅인 이세민과 설인귀에게 죽임을 당하는 것으로 형상화될 수밖에 없다. 특히 설인귀는 연개소문의 목을 베어오는 데 성공한 영웅으로 묘사되었다. 그러나 이것만으로는 설명이 모자란다. 한족 영웅은 아주 많다. 왜 하필 이세민과 설인귀인가. 여기에는 고구려와 연개소문에 의해 패배 경험이 자리하고 있다. 승승장구하던 수나라가 멸망하고 당나라를 휘청하게 하였으며, 치명적인

---

22) 이에 관해서는 徐培均·范民聲, 『中國古典劇鑑賞辭典』, 上海: 上海古籍出版社, 1990, 116-117쪽을 참조하기 바람.

패배를 안긴 나라는 고구려가 유일하다. 이미 진 전쟁에 대한 문학적 보상심리가 설인귀와 연개소문에 관련된 고사를 낳았던 것으로 보이며 시대가 지남에 따라 각각 소설과 희곡으로 발전했던 것으로 생각된다.

V. 나오는 말

본 연구는 문학 작품을 대상으로 함으로써 한·중의 역사인식을 다루는 사학계의 연구가 지니는 자료와 방법론의 한계를 벗어나고자 했다. 특정 민족이 역사를 이해하고 서술하는 방식은 다양할 수 있다. 그것은 사료만이 아니라 역사적 사건과 인물을 소재로 한 구전설화, 소설, 희곡, 시 혹은 비평문 등 다양한 문예물을 통해서도 이루어질 수 있다. 문예물들은 해당 역사와 인물에 대한 담론이 될 수 있으며, 훌륭한 문학적 담론은 그 자체로 가치 있는 역사적 기술이 될 수 있다. 역사에 가해지는 사관의 자의적 해석의 편폭이 커질수록 그것이 문학의 영역과 공유부분을 가지게 되는 것과 같은 이치다. 역사는 그 자체에 문학적인 부분을 포함할 수 있고 문학 역시 역사적으로 의미 있는 담론을 담아낼 수 있으며, 그 중간 형태도 가능하다.

이처럼 한·중의 역사인식은 다양하게 존재하는 허구적인 문예물들이 역사에 대해 접근하는 방식, 즉 그 형상화 및 해석 방식을 고찰할 때 보다 다층적인 모색이 가능하다. 본 연구는 기존의 사료 중심의 협소한 관점에서 벗어나 문학과 역사의 경계를 허묾으로써 문학으로써 역사를 말하고 있는 자료의 영역을 한·중의 관계사와 역사인식 연구 분야로 끌어올 수 있었다. 이를 통해 궁극적으로 고대 한·중 관계사의 중요 쟁점인 고·당 전쟁과 그에 관한 양국의 역사인식이 구체적으로 형상화되는 양상과 그 의미를 새로운 방향에서 비교 연구 할 수 있었다.

참고 문헌

『京劇劇目初探』, 北京: 中國戲劇出版社, 1980

『舊唐書』, 北京: 中華書局, 1975

『新唐書』, 北京: 中華書局, 1975

『新編京劇大觀』, 北京出版社編, 北京: 北京出版社, 1989

『征東·征西·掃北』, 臺北: 文化圖書出版社, 1979

『戲學全書』, 上海書店, 1959

祁慶富, 申敬燮, 「俗文學中薛仁貴, 盖蘇文故事的由來及流變」,
    『社會科學戰線』第二期, 長春: 社會科學戰線, 잡지사, 1998

徐培均, 范民聲, 『中國古典名劇鑑賞辭典』, 上海: 上海古籍
    出版社, 1990, 116-117

莊一拂 編著, 『古典戲曲存目匯考』, 上海: 古籍出版社

張忠良, 『薛仁貴故事研究』, 國立臺灣師範大學, 碩士學位論文, 1983

程毅中, 「宋元講史簡論」, 『文學遺産 增刊』

趙萬里, 『薛仁貴征遼史略』, 臺北: 河洛圖書出版社, 1967

中國戲曲志編輯委員會, 「關于禁演和勸告停演劇目的請示報告」, 『中
    國戲曲志·湖北卷』, 北京: 文化藝術出版社, 1993

胡士瑩, 『話本小說概論』下, 北京: 中華書局, 1980

김두진 편저, 『경기북부지역의 신당과 제장』, 국민대학교 한국학연구
    소, 2002

김한규, 『한중관계사』, 아르케, 1999

민두기 편, 『중국의 역사의식』, 창작과비평사, 1985

민혜란,『설인 귀설화 연구』전남대학교 석사학위논문, 1988

박재연,「설인귀정료사략 소고」,『중국학연구』1, 1984

박재연, 조선시대 중국 통속소설 번역본의 연구, 한국외대 박사논문, 1993

박재연,「백포장군전」,『중국소설연구회보』24, 중국소설연구회, 1995

백종오, 신영문,『고구려유적의 보고 경기도』, 경기도박물관, 2005

백암박은식선생전집편찬위원회,『백암박은식전집』, 동방미디어, 2002

사마광 저, 권중달 역,『資治通鑑』, 푸른역사, 2002

송영우,『韓中關係論』, 지영사, 1994

서병국,『고구려제국사』, 혜안, 1997

신경섭,「경극 <독목관>의 연개소문 무대의상 디자인 연구」, 이화
        여대 박사학위논문, 1998

윤병석,「박은식의 민족운동과 한국사 저술」,『한국사학사학보』6, 2002

이윤석,「<설인귀전>의 원천에 대하여」,『동방학지』9, 2001

경철화 저, 박창매 번역,『중국인이 쓴 고구려사』, 고구려연구재단, 2004

전해종,「韓中關係史研究」, 일조각, 1970

조동일,「한문학권 역사서 개작의 문학사적 의의」,『한국문학과 세계
        문학』, 지식산업사, 1991

조동일,『문명권의 동질성과 이질성』, 지식산업사, 1999

조동일,『하나이면서 여럿인 동아시아문학』, 지식산업사, 1999

조동일,『공동어문학과 민족어문학』, 지식산업사, 1999

조선의 민속전통편찬위원회,『구전문학』구전문학, 서울: 대산출판사, 2000

조희웅, 노영근, 임주영,『경기북부구전자료집(1)(2)』, 박이정, 2001

한국사연구회 편,『古代韓中關係史의 研究』, 삼지원, 1987

크리스 피어스 지음, 황보종우 옮김,『(전쟁으로 보는) 중국사』, 수막
        새, 2005

Part 2

고구려·당나라 전쟁 관련 문학에
나타난 한·중 역사인식에 관한
비교연구-설인귀 문학을 중심으로

고구려·당나라 전쟁 관련 문학에 나타난 한·중 역사인식에 관한 비교연구 - 설인귀 문학을 중심으로

Ⅰ. 문제설정의 방향

고·당 전쟁의 중국 측 주요 관련 인물인 설인귀가 한국의 문학 작품 속에서 풍부하게 유전되고 있다는 사실은 그리 잘 알려져 있지 않다. 그러나 고·당 전쟁의 한국 측 당사자인 연개소문이 중국의 문학 작품 속에서 오늘날까지도 널리 나타난다는 사실을 생각해 보면 의외로 받아들일 것만도 아니다. 인접한 두 국가의 관계사 속에서 어떤 특정한 역사적 사건이 이해당사자인 양국의 민족의식 및 역사의식에 중요한 의미를 차지하는 것이라면, 주요 관련 인물들을 주인공으로 한 문학 작품을 통해 허구적으로 발화함으로써 담론을 펼치는 것은 일견 당연하다. 자국의 영웅을

부각시키기 위해서 상대국의 영웅을 부정적으로 형상화 하는 방
식으로 특정한 역사적 사건을 중심으로 이해관계가 얽혀있는 양
국은 서로 상대국의 관련 인물들에 대한 담론을 자국의 문학 작
품 속에 풀어놓는다.

문제는 고·당 전쟁 관련 한국 측 문학 작품 속에서 설인귀란
중국의 전쟁 영웅이 주인공으로 등장하고 있다는 사실이다. 고·
당 전쟁의 중국 측 문학 작품 속에서 당태종과 설인귀를 영웅화
하기 위해 한국의 전쟁 영웅인 연개소문을 철저히 부정적인 안티
-히어로로 묘사하고 있는 방식과는 정반대라고 할 수 있다. 설
인귀를 주인공으로 한 고·당 전쟁 관련 한국 측 문학 작품은 설
화와 소설 두 범주로 분류된다. 이 중에서 소설은 설인귀를 주인
공으로 한 고·당 전쟁 관련 중국 측 문학 작품을 번안한 것이
다. 설인귀가 주인공이나 주요 인물로 등장하는 고·당 전쟁 관
련 중국 측 소설은 철저히 자국 중심주의로 짜여 있는 바, 설인
귀는 여기서 구국의 영웅으로 형상화 되어 있다. 고·당 전쟁 관
련 한국 측 소설이 이러한 중국의 작품을 그대로 번안하고 있다
면 이는 중국에 대한 사대주의의 일환으로 해석될 수 있는 소지
가 없지 않다. 그러나 설인귀를 주인공으로 한 고·당 전쟁 관련
한국 측 소설은 한국의 구비문학 담당층 속에서 자연스럽게 형성
된 설인귀 구비전설을 수용하여 변용되어 있다. 이는 일종의 원
작을 변형시킨 재창작의 영역에 포함된다고 할 수 있다.

그렇다면 설인귀를 주인공으로 한 고·당 전쟁 관련 한국 측
소설을 분석함에 있어서 쟁점은 두 가지로 정리된다. 첫째는 고·
당 전쟁 관련 중국 측 문학 작품에 등장하는 여러 인물들 중에

서 왜 하필 설인귀인가 하는 점이다. 고·당 전쟁 관련 중국 측 인물로는 당태종도 있고 그 외 수많은 장수들의 이름이 거론될 수 있다. 물론 당태종을 주인공으로 한 한국 측 소설 작품도 존재하기는 하나 이는 염라국 탐방 설화를 소설화 한 것으로 반드시 그 주인공이 당태종일 필요가 없다.[1] 고·당 전쟁 관련 중국 측 인물 중에서 특히 설인귀가 한국의 문학 담당층에게 어필했다면 여기에는 특별한 이유가 있을 것으로 판단된다. 둘째는 설인귀를 주인공 혹은 주요 등장인물로 한 고·당 전쟁 관련 중국 측 소설을 한국 측에서 번역하여 새로운 작품을 만들어 냄에 있어서, 설인귀를 주인공으로 하여 한국 구비문학 담당층 속에서 자생적으로 형성된 설인귀 설화를 수용하고 있다면, 궁극적으로는 설인귀를 주인공으로 한 고·당 전쟁 관련 중국 측 소설을 한국 측에서 재창작해냄에 있어서 그 향유의식의 핵심이 된 것은 설인귀에 대한 한국 민중의 인식이라고 할 수 있다. 이러한 점들을 고려해 보면 설인귀를 주인공으로 한 고·당 전쟁 관련 한국 측 문학 작품의 존재 양상 및 인물 형상화 방식, 향유의식의 문제는 결국 그 초점이 한국의 설인귀 설화에 놓여 진다고 볼 수 있다.

　설인귀 설화는 광의의 범주 속에서 볼 때, 한국의 설화 지형도 속에서 경기도 파주 지역에서 집중적으로 나타나는 지역 전설에

---

1) 「당태종전」은 본질적으로 고대 동북아 대전쟁인 고·당 전쟁과 전혀 관계 없는 내용을 다루고 있다. 「당태종전」은 인간의 염라국 탐방 설화를 소설화 한 소설 유형이다. 물론 왜 하필이면 염라국 탐방자가 당태종인가 라는 점을 파고 들어가면 당태종에 관한 우리나라 소설 독자층의 향유의식의 일난을 탐+해 볼 수도 있겠다. 그러나 이 부분은 본 연구의 초점과는 다소 거리가 있기 때문에 논외로 해 둔다.

해당한다. 경기도 파주는 고구려의 한반도 남쪽 요새 중의 하나
로 고구려의 칠중성이 위치해 있으며, 고구려를 치러온 설인귀가
진을 친 곳이기도 하다. 경기도 파주의 설인귀 설화는 인물전설,
지명유래전설, 인문전설, 풍속·신앙 전설 등 지역전설의 모든 하
위 유형을 포함하고 있다. 이 중에서도 인물전설은 한반도 내에
서도 전국적인 분포를 보이는 광포전설의 대표적인 유형인 아기
장수 전설 유형과 중첩되는 텍스트를 상당수 포함하고 있다. 이
러한 존재 양상으로 미루어 보아 설인귀 전설은 그 주인공인 설
인귀가 중국의 역사적인 인물임에도 불구하고 한국의 인물을 주
인공으로 한 여타의 전설들과 다를 바 없는 유형적인 존재 양상
을 보여준다고 할 수 있다. 요컨대 타국의 역사적인 인물로서 한
국의 구비전설 지형도 속에 이식된 존재임에도 불구하고 자생적
인 텍스트와 진배없는 유형적 분포도를 보여주고 있는 것이다.
　이와 같은 민간의 설인귀 전설은 일차적으로 고·당 전쟁의 주
요 격전지 중의 하나였던 경기도 파주에 남아있는 설인귀의 흔적
들을 설명하고자 하는 의식을 드러낸다. 여기에는 고·당 전쟁이
라는 동북아 대전쟁에 대한 경기도 파주민들의 의식적인 거대담
론은 존재하지 않는다. 다만 자신의 지역 내에 남아 있는 흔적들
을 중심으로 자기 향토사의 일부로 지역화하여 인식한다. 말하자
면 고·당 전쟁이라는 동북아 대전쟁의 지역적 축소다. 이를 넘어
선 해석이란 애초부터 경기도 파주의 설화 담당층에게 있어서 불
가능하다.
　그런데 고·당 전쟁의 주요 관련 인물인 설인귀의 흔적을 단순
히 지명 유래담의 일부로 설명하는 것을 넘어서 자기 지역의 출

신 인물로 설명하는 인물 전설과 지역 수호신으로 신격화 하는 풍속·신앙 전설에 이르러서는 문제가 달라진다. 비록 무의식적이라 하더라도 여기에는 경기도 파주라는 지역성을 넘어서는 거대 담론으로 확대될 수 있는 여지가 포함되어 있다. 우선, 설인귀를 경기도 파주 출신의 인물로 설명하는 인물 전설 유형은 자국의 영토 속에 그 흔적이 남아 있으면 모두 자신의 역사 속으로 수용하는 한국 민중의 속지주의적·제국주의적 역사인식을 보여준다. 이러한 속지주의적·제국주의적 지리·역사관은 각 지역 거점을 중심으로 수도 주위의 주변을 제후국으로 거느렸던 고구려의 그것으로부터 비롯한다. 이는 전통적으로 신라의 거점지였던 한반도 동남부의 구비전설에서는 쉽게 찾아볼 수 없는 인식이다. 경기도 파주가 고구려의 주요 남방 요충지의 하나였던 사실과도 관련되어 있을 것으로 생각된다.

여기서 주목해야 할 점은 설인귀가 경기도 파주의 설화 속에서 감악산의 산신으로 등장하고 있다는 사실이다. 경기도 파주의 구비전설 속에서 설인귀를 자기 지역의 출신 인물로 인식하고 있다면 신격화 하는 것도 새삼스러울 것이 없지 않냐는 반론이 제기될 수도 있다. 물론 범박하게 중국 삼국시대의 인물인 관우가 한국의 민간신앙의 신격체제 속에서 압도적인 위상을 자랑하고 있는 것과 비교하면 새삼스러울 것이 없을 수도 있다. 그러나 고·당 전쟁이라는 역사적 사건의 이해 상대국에 관련된 인물을 속지주의적인 세계관에 따라 자기 지역의 출신 인물로 인식하는 것과 신격화 하는 것은 엄연히 다른 차원의 문제이다. 관우는 비범한 재능을 지니고 있으나 기득질서 속에서 권력의 부재로 인해

압도적인 패배를 당한 비극적인 인물의 대표적인 예의 하나로서
한국의 민간신앙 속에 받아들여진 것일 뿐 여기서 국적의 여부는
중요치 않다.

　반면 설인귀는 중국의 역사 속에서도 철저히 기득권의 시스템
속에서 움직인 인물인 뿐더러 궁극적으로는 한국의 고대사 속에
서 가장 압도적인 국제적인 위력을 자랑한 고구려를 멸망시키는
데 선봉에 섰던 인물이다. 비극적인 죽음을 맞이한 인물을 허구
의 문학 속에서 해원하고 복권시키고자 하는 풍속·신앙 전설의
향유의식과는 지극히 거리가 먼 인물이라고 할 수 있는 것이다.
게다가 감악산의 설인귀 신앙은 통일신라시대에 호국신앙의 일부
로 존재했다는 기록이 남아있다. 경기도 파주의 설인귀 인물 전
설은 설인귀가 자기 지역 출신 인물이기는 하지만 나중에 중국의
장수가 되었다는 인식을 분명하게 보여준다. 속지주의적인 지리
관을 보여주면서도 국가의식은 변별적으로 인식하고 있는 것이다.
이러한 경기도 파주의 설인귀 인물 전설의 인식체계 상에서 볼
때 타국의 인물을 신격화 하는 것을 넘어서 호국신화 하는 것은
민중신앙의 차원에서 이루어졌다고 보기 어렵다. 여기에는 경기
도 파주의 지역전설인 설인귀 풍속·신앙 전설의 지역성을 넘어
서는 다른 차원의 맥락이 개입해 있는 것으로 생각된다. 결론을
미리 밝히자면 경기도 파주의 설인귀 풍속·신앙 전설에 관련된
다층적인 맥락과 전승 단계의 변모 양상은 곧 고·당 전쟁에 대
한 한국 측의 문학적 담론의 일부가 된다.

II. 설인귀 전설의 서사구조적 특징과 한중 고·당 전쟁 문학 존재양상의 한 국면

1. 거인신화의 대식 모티프 및 인간과의 갈등 구조

설인귀 전설 속에서 설인귀는 일상인을 초월한 신화적인 능력의 소유자로 나타난다. 그런데 문제는 초월적인 능력을 소유한 설인귀를 둘러싼 세계가 신화적인 세계가 아니라 일상적인 세계라는 점에 있다. 비일상적인 능력의 소유자가 초월적인 세계에 살고 있다면 아무런 문제될 것이 없다. 신화적인 인간이 신화적인 질서가 지배하는 세계 속에 위치해 있다면, 그 신화적인 능력은 비일상적인 것이 아니라 지극히 일상적인 것으로 받아들여지기 때문이다. 하지만 신화적인 질서가 해체되어 더 이상 존재하지 않는다면 문제는 달라진다. 특정한 것을 신성하다고 인식하는 신성관념이 해체되고 난 자리를 세속적인 시선이 대체하게 되면, 기존의 신성대상을 신성하게 인식되도록 만든 자질들이 비일상적인 것으로 받아들여지게 되기 때문이다. 보편적이고 일반적인, 즉 보편타당성의 시각에서 보자면 도저히 이해할 수 없는 돌출적인 것으로 인식되게 되는 것이다. 기존의 신화적인 질서하에서라면 보편타당하지 않은 특수한 것이 곧 신성한 것이다라는 식의 신성관념으로 받아들이겠지만, 이미 일상성의 세계로 들어서게 된 후에는 평범하지 않은 것은 곧 이상한 것이다 라는 새로운 배제의 논리가 형성되게 되는 것이다. 배제의 논리는 초월적인 능력이 일반적인 것으로 받아들여지는 신화적인 세계를 상실하고 난데없이 일상적인 세계에 위치하게 된 신화적인 인간과 그를 바라보는 일상인의 불편한 시선 사이에 갈등을 야기하게 된다. 신화적 인간의 정체성 상실이 이질적인 존재로의 재규정으로 연결되며, 이것이 배타적인 시선으로 이어지게 되는 것이다. 설인귀는 바로 이처럼 자신과 동류인 초월적인 인간으로부터 뚝 떨어져 일반인들 사이에 부대끼게 되면서 자신의 정체성을 인정받지 못하고 이질적인 존재를 바라보는 시선에 시달리는 신화적인 인간이다.

설인귀와 일상인을 구별 짓는 차이, 즉 차연의 징표는 '대식(大食)'2)이라는 행위로 상징화되어 나타난다. 대식은 말 그대로 남들보다 많이 먹는다는 것으로, 인간이 일상적으로 행하는 일반적인 행위와는 다른 이질적인 행동 양태라는 함의를 포함하고 있다. '크다'는 것은 물리적인 크기인 동시에 신성의 크기이자, 신성 대상에 대한 인간이 바치는 존숭의 크기를 의미한다. 그런데 먹는다는 행위 그 자체는 지극히 일상적인 행위이다. 인간이라면 누구나 특별한 노력이나 자질 없이도 일상다반사로 행하는 행동 양태이다. 특별한 목표나 의지, 신념 혹은 윤리적 결단이 요구되는 것이 아니라 생명 유지를 위해 몸이 알아서 본능적으로 행하는 지극히 말초적인 습성인 것이다.

대식은 이처럼 인간이라면 누구나 정신적인 차원의 개입 없이 무의식적으로 행하는 물리적인 습성 중에서 유독 이질적인 행위

---

2) 일찍이 장주근은 대의(大衣)와 대식(大食) 화소가 신화를 현실적으로 이해하는 인식의 소산임을 지적한 바 있다. 이에 관해서는 장주근, 『한국의 신화』, 성문각, 1961를 참조하기 바람.

양태를 의미한다. 대식은 행위의 바운더리 자체가 초월적이고 신화적인 영역에 위치하는 것이 아니라, 일상적인 카테고리 속에서 특출하게 차별화되기 때문에 비일상적인 능력의 징표가 되는 것이다. 이 점에서 대식은 일상적인 세계와 동떨어진 곳에 위치했던 신화적인 질서가 해체된 이후에 세속적인 세계 속에서 일반인의 눈으로 선별적으로 취택되어 재규정된 신화소라고 할 수 있다. 다시 말해서 일상인의 시선이 개입될 여지가 없이 본질적으로 신성한 관념 체계 속에 위치하는 것이 아니라, 세속적인 인식 체계 속에서 구별 짓기에 의해 규범 지어진 신성관념이라고 할 수 있는 것이다.

> [자료1] 이 설윤기가 한살 두 살이 자꾸 먹어 일고여덟 살이 되니깐, 워낙 장사니까 말(斗)밥을 먹구, 밥을 먹는데 우린 밥그릇처럼 그런 것이 아니고, 큰 밥그릇에다가 밥을 먹고 그러는데, 도대체 그렇게 벌어서는 한 놈의 입도 못 대겠다는 거여. 그래서 설윤기 아버지가 자기네 처가가 어디 사냐면 여 감악산 밑에 객현리 라고, 객현 1리에 설윤기 외가 집 거기 사는데, 거기는 그래도 잘살았던 모양이여. 그래서 저희 아버지가 저놈 도대체 밥을 먹여 살릴 수가 없으니 외가로다가 보내가 주구, 힘이 장사니까 외삼촌의 일을 거들어 주면서 너 배불리, 니나 가서 밥을 잘 먹어라 그래서 글로 보냈다는 거여.[3]
> 애가 그래 가주고 외삼촌의 일을 돕구 농사를 짓는데 아이 놈이 점점 커서 십여 살이 넘어가니까 도대체 거기서도

---

3) 「설인귀 이야기」, [화현면설화11] 화현3리(영신) 노인정, 2000.1.18., 조흥욱, 박인희, 조재현 조사. 최재수, 남·66., 『경기북부 구전자료집(2)』, 조희웅 편, 박이정, 2001

살기는 괜찮게 살지만 감당을 못하겠어서, 야 이거 이래서
는 안 돼겠다 하구 이 사람을 죽일려고 객현리 등새 한참
올라가면 밭이 있는데, 그 밭 가운데 각담이 큰 게 있는데,
바루 설윤기 외가 집 밭이래요. 그 밭이 아 그 전엔 잘해
먹었는데 그 이전에는 백호가 나와서, 호랭이가 나와서 왕
왕거리는 바람에 그냥 묵혔었는데, 설윤기를, 아 저놈 거기
가서 호랭이나 물려 죽여야 겠다고 하고서. 거 왜 소 두 마
리가 밭 가는데 끄는 쟁기가 있잖아요. 그 쟁기를 짊어지고
거기다가 보리씨하구 이런 걸 웬장 다 짊어 지구, 힘은 장
사니까. 소 두필을 끌려서 내보낸 거여. 너 가서 거기 가서
밭을 갈아라. 그래 소 두필을 끌구, 왠만한 사람을 쟁기를
지지도 못해요, 약골은.[4]

[자료1]에서는 자신을 중심으로 한 신화적 세계를 상실하고 일
상인의 질서 속에서 살아가야 하는 초월적 인간의 비범한 능력과
일상적 세계의 질서가 충돌하는 양상을 보여준다. 초월적 인간을
중심으로 한 신화적인 세계가 유지되고 있다면 마땅히 신성한 존
숭의 대상이 되었을 대식이란 능력이 인간적 세계의 논리에서
본다면 일상적 질서를 파괴하는 심각한 위협 요소가 되고 있는
것이다. 이로 인해 이 대결은 일상적 세계로 떨어진 초월적 인
간을 일상인이 합심하여 박대하고 끝내는 죽음으로 내모는 극
단적 양상으로까지 치닫는다.

그런데 이처럼 초월적 영웅을 박대하는 인간이 남이 아닌 바
로 부모와 친족으로 설정되어 있다는 점에서 문제는 더욱 심각

---

4) 「설인귀 이야기」, [화현면설화11] 화현3리(영신) 노인정, 2000.1.18., 조
흥욱, 박인희, 조재현 조사. 최재수, 남·66., 『경기북부 구전자료집(2)』,
조희웅 편, 박이정, 2001

하다. 초월적 인간인 설인귀의 대식을 감당치 못한 부모가 그
를 외가로 쫓아내고, 역시 그를 감당치 못한 외삼촌은 급기야
그를 죽이고자 한다. 그러나 대식으로 상징되는 초월적 능력의
소유자인 설인귀를 직접 죽이는 것이 쉽지 않기 때문에 역시
호랑이라는 인간의 힘을 넘어선 대수(大獸)를 동원하여 간접적
으로 살해하는 방법을 선택하고 있다. 신화적 세계 속에서 호
랑이는 신성수(神性獸)로 상징되며, 흔히 산신의 변신체로 등장
하거나 그의 보조자로 나타난다. 바꿔 말하면 인간의 세계에
떨어진 신화적 능력의 소유자를 제어할 존재는 역시 신성을 지
녔다고 믿어지는 신성수 관념을 드러내고 있다고 할 수 있다.

원래 대식은 신화적인 관념 체계 속에서 대의(大衣), 대분(大
糞)과 함께 천지창조의 능력을 지닌 거인신의 신화적인 정체성을
상징하는 것으로 나타난다. 많이 먹고, 옷감이 많이 드는 옷을
입고, 많은 배설물을 배출하는 것은 곧 세속적인 인간과는 다른
신화적 인간의 신성 그 자체를 의미하는 것으로 인식된 것이다.
신사 혹은 신당의 제단에 놓여 있는 그 집단 특산의 먹을 거리
나 입을 거리가 실체가 없이 관념으로만 존재하는 신성 그 자체
를 상징하는 것도 대식과 대의와 관련한 대유법적인 신화적인 관
념 체계를 의미한다.5) 마을 곳곳의 서낭당이나 당집에 널리 전해
지는 이야기 속에서 제단에 모셔져 있는 여신의 옷을 훔쳐가거나
훼손하게 되면 동티가 나게 된다는 금기, 즉 신의 신성한 옷이
곧 신체(神體)를 상징한다는 관념도 대의와 관련한 신화적 관념

---

5) 신에게 바치는 공물이 다른 것이 아니라 해당신에 대한 신성관념을 향
   유하는 집단의 특산 먹을거리나 입을 거리라는 사실도 결국은 대식과
   대의와 얽힌 신화적인 관념 체계의 일환이라고 할 수 있다.

체계의 소산이라고 할 수 있다. 대분은 거인신의 신체에서 떨어져 나간 몸의 일부로, 그 자체가 산이나 강 등의 거대 자연지물을 형성하는 원재료가 된다. 거인신의 신체가 곧 천지요 자연지물로서 신성한 것이라는 환유론적인 인식을 보여주는 것이다.

[자료1]에서는 이러한 신화적 인간의 초월적인 능력을 알아보지 못하는 일반인이 그것을 감당하지 못하고 그저 밥을 축내는 것으로만 생각하기 때문에 갈등이 증폭된다. 적당한 식사의 반복으로 일상을 영위하는 일반인이 보기에 대식은 자신들의 생계를 위협하는 재앙으로 인식되는 것이다. 일상인에게 있어서 먹을거리가 없어서 배고프고, 입을 거리가 없어서 춥고, 잘 곳이 없어서 유랑하는 것만큼 치명적인 재앙이 없기 때문이다. 목숨을 연명하는 것이 전부인 세속의 인간은 배고픔과 추위를 면하고 안전한 공간을 확보하는 것이 곧 실존이기 때문에 대식으로 자신들의 먹을거리를 축내는 설인귀와 같은 존재는 자신들의 생존을 위해 징치해야 할 대상, 그 이상도 이하도 아닌 것이다. 그런데 신화적인 능력을 지녔다고 하는 인간이 평범한 인간에게 이리저리 쫓겨나고 심지어는 목숨의 위협까지 당하는 상황은 전혀 신성하지 않다. 오히려 희극적인 요소마저 지니고 있다. 신성함과 세속성 사이의 위계질서가 전복되고 신화적인 권위가 훼손되었기 때문이다. 신화적인 능력의 소유자가 겪는 상황 속에서 발생하고 있는 희화성이 연속되는 시련과 고난이 환기하는 비극성을 희석시키는 아이러니를 유발시키는 것이다.

신성 해체로 인해 정체성을 상실한 신화적 인간이 세속적인 세계 속에서 그 정체성으로 인하여 도리어 고난을 당하는 비극적

인 상황 속에 내재한 희극적인 아이러니는 향유집단의 해체와 신
성관념 상실로 인해 전설화 되어 남아 있는 텍스트 속에서 그
동일한 갈등구조를 확인할 수 있다. 일반적으로 거인신이 그 신
성능력을 이해하지 못한 인간으로부터 거부당하거나 박대 받는
갈등의 패턴은 마고나 설문대 등 전설화된 여성 거인신의 이야
기 속에서 풍부하게 전승된다. 남성 거인신의 이야기 자체가
보기 드문 가운데, 다음과 같은 텍스트 속에서 세속적인 관념
과 대립을 빚는 남성 거인신의 신성성에 대한 텍스트를 찾아볼
수 있다.

> [자료2] 오랜 옛날 장길손이라는 거인이 살았는데 키와 몸집이 아
> 주 컸다. 때문에 항상 먹을 것이 모자라 조선 팔도를 헤맸
> 다. 그러다가 남쪽에 와서 배불리 밥을 먹을 수 있었다. 장
> 길손이 좋아서 춤을 추니 그 그림자 때문에 곡식이 익지 않
> 아 흉년이 들게 된다. 그러자 사람들이 장길손을 북쪽으로
> 쫓아냈고, 장길손은 먹을 것이 없어 흙이나 나무 같은 것을
> 닥치는 대로 먹었다. 장길손이 배가 아파 토해낸 것이 백두
> 산이 되었으며, 양쪽 눈에서 흘린 눈물이 압록강과 두만강
> 이 되고, 설사를 하여 흘러내린 것이 태백산맥이 되었다 한
> 다. 그리고 오줌을 눈 것이 홍수를 지게 해 북쪽사람은 남
> 쪽으로, 남쪽사람은 일본으로 밀려가서 살게 되었다.[6]

> [자료3] 장길산이 키가 너무 커서 옷을 해 입을 수 없어서 벌거벗
> 고 살았다. 나라에서 서울에서 남대문으로 들어오는 무명베
> 하루치를 다 사서 옷을 해주었는데 저고리밖에 짓질 못했

---

6) 「장길손」, 한상수, 『한국인의 신화』, 문음사, 1986, 188-90쪽

다. 장길산이 너무 좋아서 종남산에 올라가 춤을 추니 바람
이 일어나고 그림자가 온 땅을 덮어서 흉년이 들자, 나라에
서 장길산을 잡아서 볼기를 치려고 메쳐놓았더니 엉덩이가
없었다. 천리마를 타고 하루 종일 달려가 봐도 찾지 못해서
장딴지를 쳤다고 한다.7)

위의 예문은 장길산이라는 남성 거인신에 관한 신성관념이 해
체되면서 신화의 흔적이 전설 속에 남은 경우에 해당한다. [자료
2]는 대식 화소와, [자료3]은 대의 화소와 각각 관련되어 있다.
신성관념이 해체되면서 신화의 원형이 훼손되고 거인신인 장길손
의 대식과 대의가 희화화 되어 나타나 있다. 신화적 관념체계의
잔영과 부정화·희화화 된 세속적인 인식체계가 이원적으로 공존
하고 있는 것이다. [자료2]와 [자료3]의 신화적 원형은 장길산이
라는 남성 거인신에게 인간들이 그 신체(神體)와 신성(神性)의
크기에 걸맞는 대식과 대의를 바치면서 풍요를 기원하는 제의의
식을 형상화하는 이야기였을 것으로 생각된다. 대식과 대의를 받
고서 춤추며 기뻐하는 장길산의 모습은 곧 거인신에게 공물을 바
치는 제의를 마감하고 축제를 벌이는 인간들의 모습을 전이한 것
이다. 대식과 대의를 받고 춤을 통해 제의와 축제의 카니발을 벌
이는 장길산의 행위가 인간에게 도리어 해를 입힌다는 것은 장길
산이란 거인신에 대한 전통적인 신성성을 훼손함으로써 부정하고
자 하는 인식을 드러낸다. 신화의 해체와 신성성의 부정은 인간
에게 쫓겨나 기한에 시달리다 눈물 흘리고, 인간에게 잡혀서 볼

---

7) 「키가 큰 장길산」, 선천군 산면 하단동, 김국병 제보, 『임석재전집』2, 평
안북도편, 평민사, 1987, 151-152쪽

기나 맞는 불쌍한 모습으로 변개된 희화화의 양상으로 나타나는 것이다. 그러나 이러한 부정화와 희화화에도 불구하고 그 배설의 결과가 천지 거대 자연지물을 형성하고, 그 신체(神體)가 인간의 손아귀로부터 달아났다고 하는 것은 세속적인 관점에서 도저히 이해할 수 없는 현상이라는 인식의 형태로, 거인신의 신성을 받아들이는 일상적인 해석의 방식을 드러낸다. 신성성이 아닌 기이(奇異)의 형태로 신화적인 능력이 세속적인 세계 속에 재배치되는 양상을 보여주는 것이다. 이처럼 거인전설의 신화적인 연원에 기반 한 설인귀 전설의 대식 모티프는 설인귀의 초월적인 비범성을 우리 설화의 전통에 기대어 설명하는 하나의 이야기 패턴인 것임을 확인할 수 있다.

2. 아기장수 전설 유형의 자아와 세계의 대결 구조

설인귀 전설 속에 나타나는 설인귀는 기존 질서를 재편할 수 있는 능력 때문에 기득층과 갈등을 하는 민중 출신의 비범한 영웅으로 나타난다. 이 점에서 하나의 자아로서의 설인귀가 현실세계와 갈등하는 양상은 아기장수 전설의 서사구도에 그대로 대응된다. 설인귀와 대립하는 현실세계는 가족과 친족, 처가, 국가의 차원으로 동심원적인 확장 양상을 보여준다. 우선 가족과의 갈등은 앞서 살펴본 대식(大食) 모티프를 매개로 이루어진다. 식량을 많이 먹어서 없애는 설인귀의 대식 때문에 자신들의 생계가 위태로워지자 굶어죽을까 걱정하며 자식을 친척 집에 보내버리는 설

인귀의 부모는, 아기장수 전설 속에서 아기장수의 등에 난 날개
를 통해 그의 신화적인 비범함을 확인하고 그 때문에 자신들이
도리어 위해를 당할까봐 두려운 나머지 안위보신을 위해 자식을
죽이는 아기장수의 부모에 대응된다. 같은 맥락으로 대식이라는
설인귀의 초월적인 능력의 징표는 날개라는 아기장수의 신화적인
능력의 신표에 대응된다. 대식을 매개로 한 설인귀와 친족의 갈
등은 설인귀와 가족과의 갈등을 같은 패턴으로 반복한 것이다.

   그런데 설인귀의 신화적인 능력은 그 대응세력이 가족이냐 국
가냐에 따라서 설인귀의 능력에 대한 대응집단의 인식 방식과 대
결의 양상이 다른 차원으로 전개된다. 즉, 설인귀의 능력을 인식
하고 이로 인해 대립하는 카운터파트의 범주가 혈연집단으로 한
정될 때에는 그 대응집단의 현실인식 수준에 맞는 차원, 즉 지극
히 원초적인 생계유지와 의식주 문제로 초점화 되어 나타난다.
설인귀의 신화적인 능력이 대식으로 인식되는 것도 이들 혈연집
단이 물리적으로 나타나는 설인귀의 행동 양태로부터 그저 '많이
먹는다, 그래서 자신들의 생존이 위험하다'는 것 이외의 차원을
읽어내는 인지력이 부재하기 때문이다. 이는 거꾸로 말하면 설인
귀의 외면적인 행동 양식으로부터 새로운 질서를 창업할 수 있는
신화적인 자질을 읽어낼 수 있는 인지 능력을 가진 대응집단
과 대면하게 되는 경우에는 설인귀의 능력이 사회의 기득 체제를
해체하는 파괴력을 가진 차원으로 인식되게 된다고 할 수 있다.
이러한 인식의 국면과 관련되게 될 때 설인귀의 세계는 가족으로
부터 국가적인 차원으로 확대되게 되며, 카운터파트는 기존 질서
를 통제하고 유지하는 기득집단으로 교체되게 된다. 기존질서의

파괴와 새로운 질서의 창업이라는 동전의 양면과도 같은 능력을
타고난 신화적 존재와 기득집단의 대결은 아기장수 전설 중에서
도 우투리 전설이라는 하위 유형 속에서 구체적으로 찾아볼 수
있다. 다음의 자료를 통해 이 문제를 자세히 살펴보자.

> [자료4] (조사자: 옛날에 유명한 장수 얘기 같은 거 아세요? 싸움
> 잘 하는?) 설인귀 얘기가 있지. (조사자: 설인귀요?) 응.
> (조사자: 설인귀 얘기 하나 해주세요.) 1. 그거는 이름이
> 설인귀라고 하는데, 현귀라고 했었지. (조사자: 현귀요?)
> 응. (조사자: 왜 현귀라고 했나요?) 이름을 바로 가르쳐 주
> 면 죽거든. 자기 이름을. 그래 변명을 한 거지. 이름을 밝
> 혀 잡히면은 죽거든. 그래 변명을 한거야. 그래서 현귀라고
> 한거야. (조사자: 설인귀가 특별한 인물이었나봐요?) 그럼.
> 옛날에 우리나라에서 유명했어요.8)

[자료4]에서 밑줄 친 1.부분은 비범한 능력을 지닌 아기장수가
자신의 존재를 숨기는 모티프와 상통한다. 아기장수 전설의 하위
유형 중에서 아기장수에 대한 세계의 박해가 국가적인 차원으로
확대되고, 기존질서의 운명, 즉 국가의 흥망과 새로운 창업과 관
련되어 있는 우투리 유형에서 전형적으로 등장하는 모티프이다.
우투리 전설 유형에서 주인공 우투리는 아랫도리는 없고 윗도리
만 지닌 반쪽의 몸으로 태어나 자신의 존재를 비밀에 붙이고 굴
속에 들어가 온전한 몸을 만들기 위한 힘을 비축한다. 우투리가

---

8) 「설인귀 이야기」, [화현면설화10] 화현3리(영신) 노인정, 2000.1.18., 조
   흥욱, 박인희, 조재현 조사. 최재수, 남·66, 『경기북부구전자료집(2)』,
   조희웅 외, 박이정, 2001, 502-507쪽

굴 속에 들어가 반쪽의 몸을 온전하게 만들고 힘을 키우는 것은 창업을 위한 예비과정으로 일종의 상징적인 죽음, 즉 통과제의의 과정이다. 이 통과제의는 기존의 몸을 버리고 새로운 몸을 얻는 죽음과 재생, 부활의 과정이라고 할 수 있다. 과거의 것을 버려야 하기 때문에 그 존재성을 상징하는 이름을 발설해서는 안 된다. 우투리 전설 속에서 아기장수가 그 모친에게 자기 존재를 발설치 말 것을 당부하는 것도 그 때문이다. 여기서 우투리의 존재성은 이름과 갈대 잎으로 태를 가르고 태어난 것으로 상징된다. 하나의 존재는 이름의 명명을 통해 비로소 그 실체를 인정받는 것이니만큼 이름이 지니는 존재의 상징성을 쉽게 확인할 수 있다. 갈대 잎으로 태를 가르고 태어난 것은 신성한 존재가 인간의 몸을 빌려 태어난 과정을 상징하는 것으로 신화적 존재인 우투리가 출생한 사실을 드러내는 것이다. 윗도리가 있는 몸은 인간인 여성의 자궁을 매개로 출생했음에도 불구하고 신화적인 존재가 인간화 되는 작업이 완수되지 않았다는 것을 의미한다. 반대로 굴 속에 들어가 힘을 키움으로써 나머지 아랫도리의 몸을 만드는 것은 굴이란 자연의 자궁을 빌어 신화적 존재의 인간적 재탄생 작업을 완수하는 과정을 뜻한다. 갈대 잎으로 태를 가르고 태어났다는 사실은 아직 그 신화적 존재를 인간의 몸으로 탈바꿈하지 못한 채로 불완전하게 인간세계에 현신한 신성한 존재의 불완전성을 누설하는 것이 되는 것이다. 불완전한 인간의 몸으로는 신성한 힘을 다 발휘할 수가 없다. 인간 세상에 출현한 존재의 목적을 실현할 수가 없기 때문에 힘을 발휘할 매개체인 인간의 몸을 온전히 획득할 때까지 기다리고자 하는 것이다. 인간세계에서 온전한 힘을 구축하지 못한 우투리를 죽이고자 하는 주체는 우투리 이전부터 사회체제의 통제권을 소유해온 기득권층이다.

설인귀가 자신의 이름이 본래 '인귀(仁貴)'임을 숨기고자 하는 이유가 이름이 밝혀져 잡히면 죽기 때문이란 것은 이러한 우투리 전설 유형의 갈등구조에 그대로 대입된다. '인귀'라는 이름을 밝히지 못한 채 '현귀(玄貴)'라는 가명으로 밥을 빌어먹고 사는 설인귀는 일상인의 세계에서 자신의 능력을 인정받지 못한 비범한 인간이다. 일상인의 세계에서 설인귀의 존재는 그저 밥 귀신 정도로 인식될 뿐이다. 대식이라는 표면적인 행동 속에 일상적 세계관을 넘어선 설인귀의 탁월한 능력이 숨어 있다는 사실을 인지하지 못하는 것이다. '현귀'라는 이름은 이러한 설인귀의 본모습을 숨겨주는 일종의 가명이다. 설인귀의 비범함을 가려주는 일상적인 가면이라고 할 수 있는 것이다. 여기서 '현귀'라는 이름을 벗기고 설인귀의 본모습이 밝혀지면 그를 죽이려고 드는 세력은 물론 설인귀의 출현 이전에 구축된 일상적 세계의 주도권을 쥐고 있는 기득계층이다. 설인귀와 기득질서 사이의 갈등구조 속에는 아기장수와 기존세계의 신화적인 대립구도가 내재해 있는 것이다.

아기장수 전설의 우투리 유형과 마찬가지로 설인귀 전설에서도 재생의 공간으로서의 바위 암굴이 상징적인 의미를 가지고 반복적으로 등장한다. 설인귀는 이 석굴에서 자신을 중심으로 한 새로운 질서를 창조하기 위해 힘을 기른다. 그런데 이 암굴의 출입을 전후로 하여 아기장수 전설의 원형과 설인귀 전설은 그 결말구조의 양상이 정반대로 갈린다. 우투리 전설 유형에서 본래 암굴은 재생을 위한 공간이지만 이성계로 표상되는 기존질서의 위

협을 이기지 못하고 살해당함으로써 부활하지 못한다. 재생이 완
성되는 순간에 우투리의 실체를 발설한 부모 때문에 새로운 질서
창조를 위한 과업이 결정적인 순간에 좌절되고 마는 것이다. 이
점에서 우투리의 암굴은 재생과 부활의 공간인 동시에 현실세계
의 횡포를 재확인하는 좌절과 실패의 공간이라는 양가성을 지니
고 있는 것이다. 반면 설인귀 전설 속에서 석굴은 과업 달성을
위한 기반을 완성하는 공간이다. 다음의 자료를 살펴보자.

[자료5] 요 아래 주월리라는 동네가 있는데 거기서 설인귀 장군이
출생한 자리여. 그 양반이 이 훈련을 할 때, 어떻게 했냐면
은 그 주월리에서 이렇게 올라오면서 이 율포리 전배미, 전
암동 앞으로 지나가면은 석벽이 이렇게 서 있는데 거기 굴
이 이렇게 뚫려 있어요. 거기서 그 용마가 나와서 그 용마
를 타고서는 백운리에, 백운동이 있거든 요기에. 그 동네를
가니까는 어느 농부가 밭을 갈더라 말이야. 그 농부가 밭을
가는데 거기 쟁기에 걸쳐서 나오는 것이 궤짝이 나왔는데
그걸 열어보니까는 거기 갑옷, 투구가 있어가지고서 그 그
것을 그 양반이 입으시고 거 사태봉이라는 데에 더럭바위
가 있어요. 거기 가니까는 이 검을 거기서 훈련을 하셨어
요. 그 양반이. 그래 감악산에 설인귀장군의 비석이 있고
설인귀 굴이 있어요. (하략).9)

[자료5]에서 용마는 전암동 석굴에서 나오며, 갑주를 비롯한 병
장기는 그 근처 백운동의 밭에서 나온다. 설인귀는 용마와 병장기

---

9) 「설인귀 전설」, [적성면 설화5], 율포리 노인정, 1999.2.9., 조흥욱, 박인
희, 조재현 조사, 조팽기, 남·65, 『경기북부 구전자료집(1)』, 조희웅, 박
이정, 2001, 542-543쪽

를 가지고 감악산 석굴에 들어가 무공을 수련함으로써 대업 달성을 위한 힘을 연마한다. 감악산 석굴은 설인귀의 과업 달성을 위한 부활의 공간으로서의 구실을 충실히 이행하며, 천하재패의 영웅으로 거듭난 설인귀는 석굴을 나선 순간부터 성공가도를 달린다. 현실세계에서 최종적으로 설인귀가 이룩한 성공은 기실 석굴 속에서 재생과 부활의 통과제의를 완수한 순간부터 예정되어 있던 수순으로, 그 여부를 확인한 것에 불과하다고 할 수 있다. 설인귀의 석굴은 현실세계의 개입을 허락하지 않는 온전한 설인귀의, 설인귀를 위한 공간으로서 말 그대로 그의 성공을 위한 통과제의의 공간으로 존재하고 있는 것이다. 이 점에서 설인귀 전설은 승리한 아기장수의 이야기 즉, 아기장수 전설의 성공형이 된다.

그런데 아기장수 전설 유형이라는 것이 현실 세계와의 대결에서 실패한 아기장수의 비극적인 운명을 주조로 다루는 장르라는 점에서 아기장수의 성공형이 되는 설인귀 전설은 아기장수 전설의 장르 범주 속에서도 독특한 위치를 차지한다. 아기장수 전설은 본질적으로 무역사적(無歷史的)인 존재를 주인공으로 하지만 설인귀처럼 역사적으로 유명한 인물 전설과 결합하게 되면서 역사적인 구체성을 보유하게 된다. 설인귀 전설이 아기장수 전설의 장르 범주 중에서도 드물게 존재하는 성공형의 서사구조를 보여주고 있는 것도 설인귀라는 역사적인 인물의 실존성과 상호작용한 결과로 생각된다. 하층의 민중으로부터 질배 질서의 최상부 기득층으로 변신한, 설인귀의 성공스토리가 보유한 역사적인 실제성이 아기장수 전설의 서사구조와 미의식에 침윤하여 그 결말구조를 현실 세계와의 대결에서 승리한 이야기로 견인하는 과정 속에서 빚어진 세계관의 전환인 것이다.

설인귀 전설이란 유형 범주 속에 존재하는 개별적인 텍스트를 취합하여 보편적으로 적용되는 설인귀의 일대기 구조를 추출해 보면 다음과 같다.

① 민중 출생

② 세계와의 제1차 대결과 시련(친족 차원)

③ 세계와의 제2차 대결과 고난(혼사장애의 차원)

④ 용마 획득(병장기 획득)

⑤ 굴속에서 훈련(재생·부활)

⑥ 세계와의 제3차 대결과 승리(국가 차원)

아기장수 전설이란 장르 범주 속에서 주류를 차지하는 실패형과 설인귀 전설이 분지되는 지점이 바로 ⑤이다. ①-④까지는 아기장수 전설에 속하는 대부분의 텍스트에서 확인되는 서사구조와 동일하다. 설인귀 전설에서는 ⑤의 서사단락에 등장하는 암굴이 통과제의 공간으로서의 역할을 충실히 수행함으로써 재생과 부활에 성공한 설인귀가 ⑥의 서사단락에서 확인되는 세계와의 최종적인 대결에서 승리를 거머쥐게 되는 것이다. ⑤의 서사단락은 설인귀 전설이 아기장수 전설의 성공형으로 가기 위한 일종의 터닝 포인트가 된다고 할 수 있다.

아기장수 전설의 성공형에 해당하는 설인귀 전설의 서사구조 속에서 특이한 것은 혼사장애 모티프가 되는 ③의 서사단락의 존재이다.[10] 설인귀는 유리걸식하던 도중 한 대갓집의 마굿간에서

하룻밤을 유숙하다가 지인지감을 지닌 대갓집 딸과 사랑하게 된
다. 그러나 신분의 차이 때문에 반대에 직면한 설인귀와 대갓집
딸은 야반도주하여 백년가약을 맺고 설인귀가 전쟁터로 떠난다는
에피소드이다. ②의 가족과 친족과의 대결과 시련이 의식주과 관
련된 생명 유지의 수단을 사이에 둔 일차적인 갈등이라면 ③은
사회적인 신분과 계층 문제로부터 야기되는 이차적인 갈등의 형
태를 띤다. ②의 일차적인 갈등은 먹거리를 사이에 두고 벌어지
기 때문에 설인귀가 집을 떠나서 먹을 입을 덜어주는 것으로 해
결되지만 ③의 이차적인 갈등은 설인귀가 대결 상대의 면전에서
사라지는 것만으로는 본질적인 문제가 해결되지 않는다. 기득층
으로부터 인정을 받고 권력을 획득하여 기득질서 내부에 안착하
지 않는 이상은 ③의 혼사장애의 본질적인 요인이 되는 신분갈등
을 해소할 수가 없기 때문이다. 설인귀가 대갓집 딸과 야반도주
하여 사적으로 백년가약을 맺고 난 후에 전쟁터로 떠나는 것도
임시방편적으로 진행한 혼인을 사회로부터 공식적으로 인정받을
수 있는 수단을 획득하기 위한 차원이다. 이 점에서 ⑥의 서사단
락은 설인귀가 현실 세계와의 대결에서 최종적인 승리를 확인하
는 대단원이자, ②와 ③에서 중첩되어 있는 친족·처가와의 갈등
을 해결할 수 있는 결정적인 계기로 작용한다고 볼 수 있다.

---

10) 「설인귀 이야기」([화현면설화10] 화현3리(영신) 노인정, 2000.1.18., 조흥
    욱, 박인희, 조재현 조사. 최재수, 남·66, 『경기북부구전자료집(2)』,
    박이정, 2001, 502-507쪽)에서 이러한 혼사장애 모티프가 구체적으로
    서사화 되어 있다. 이 텍스트에서는 혼사장애 모티프가 확장되어 있는
    대신 용마 획득담, 암굴에서의 재생·부활담은 축소되어 있다. 용마 획득
    담은 그 과정에 대한 구체적인 설명이 생략되어 있고, 암굴에서의 재생·
    부활담은 백년가약을 맺은 설인귀 부부가 암굴에서 생활하는 것으로 대
    체되어 있다.

⑥의 '세계와의 제3차 대결과 승리'라는 서사단락의 구체적인 양상에 대해 좀 더 자세히 살펴보자. ⑥의 서사단락을 보다 세분화 하여 분석하면 다음과 같다.

㉮ 성공과 새로운 질서 구축 / 왕위 등극(용마의 생존)
㉯ 세계와의 제1차 갈등 해결(친족과의 갈등 해소)
㉰ 세계와의 제2차 갈등 해결(혼사장애의 해소와 가문의 구축)

㉮는 설인귀가 전쟁 승리의 주역이 됨으로써 기득질서 내부로부터 인정을 받는 동시에 권력을 획득하는 단락이다. 현실 세계와의 대결 과정에서 최종적으로 승리한 설인귀는 천자를 중심으로 한 천하질서를 유지하는 속에서 봉토를 부여받고 제후국의 왕이 되는 방식으로 자신을 중심으로 한 새로운 질서를 구축한다. 여기서 죽지 않고 생존해 있는 용마는 설인귀의 성공한 아기장수로서의 징표가 된다. 천하질서의 중심으로 존재하는 천자의 기득권을 인정하고 제후가 됨으로써 그 질서 내부에 편입되는 방법으로 자신을 중심으로 한 소국가를 구축하는 설인귀의 현실대응 방식은 실패한 아기장수의 그것과 분명히 다르다. 실패한 아기장수는 현실세계의 유일한 중심이 되고자 하다가 죽임을 당한다. 우투리 전설 유형의 경우 현실 세계 속에서 자신을 중심으로 한 기득질서를 구축한 이성계의 압도적인 현실적인 힘의 우위를 인정하지 않았기 때문에 패배한 것이다. 반면 설인귀는 현실 세계 속에서 천자가 획득한 기득권을 인정하고 그 힘을 빌려 자신을 중심으로 한 작은 질서를 구축하는 현실적인 대응방식을 보여준

다. ㉯와 ㉱의 서사단락 속에서 확인할 수 있는 바와 같이 기득 질서의 압도적인 현실적 권력을 차용하여 친족과 처가와의 사이 에 중첩된 갈등을 해결하는 이이제이(以夷制夷)의 문제 해결 방 식을 보여주고 있는 것이다.

국가의 창업이란 공적인 세계의 성공이 사적인 영역으로 들어 오게 되면 가문의 구축이 된다. 설인귀 전설에서 이 가문의 구축 은 친자 확인과 부자 상봉이라는 전형적인 신화소로 형상화 되어 있다. 다음의 자료를 통해 설인귀의 가문 구축이 혈연 확인이라 는 신화적인 모티프로 나타나는 양상을 구체적으로 살펴보기로 하자.

[자료6] 1 .말을 타고 집으로 가는데 한 열 살 먹은 녀석이 활을
쏘는데 쏘는 화살이 백발백중하는 거야. 그래 자기 아들인
줄도 모르고, '저 어느 집 자식인지 활을 나만큼 잘 쏘는
구나.' 하고 생각한거야. 그런데 자기 집에 찾아가는데 이
설인귀가 말을 타고 가는데 이 활을 쏘던 녀석이 보니까는
누구 자기 집으로 가니까는 이상한거야. 그래 활을 쏘다 말
고 좇아오는 거야. 그래 설인귀는 그 얘기 자기 아들인 줄
도 몰랐지. 그래 대문을 와서 문을 여니까는 주인을 부르니
까는 (중략) 그런데 딸이 있었는데 하룻밤 잔 것이 그래 남
매를 쌍둥이 남매를 난거였어. 하나는 남자고 하나는 여자
를 낳는데 생전 한 번도 본 적이 없는 아버지가 설인귀라고
얘기를 해줬었거든. 알려줬어요. 예전에 아들한테도. 그래
내가 설인귀인데 어머니 계시냐고 물었더니 있다고 했더니
당신의 뭐냐고 물었더니 엄마라고 그런 거야. 그래 자기도
그 애들이 자기의 아들딸인 줄도 모른 거야. 그래 여점이
있었던 모양이야. 그래 하룻밤을 잤을망정 그 점을 표시했

었나봐. 그래 그런 얘기를 하면서 그 사람한테 옷을 한 번
벗어봐라 한 거야. 그래 벗어보니 그 점이 있는 거야. 그래
그때 자기 남편인 것을 안거야. 그래 설인귀가 이 애들은
뭐냐고 하니까는 당신하고 냉수 떠 놓고 하룻밤 잔 것이 쌍
둥이를 나았다고 한 거야. 그래 아내하고 아이들하고 다 만
난 거 아내야. 그래 가족 상봉을 했지. 그래가지고 인제 장
인 장모를 만나 보려고 다 간 거야. (중략) 그래 장인 장모
다 만나고 다 인사하고 거기 가서 잘 살더래.[11]

　　[자료6]에서 1.부분을 보면 설인귀의 부자 상봉이 고구려 주몽
신화에 나오는 친자 확인 화소의 변형임을 확인할 수 있다. 고구
려 신화 속에서 주몽의 친자 확인은 피 섞어보기와 부러진 칼
찾아서 맞춰보기로 나타난다. 피 섞어 보기는 혈연의 물리적인
확인이고, 수수께끼를 풀어서 칼 찾기는 지능의 시험을 통한 후
계구도의 우회적인 확인이라고 볼 수 있다. 활쏘기 재능의 유전
을 통해 설인귀가 자신의 아들을 확인하는 1.부분은 이 둘이 종
합된 형태라고 할 수 있다. 활쏘기 재능은 우리나라의 신화 체계
속에서 한 집단의 우두머리가 될 만한 능력의 상징으로 나타난
다. 우리나라 신화 체계 속에서 활쏘기 재능을 지닌 영웅이 왕
이 되는 구도가 전형적으로 나타난다는 점을 고려할 때 선사
(善射) 능력의 확인은 왕의 혈연의 물리적인 확인이자 후계구
도 확정을 위한 친자의 재능 시험이라는 양가적인 의미를 지
닌다고 할 수 있다.

---

11) 「설인귀 이야기」, [화현면설화10] 화현3리(영신) 노인정, 2000.1.18., 조
　　홍욱, 박인희, 조재현 조사. 최재수, 남·66, 『경기북부구전자료집(2)』,
　　조희웅 외, 박이정, 2001, 502-507쪽

국가의 창업과 가문의 구축, 후계구도의 확립은 설인귀 전설을 아기장수 전설의 성공형을 넘어서 국조신화에 보다 가깝게 하는 요건이 된다. 기실 아기장수 전설은 국조신화의 다른 얼굴[12]로서 최종적으로 자신을 중심으로 한 국가 창업에 성공하느냐 못하느냐의 결말구조 속에 그 최종적인 장르적인 분지점이 놓여있다. 성공한 아기장수 전설 유형은 그 장르의 스펙트럼 속에서도 국조신화에 가장 가까운 지점에 놓여 있다고 할 수 있겠는데, 설인귀 전설은 그 경향이 보다 강화되어 있는 경우라고 할 수 있다. 고구려 국조신화의 친자 확인 모티프가 차용되어 있는 것도 이러한 미의식이 반영되어 있는 결과인 것으로 생각된다.

3. 풍속신앙 전설의 금기구조와 전승의 역사적 변동 단계

1) 설인귀 풍속신앙 전설의 금기구조

파주 일대에 현전하는 설인귀 전설의 절반 이상은 감악산(紺岳山)의 설인귀비와 관련되었다고 하는 풍속신앙 전설의 형태로 되어 있다. 보다 구체적으로 규정하자면 설인귀 풍속신앙 전설은 설인귀비 유래담으로 존재한다. 감악산 정상에 있는 감악산사(紺岳山祠)와 감악산비(紺岳山碑)의 풍속신앙 유래를 설인귀와 관련지어서 설명하는 유형이다. 사당이나 산사, 비석이나 탑, 공물

---

12) 아기장수 전설과 국조신화의 상관성에 관해서는 천혜숙, 「전설의 신화적 성격에 관한 연구」, 계명대학교 박사학위논문, 1987을 참조하기 바람.

등의 영험은 신격에 대한 신앙을 전이한 것이라는 점을 미루어볼 때 설인귀비 유래담으로 되어 있는 풍속 전설은 곧 설인귀라는 인격신에 대한 신앙 전설의 한 대체 형태라고 할 수 있다. 그런데 감악산은 파주 일대의 주산으로 그 토착 민속 신앙의 연원은 매우 오래된 것으로 보이며, 그 성립 및 형성 과정의 역사적인 실체를 구체적으로 소구하기란 어렵다. 반면 이 감악산 신앙과 긴밀하게 연결되어 있는 감악산사, 감악산비, 설인귀는 구체적인 역사적인 배경을 지니고 있으며, 이들이 감악산 신앙과 결합하는 시점은 명확한 역사적 사건과 함께 소구해 낼 수 있다. 설인귀라는 역사적 인물이 파생한 설인귀 전설이 감악산 신앙과 결합하여 설인귀비 풍속신앙 전설로 성립된 형성 과정은 역사적인 실체로서 존재한다는 것이다. 역사적 실체로서의 설인귀비 풍속신앙 전설의 형성 및 해체 과정 속에는 고·당 전쟁을 중심으로 한 고구려, 당나라, 신라의 정치적 역학관계가 내재해 있다.

풍속신앙 전설로서의 설인귀 전설의 서사구조는 두 가지 패턴으로 나타난다. 하나는 제향의 요구와 징치의 패턴이다. 제의와 희생공양을 요구하고 이를 어길 시에 징벌을 내리는 구조로 되어 있다. 다른 하나는 접촉 금기와 징벌의 패턴이다. 신격의 신체(神體)와 동격으로 인식되는 사당, 비석, 공물 등에 무단으로 손을 댔을 때, 인간을 징치하는 구조로 되어 있다.[13] 제향과 공양을

---

13) 접촉 금기 위반에 따른 징치를 중점적으로 서사화 한 작품으로 판소리 인「변강쇠가」를 들 수 있다.「변강쇠가」는 신격에 대한 접촉 금기를 위반한 인간이 당하는 징벌을 형상화 한 무속신화와 풍속신앙 전설을 판소리화 한 작품에 해당한다.

요구하는 패턴이든 사당·비석·공물에 접촉을 금지하는 패턴이든 모두 신격이 인간과의 상호작용 속에서 일정하게 제한하는 전제 사항이 있고, 이를 어겼을 경우에 징벌을 내리는 금기의 서사로 구조화 되어 있다는 점이 특징이다. 금기는 풍속신앙 전설 유형 의 전형적인 서사구조의 하나이다. 이러한 설인귀 풍속신앙 전설 의 금기구조는 대외적으로는 고·당 전쟁을 중심으로 한 고구려, 당나라, 신라의 역학관계와 대내적으로는 한반도 내부의 왕조 교 체에 따른 중앙정부의 정치·행정·종교적인 지배구조의 변동에 따라 일정한 변이과정을 보여준다. 설인귀 풍속신앙 전설의 역 사적인 형성과 해체 과정을 재구해 봄으로써 이 문제를 구체적 으로 고찰해 보기로 하자.

파주군 일대에서 현재 전승되는 설인귀 풍속신앙 전설의 대다 수는 제향요구와 관련된 금기의 패턴을 보여준다. 대표적인 자료 를 통해 금기구조의 양상과 특징을 자세히 살펴보기로 하자.

> [자료1] ① 1.거 설인귀비가 어디에 서 있냐면은 저 설모치인가에 있었대요. (중략) 장수가 말을 몰고 지나가는데 그 비를 지 나가려면 어느 장수든지 말을 내려서 걸어가는데. 이 장수 는 채찍질하면서 지나가는데 거기서 말굽이 척 달라붙었다 는 거야. 2. 말이 뛰지를 못하고. 그래 칼로 다 말을 목을 뽑아다 뿌리고 간 거예요.
> ② 1.그 비가 욕을 먹었다고 해가지고. 거 뭐 노인네의 얘 기지 뭐. 그래서 그 비가 내가 여기 있을 자리가 못 되겠다 아주 멀리 이사를 해야겠다. 그래서 거 감악산으로 올라갔 대. 감악산 꼭대기 상산봉우리에 있습니다. 그 비가, 설인 귀비라고요. 그런데 이 감악산 일대에 삼개 군 육 개면이

있어요. 2. 거 면에 소를 전부 끌어 설랑은 밤에 신령이 끌
어 설랑은 그 소 힘으로 설인귀비가 저 설모치에 있던 게
그리 올라갔다는 거예요. 그러니까는 혼을 빼서, 소의 혼을
빼서 그 소 힘으로 올라간 거예요.[14]

[자료2] ① 설인귀래는 이가 어디서 낳았느냐 하면은 저기 저 적성
주원군이라는 데에서 낳아가지구 그리구 감악산에서 공부를
하다가 중국으로 건너가서 그 중국의 그 장수가 된 거야.
그 장수가 되어서 나중에 모국을 쳤어요. 그래 조선에서는
알아주지 않지. 그런데 원체 명장이다 보니까는 감악산에서
공부를 했으니까는 비석을 세우는데 감악산에다 안세우고
마차산에다 세웠단 말야. 그랬는데 1. 자기가 지위가 말하
자면 청국이 대국인데 대국의 대장인데 소국의 장수들이 말
타고 지나가는 거를 아니 꼬아서 못 봐. 그래서 말이 못 간
단 말야. 끌고는 가는데. 그래서 끌고 가다가 그게 마차산
비가 안 보이는 데에서 말을 타고서는 간단 말야. 그래서
그게 습관이 되었단 말야. 그런데 함경도에서 무관이 말하
자면 무과를 보러 오는데 날짜가 없단 말야. 그래 인제 급
해 가지구 말을 올라오는데. 내일이면 무과를 볼 텐데 오늘
저녁에 부지런히 이제 말을 타고 서울에 댈려구 가는데 말
이 안 간단 말야. 그래 왠일인지 모르고 이제 말을 때리고
성격이 괄괄하니까는 화가 잔뜩 났는데 해를 보니까는 해가
다 넘어갔단 말이지. 에 지나가다가 어떤 사람이, "아이
말을 내려서 가지 그걸 타구서 어떻게 가우?" 왜 말을 타
구서 가느냐 말야 시간이 바쁜데. 말을 내려서 가라구. 여
기 하마비가 있지 않느냐구. 그래. 그 이야기를 하니까 그

14) 「이사 간 설인귀 비」, [적성면 설화3] 어유지리 노인정, 1999.8.9., 조
홍욱, 박인희, 조재현 조사. 정규운, 남·84, 『경기북부구전자료집(1)』,
조희웅 외, 2001, 박이정, 540-541쪽

사람이 '왜 그러냐. 그 저기 설인귀비가 있는데 그 중국에
서 장수 노릇을 한 사람의 비다. 근데 그 비석이 보이는 데
에서는 말 타고 못 간다.' 왜 그러냐구 그래. 2. 그걸 알
구서 화가 나니까는 가만히 보니까는 과거하기도 틀렸구.
그래 가지구서 약이 바짝 올랐지. 그래 가지구서 그냥 칼을
가지구서 말 모가지를 댕경 짤랐어.(조사자: 자기가 타고
오던 거를?) 그럼. 댕경 짤라 가지구 아 죽은 장수가 산
장수를 이길 수가 있느냐 말야. 거기가 어디냐구. 그래 이
거를 밤이 어두워 가지구서는 거기를 찾아 갔어. 쫓아 가가
지구선 그 말 피는 귀신이 싫어하거든. 그래 가지구 말 머
리를 둘러메 가지구선 거기를 올라갔어. 그래서 거기 올라
가 가지구 하는 얘기가. "그 죽은 장수가 산 장수를 못
견디게 만드니 욕심이 너무 많아 이 말 피나 실컷 먹어."
그래 가지구선 말 피를 비석에다가 실컷 발라줬단 말야. 그
리구서 그냥 돌아갔어.

② 2. 그런데 이제 그때 고 앞에 동네에 하봉암이라고 있어
요. 거기 그때의 정승 하는 사람이 있어요. 그 거이 그 사
람에게 가서 그 지방에서는 벼슬 높이 하는 사람이 왕이야.
에 그 냥반에게 가서 현몽을 했는데. "내가 이렇게 욕을
많이 봤는데. 그걸 좀 어떻게 면해 달라." 그러니까 "그
무슨 이야기냐?" 그러니까는 "말 피를 이렇게 갖다 발라
놨다구." 이에 되느냐구. 그래 가지구서 그 다음날 이제
종을 데리구서 거기를 올라가 보니까는 말 피를 갖다 비석
에다 문질러 놨단 말야. 그래 물을 길어다가 그걸 다 씻어
줬어. 씻어주고 내려왔는데 한 이틀 있다가 또 이제 올라오
래. 그래 와서는 이게. '아무래도 여기서는 있을 수가 없
으니까 내가 얼른 피신을 해서 가야 할 테니 소를 좀 빌려
달라구 하루만 쓰구서 돌려 줄 테니까 빌려 달라구.'
'그럼 그러라구.' 그랬는데 그 이튿날 안개가 꽉 껴 가

지구서는 날이 밝지 않는단 말야. 그 밖에 나가서는 왠일인
가 하고 있었는데. 외양간에서 소가 끙끙하고 앓는 소리를
하고 그러더란 말야. 그런데 나중에 밖이 벌게 지는데 보니
까는 해가 이만큼 올라왔어. 그래 소가 왜 그런가 하고 가
서 보니까는 소가 그냥 땀을 쭉 흘렸더란 말야. 요 부근의
소가 다. 그래 이 말을 뿐 아니라 한 이 오리 안이 소들이.
1. 그래서 이상하다구 이상하다구 그랬는데 나중에 여기서
보니까는 여기 서 있던 마차산 비가 감악산으로 갔다는 이
야기야. (하략)15)

　[자료1]은 감악산의 설인귀비 유래담의 형태로 되어 있으며,
그 내용이 희화화 되어 있다. 표면적으로 나타난 내용만으로 보
면 인간에게 박대를 받은 끝에 원래 있던 설모치란 산에서 감악
산으로 쫓겨나기나 하는 불쌍한 신세로 나타난다. 인간이 뿌린
생 말 피 때문에 쫓겨나는 모습은 축귀담의 전형적인 내용을 보
여주기까지 한다. 부정적인 사귀(邪鬼)로 취급받는 설인귀비의
양상 어느 구석을 보아도 당당한 신격으로서의 위력을 찾아보기
어렵다. 그런데 문제는 단순치 않다. 희화화 되고 부정화 되어
있는 형상을 뒤집어 보면 인격신으로서의 설인귀의 권능과 관
련 제향의 모습이 드러난다. [자료1]에서 신격을 희화화·부정
화 하는 방식을 통해 거꾸로 변이 이전에 존재한 설인귀 신앙
전설의 원형적인 내용을 추출해 낼 수가 있다는 것이다. 게다가
[자료1]에 나타나는 서사의 골조는 설인귀비 유래 전설에 해당하

----

15) 「설인귀비가 감악산으로 옮겨간 까닭(1)」, [동두천설화1] 생연2동 한약방,
　　1999.5.21., 조희웅, 조흥욱, 노영근, 박인희 조사. 이윤형, 남·76, 『경기
　　북부구전자료집(1)』, 조희웅 외, 박이정, 2001, 299-301쪽

는 여타의 다른 텍스트 속에서도 반복16)되고 있는데, 이는 설인귀 신앙을 의도적으로 희화화·부정화 해야 할 필요가 있을 정도로 원형적인 신성관념이 강성했다는 반증처럼 보인다. [자료1]의 서사구조를 정리하면 다음과 같다.

①-1. 제향을 요구하며 인간에게 작해하다.
①-2. 인간이 제향을 거부하고 도리어 위해를 끼치다.
②-1. 설인귀비가 설모치에서 감악산으로 이동하다.
②-2. 이동할 때 소의 영혼을 빼서 이용하다.

①-1. 부분은 설인귀비가 표시하는 설인귀 신앙의 권역을 지나가는 인간에게 해당 신격이 제향을 요구했으나 받아들여지지 않자 노하여 인간에게 작해를 가하는 양상을 보여준다. 말발굽 붙여서 못 움직이게 하기는 전통적으로 특정한 신격에 대한 신앙이 전승되는 권역 내부로 들어온 인간이 해당 신격에게 제향이나 공물을 바치지 않았을 경우, 신격이 그 인간에게 내리는 징벌의 대표적인 한 예로 나타나는 현상이다. 신당이나 성황당 앞을 지나가는 인간이 해당 신격에게 공물을 바치지 않았기 때문에 말발굽이 땅에 붙어버렸으나 제향을 바치자 겨우 떠날 수 있었다는 모티프는 특정 신격의 좌정이나 권능의 재확인 과정 속에서 전형적으로 나타난다. 한 가지 주목되는 것은 설인귀비가 원래 설모

---

16) 다음의 자료 속에서도 동일한 서사구조를 확인할 수 있다. 「설인귀비가 감악산으로 옮겨진 까닭(2)」[동두천설화13] 생연2동 한약방, 1999.5.21., 조희웅, 조흥욱, 노영근, 박인희 조사. 홍성연, 남·69, 『경기북부구전자료집(1)』, 조희웅 외, 박이정, 2001, 316-318쪽

치란 산 정상에 있었다는 설정이다. 여기서는 설인귀 신앙과 관련하여 다음의 두 가지 사항을 추출할 수 있다. 첫째는 설인귀 신앙이 산악신앙의 형태로 존재했다는 사실이다. 둘째는 설인귀 신앙이 설모치에도 존재했다는 사실이다. 설인귀가 설모치 일대에서 산신으로 좌정해 있으면서 제향을 받은 존재였음을 알 수 있다. 현전하는 대부분의 전설 자료 속에서 설인귀 신앙은 감악산을 중심으로 나타난다. 하지만 원래는 감악산뿐만 아니라 설모치와 같은 파주 일대의 다른 산악에서도 설인귀 신앙이 존재했었음을 확인할 수 있다. 설모치라는 산 이름 자체가 설인귀와의 관련성을 보여준다. 설모치의 '설'은 설인귀의 인명을 가리키며, '모치'는 '마치'의 동음어로 산 정상을 가리킨다.17) 설모치는 설인귀산이라는 뜻으로 설인귀를 산신으로 모신 산이라는 함의를 내포하고 있다고 볼 수 있다.

①-2. 부분은 설인귀신의 권능 행사가 인간에게 오히려 부정적으로 인식되면서 도리어 위해를 당하는 양상을 보여준다. 말의 목을 쳐서 생피를 내어 특정한 대상에게 바르는 행위는 축사(逐邪)의 민속에 속한다. 민속에서 신(神)으로 인식되느냐 귀(鬼)로 인식되느냐는 해당 대상에 대한 신성관념이 유지되느냐 않느냐에 따라 갈린다. 설인귀비가 축귀의 대상이 되었다는 것은 설인귀에 대한 신성관념이 이미 해체되었다는 사실을 말해준다. 신성이 실현되기 위해서는 인간의 믿음이 전제되어야 한다. 신앙이 해체되

---

17) 이에 관해서는 이변근·박정래, 「경기도 방언의 연구와 특징」, 『국어생활』12, 1988; 이명규, 『서울 경기지역 지명 및 방언 연구』, 한국문화사, 2000; 최건승, 『한국어 방언의 공시적 구조와 통시적 변화』, 역락, 2004를 참조하기 바람.

고 없으면 비일상적인 현상은 신성의 실현이 아니라 다만 귀신의 작해로 취급되기 때문이다.

②-1. 부분은 인간의 박해를 견디다 못한 설인귀비가 설모치에서 감악산으로 이동했다는 이야기로 신성관념 해체의 결과를 희화화 해서 보여주고 있다. 여기서 한 가지 주목할 것은 설인귀 신앙권역의 변동 양상이다. 설인귀비가 설모치에서 감악산으로 이동했다는 것은 설인귀 신앙권의 변동과 관련하여 다음과 같은 두 가지로 생각해 볼 수 있다. 첫 번째는 설인귀 신앙이 애초에 설모치와 감악산에 두루 존재했는데, 설모치에서는 신성관념이 해체됨에 따라 퇴조하고 그 신앙권역이 감악산 일대로 축소되었을 가능성이다. 여기에는 다음에서 살펴볼 [자료2]의 마차산까지 설인귀 신앙의 초기 전승 권역에 포함된다. 자료의 보충 여부에 따라서 설인귀 신앙의 초기 전승 권역은 파주 일대의 다른 산악 지역으로 더 확대될 가능성이있다. 두 번째는 설인귀 신앙이 애초에 설모치를 중심으로 형성·전승되었는데, 특정한 상황 변화에 따라 그 전승의 중심지가 설모치에서 감악산으로 이동했다는 것이다. 여기에는 설인귀 신앙을 중심으로 한 특정한 역사적 상황 변동을 전제해야 한다. 설모치가 그 이름 자체에서부터 설인귀와의 관련성을 내세우고 있는데 비해 감악산은 그렇지 않다는 사실이 이 두 번째 가설의 가능성을 높여준다.[18] 현재로서는 보다 구체적인 자료를 확보하지 않는 이

---

18) 하지만 이 경우, [자료2]에서 설인귀 신앙의 초기 전승권역 중의 하나로 나타나는 마차산 역시 설인귀와의 관련성이 명칭에서부터 부각되지 않는다는 사실을 해명할 수 없다. 마차산의 '마차'는 이야기 속에서는 소가 설인귀비를 끌어갔다는 사실과 관련해서 설명하고 있지만 구연자

상 두 가지 가능성을 복합적으로 고려하지 않을 수 없다. 한 가
지 확실한 것은 설모치 주위 지역민들의 박해를 견디다 못해서
사실상 감악산으로 쫓겨났다는 [자료1]의 에피소드가 감악산이
설인귀 신앙의 마지막 보루였음을 말해준다는 사실이다.

②-2.는 설인귀비가 설모치에서 쫓겨나 감악산으로 이동하는
양상을 구체적으로 나타낸 부분이다. 여기서 주목해 보아야 할
대목은 설인귀비가 이동을 위한 동력을 얻기 위해 소의 영혼을
빼앗아서 이용했다는 설정이다. 살아있는 생물의 영혼을 탈취하
여 마음대로 부리는 것은 신이한 능력이다. 그런데 설인귀비가
영혼을 탈취한 생물은 다름 아니라 인간이 농경을 하여 생산을
하기 위해서 필수불가결한 요소가 되는 소다. 설인귀비가 소의
영혼을 탈취하여 부렸다는 것은 신성성을 부정당한 채 인간에게
쫓겨나는 와중에서도 지역민의 생활을 좌지우지 했던 권능을 발
휘하고 있음을 의미하는 것이다. 이는 역추적하면 신성관념이 해
체되기 이전에 유지되고 있던 설인귀의 권능이 농경을 중심으로
한 인간의 생산 활동과 긴밀히 관련된 것이었음을 보여준다. 전
통 사회 속에서 농경은 곧 인간의 생산 활동의 거의 전부였다.
가축 중에서도 소가 가장 중요시된 것도 그 때문이었다. 농업 생
산의 확대를 기원하는 풍요제에서 소의 탈을 쓴 사람들의 군무가
등장하는 것도 이러한 차원과 관련이 있다.

의 설명 그대로라면 '마차(馬車 / 跐)'가 아니라 '우차(牛車 / 跐)'가 되
어야 한다. 그 보다는 설모치의 '모치'가 모음의 음가 내부에서 변이한
것으로 보는 것이 더 타당해 보인다. 이 경우 설마차산에서 설인귀를
뜻하는 '설'자가 생략된 것으로 볼 수도 있고, 아니면 해당 지역 내부
에서 특히 높은 산이라는 의미로 쓰인 것으로 볼 수도 있다.

이는 신격으로서의 설인귀의 직능이 지닌 정체를 설명해 주는 중요한 단서인 것으로 보인다. 하필 설인귀비가 자기 몸의 이동을 위해 소의 영혼의 힘을 탈취하여 그 노동력을 이용했다는 것은 설인귀가 원래 파주 지역의 농업 생산과 관련된 마을신 신앙과 결합되어 존재했던 양상을 보여주는 것으로 생각된다.[19] 설인귀 인물 설화에서 소를 몰아 밭을 가는 장면이 빠짐없이 등장하면서 서사 구조를 구성하는 필수적인 에피소드가 되고 있는 것도 같은 맥락으로 해석된다. 원래 설인귀 신앙은 소를 공양하는 제의의 형태를 보유하고 있었을 가능성도 있다. 비근한 예로 강원도 부평 지역에서는 사당 여신의 작폐를 무마하기 위해 소를 바치기도 했다.[20] 설인귀에 대한 제의에서도 소를 희생으로 바치는 제향이 중요한 한 단계로 설정되어 있었을 가능성이 농후하다. 소를 매개로 한 농경제는 곧 풍요제의 다른 이름이다. 농경의 풍요는 다시 마을의 평안과 안녕에 대한 기원제의로 환원된다. 이 쯤에서 신격으로서의 설인귀가 지녔던 직능의 정체가 해명될 수 있다. 설인귀는 설모치와 같은 파주 일대의 특정한 혹은 일부의 산악을 중심으로 형성된 마을의 생산과 관련된 농경신이자 마을의 안녕을 보장해주는 수호신으로 제향되었음을 알 수 있다.[21] 산악신이자 마을신으로 존재한 것이다. 이는 해당 신격에 대한 제향의 한 방식으로서 소

---

19) 비를 부리는 능력을 지니고 있다고 믿어지는 이무기가 소의 혼을 탈취하는 신성 권능을 발휘하는 이야기가 곳곳에서 확인되는데, 이 역시 소의 노동력을 관장하는 능력이 농경의 풍요 기원과 연관되어 있다는 관념의 소산으로 보인다.

20) 이에 관해서는 강진옥, 「마고할미설화에 나타난 여성신 관념」, 『한국민속학』25, 27쪽을 참조하기 바람.

21) 농경신과 풍요신으로서의 설인귀의 직능은 당연히 소와 관련된 우신(牛神)이란 동물신의 직능도 포함한다.

를 희생으로 한 제의 형태를 보여준다. 한 가지 지적해 둘 것은
신격이 인간에게 박해를 당하는 희화화와 부정화의 상황은 그 신
성관념이 원형 그대로 유지되지 못해서 제향이 사라졌기 때문이
지, 만약 믿는 사람만 있다면 그 권능은 여전히 발휘될 수 있다는
것이다. 설인귀비가 설모치 주위에 있는 소들의 혼을 빼서 감악산
으로 이동하는 신이한 이적을 발휘할 수 있는 것도 여전히 남아있
는 전통적인 신앙 관습에 의한 것이다.

   [자료2]는 [자료1]과 동일한 서사구조를 골조로 하면서도 설인
귀 신앙의 해체와 그에 따른 신격의 희화화·부정화 정도가 구체
적으로 형상화되어 나타난 텍스트이다. [자료1]의 각 서사단락에
대응되는 부분은 [자료2]의 텍스트 본문 속에 표시해 두었다. 신
성관념이 상실되기 이전에 존재한 설인귀의 신성행위의 구체적인
본모습과 관련해서 주목해볼 부분이 바로 [자료2]-②-2.부분이
다. 전승자들의 세계관이 변하면 대상 신격의 성격이나 행동양태
를 서술하는 방식도 변화한다. 현존하는 텍스트 속에 변형되어
있는 설인귀의 신이한 행적은 원래적인 신성한 권능의 소산이다.
현재 전승되는 텍스트 속에 자리하고 있는 설인귀의 신화적 권능
과 관련된 단편적인 모티프들은 이 인물이 원초적으로 가졌을 신
화적 행위의 일부분을 나타낸다고 할 수 있다. 신화적 권능의 본
질과 관련된 기억은 상실한 채, 그 마지막 단계의 흔적들만을 설
명하고 있는 것이다. 이야기를 이루는 모티프 면에서는 원초적인
모습을 반영하고 있지만 일정한 역사적 과정을 거쳐 오는 동안
변모되면서 그 본래적 신성성을 상실했기 때문에 인물의 성격 및
행위에 대한 묘사방향이 달라졌을 것으로 판단된다.

예컨대 설인귀 신앙의 해체 정도가 심화되어 있으며, 그 존재의 희화화가 부각되어 있는 [자료2]에서도 여전히 설인귀비는 일상적인 관념으로는 해명할 수 없는 신이한 행위 양태를 보여주고 있다. 설인귀비가 마을 사람의 꿈에 나타나 자기 몸을 씻어달라고 요구하거나 소를 빌려달라고 하는 것은 구차한 구걸 이전에 존재한 설인귀 제향의 굴절된 모습이다. 설인귀가 자신을 대접하라고 하는 요구가 말의 생피로 더럽혀진 비신(碑身)을 씻기고 소를 운송수단으로 빌려달라고 부탁하는 현실적인 행동 양태로 나타났지만 이는 기실 특정 신격으로서의 설인귀가 자신이 좌정하고 있는 특정 제향 장소, 즉 설모치 인근 지역에서 전통적으로 행해지고 있는 일정한 신앙적 행위의 일상화된 형태인 것이다. 즉, 설모치 인근 지역에서 설인귀에 대한 신성관념이 유지되고 있는 상황에서는 설인귀비를 깨끗하게 보호·유지하고, 소를 공물로 바치는 희생 제의를 바쳤던 것을 신앙의 해체 과정에서 현실적인 관점으로 형상화 하다 보니 설인귀비가 인간에게 부탁을 하는 왜곡된 형태로 나타나게 된 것으로 볼 수 있다. 특히 설인귀비가 인간의 꿈에 현몽하여 비신을 청결하게 만들라고 한 부분은 설인귀가 인간을 조종하여 자신의 요구를 관철시켰다는 점에서, 신격으로서 인간의 행동과 생각을 관장하는 권능의 원형적인 형태를 보여준다.

여기서 한 가지 지적해 두고 싶은 것은 설인귀비의 신성한 권능을 부정하는 인간이 외부에서 유입된 존재라는 사실이다. 설인귀비에 대한 신성관념의 해체 양상을 나타내는 자료를 검토해 보면 그 제향요구를 기부하는 것에서 더 나아가 오히려 치명적인 위해를 가하는 인간은 군사적인 목적이나 과거응시를 위해 파주 지역을 지나가던 무관, 군인, 장수로 나타난다. 적극적으로 설인귀비에 작해를 가하는 인간은 파주 지역에 살면서 전통적인 신성 관념을 전승해온 지역민이 아니라 이주자 혹은 통과자인 것이다. 설인귀비를 중심으로 한 신성관념을 지역 전통으로서 생래적으로 학습하지 않은 만큼 그것을 부정하는 것도 쉽다. 이주자에 의해 신성성을 부정당한 설인귀비의 제향 요구가 여전히 설모치 인근의 제향장소 일대에서는 받아들여지고 있는 것으로 보아 그 신성 관념의 체계가 지역민 내부에서만큼은 완전히 해체되지 않은 것임을 확인할 수 있다. 그러나 설인귀비에 대한 신성관념이 파주 일대에서 해체 일로에 놓여 있다는 것은 명확한 것이어서 설인귀비 풍속신앙 전설의 대부분이 감악산으로 이사 간 이유에 대한 설명담으로 되어 있다는 사실은 신앙 전승권역의 명백한 축소를 말해준다. 설인귀비가 감악산으로 이사 간 이유는 거꾸로 말하면 원래는 설모치를 비롯한 파주 일대에 산재했던 설인귀 신앙이 감악산에만 남아있는 유래에 관한 설명이 된다. 현전하는 설인귀비 풍속신앙 전설은 파주의 여타 지역에서 설인귀에 대한 신성관념이 퇴조하고 감악산 일대로 축소되게 된 이유를 밝히고 있는 유래 전설인 것이다.

접촉 금기 및 징벌의 패턴과 관련한 설인귀 풍속신앙 전설은 제향과 관련된 금기의 패턴과 비교할 때, 굴절되지 않고 거의 원형 그대로 전승되는 경우에 해당한다.

[자료3] 거 군인이 쓰러뜨려가지고 대위가 금방 죽었다는 거예요.

그래 다시 세웠다는 거예요. ㉮ 그 비가 25사단 연대장이
그 비가 귀찮으면은 이리 굴려라. 그랬거든. 그래 쓰러뜨렸
단 말이야. ㉯ 그러자 한 일주일 있다가 연급 권총대위가
있는데 권총으로다가 사격이 있어서 쏘는데 이게 총알이 안
나가더래는 거야. 이게. 그럼 왜 안 나가는 거야 하나가 자
기가 맞아 죽은 거야. 그냥. 그리고 지금도 있는지 모르겠
지만 호랑이가 나와서 비를 굴려놓고는 사병들이 거기를 얼
씬도 못하는 거야. ㉰ 그러던 찰나에 그렇게 되니깐 그때
사단장이 와서 묻는 거야. 왜 이런 일이 있는 거냐고. 거
난 얘기듣기로는 감악산에 있는 비를 굴렸다면서. 그게 어
느 장군 비인데 그걸 내려 굴려. 그러면 어떻게 했으면 좋
겠냐. 그래 다시 세워놓고 고사를 지내. 그래가지고서 사단
장이 큰 돼지 잡고 다시 그걸 아주 잘 해놨어요. (하략)22)

　　[자료3]은 [자료1], [자료2]와 달리 설인귀비를 중심으로 한
신성관념이 해체되지 않고 유지되고 있다. 설인귀비가 행하는
행동양태의 어떤 것도 부정적으로 인식되지 않고 있으며, 텍스
트의 서술방식 역시 희화화 되는 국면이 나타나지 않는다. 설
인귀비에 빙의한 설인귀는 자신의 신성성을 인정하는 향유층과
그 권능이 통용되는 공간을 확보한 명실상부한 신격으로 나타
난다. [자료3]은 설인귀비의 권능과 관련한 금기를 위반한 당사
자가 외부에서 유입된 이주자라는 점에서는 [자료1], [자료2]와
동일한 인물조건을 갖추고 있다. 그런데 설인귀비와 이 캐릭터
의 구체적인 상호작용은 전혀 다른 차원으로 전개된다. 설인귀

---

22)「영험한 설인귀비」, [적성면설화4] 어유지리 노인정, 1999.8.9., 조흥욱,
　　박인희, 조새현 조사. 정규운, 남·84, 『경기북부구전자료집(1)』, 조희웅
　　외, 2001, 박이정, 541-542쪽

비에 대한 이주자의 인식양상과 행동방식에도 세부적인 차이가 확인되며, 이 이주자에 대한 설인귀비의 대응방식은 확연히 다른 국면을 보여준다. 논의의 편의를 위해 [자료3]에 나타난 접촉 금기와 위반의 서사구조를 정리해 보면 다음과 같다.

㉮ 접촉 금기의 위반
㉯ 징치
㉰ 제향과 해원

㉮에서 설인귀비의 접촉 금기를 위반한 대위는 6.25를 배경으로 하여 일시적으로 파주에 들어온 군인 중의 한 명으로, 설인귀비에 대한 파주 지역의 전통적인 신성관념에 관한 사전지식이 부재한 인물이다. 설인귀 신앙은 한반도 전역을 대상으로 하는 것이 아니라 파주 일대로 한정된 지리적 한계성을 갖기 때문에 이 지역 출신이 아니라 전쟁이라는 일시적인 사건으로 이입해 들어온 대위는 파주 지역민이라면 생래적으로 가지고 있는 신성관념으로부터 상대적으로 자유로운 입장이다. 따라서 대위에게 있어서 설인귀비에 대한 신성관념 준수보다는 상관인 연대장의 명령 이행이 보다 현실적으로 주요하고도 긴급한 사안으로 인식되었던 것으로 나타난다. 대위에게 있어서 설인귀비의 신체(神體)에 대한 접촉 금기 위반은 신성관념 파기를 위한 의도적인 행위가 아니라 자연스러운 행위라는 것이다. 문제는 이주자인 대위가 설인귀비에 대해 지극히 현실적인 관점으로 접근했지만 설인귀비가 위치한 감악산 인근 지역은 여전히 그 신성관념이 유지되고 있었다는 데 있다. 더 정

확히 설명하자면 감악산 일대에서 유지되고 있던 설인귀비에 대한 신성관념이 외지인인 대위가 가지고 들어온 일상적인 사고방식을 압도했다는 것이 갈등의 핵심이 된다. 한 가지 주목되는 점은 신성관념의 변동양상이라는 측면에서 볼 때 [자료3]의 이야기가 [자료1], [자료2]의 내용에 후속편으로 연결된다는 점이다. [자료1], [자료2]에서는 설모치 지역에서 설인귀 신앙이 퇴조함에 따라 그 전승권역이 감악산으로 축소되는 양상을 보여주었다. 이는 거꾸로 얘기하면 설모치에서는 설인귀 신앙이 해체되었지만 감악산에서는 여전히 설인귀 신앙이 유지되었다는 말이 된다. 이 관점에서 본다면 [자료3]은 [자료1], [자료2]에서 감악산으로 이사한 설인귀비의 후일담이 된다고 할 수 있다.

  ⑭에서는 접촉 금기를 위반한 대위가 설인귀비에 의해 징치를 당하는 양상이 나타나 있다. 자신이 쏜 총알에 자기가 맞아 죽는 양상은 신격의 신체에 손을 대서는 안 된다는 접촉 금기를 어긴 결과로, 민간에서 흔히 얘기하는 동티가 난 것이라 할 수 있다. 감악산에서는 설인귀 신앙이 유지되고 있기 때문에 의식적이건 무의식적이건 간에 그 권능에 도전한 인간이 금기 위반의 대가를 받은 것이다. 설인귀비가 금기의 제시와 징치라는 신성관념을 유지하고 있다는 점에서 [자료3]은 굴절되기 이전에 존재한 설인귀 신앙의 한 원형적인 서사구조를 보여준다고 할 수 있다. 일상적인 관점에서 보자면 인간을 죽이는 해악을 끼친 존재임에도 불구하고 설인귀비의 금기 제시와 징벌의 과정이 부정적으로 서술되지 않는 것도 [자료3]의 서술시각이 설인귀 신앙의 신성관념을 여전히 인정하고 있기 때문이다.

㉲는 금기 위반에 대해 설인귀비가 가한 징치의 위력을 경험한 장군이 제향을 올림으로써 자기 집단에 가해진 신격의 분노를 해원하는 내용을 담고 있다. 장군을 필두로 하여 군대가 설인귀비에게 올린 제향은 신격의 신지(神地)를 어지럽힌 인간이 징벌을 풀어달라는 기원을 담고 있다. 돼지는 희생 공물에 해당한다. 제향과 공물을 올릴 테니 통티를 해지해 달라는 요구인 셈이다. 여기서 제향과 공양을 명령한 장군은 동티의 원인과 그 해원의 방법을 인식하지 못하고 있는 군인 집단 중 유일하게 본질을 인지하고 있는 인물이라는 점에서 일종의 무당이나 사제와 같은 역할을 하고 있다.

[자료3]의 이러한 서사구조는 금기의 제시와 징벌의 과정을 통해 설인귀비가 자신의 존재를 확인받고 있다는 점에서 일종의 제향요구의 성격을 띤다고 할 수 있다. 특히 마을의 수호신이 제향을 받고 좌정하게 되는 내력과 유사한 것으로 일정한 신앙적 행위를 포함한다. 자신의 요구를 질병이나 재난 등의 형태로 인간에게 현시한 뒤, 자신을 제향 하는 조건으로 재난을 해결해 주는 양상은 마을신의 좌정 과정을 밝힌 당제 유래 전설이나 당신화 속에서 흔히 확인된다. 각 지역의 특정 신격을 모시는 신당이나 신성하다고 인식되어 온 특정한 역사적 인물의 사당 혹은 비석과 관련하여 그 신성한 권능을 입증하고 제향의 내력을 밝히는 이야기로서 전해지는 것이다.23)

여기서 한 가지 지적해 두고 싶은 점은 설인귀비 전설 속에서

---

23) 제주도 전설의 「윤남패기 자원당」(현용준, 『제주도전설』, 서문문고, 1976, 274-276쪽)과 「광정당 말무덤」(현용준, 『제주도전설』, 서문문고, 1976, 270-272쪽) 이야기 속에서 이러한 양상을 확인할 수 있다.

그 권능이 가지는 금기를 저촉하는 인간이 하나같이 외지인으로
설정되어 있다는 점이다. 이는 파주 지역이 한반도 내부에서 지
니는 지리적 특수성에 기인하는 것으로 보인다. 텍스트 속에서
설인귀비 주변 지역은 교통·군사의 요지로 나타난다. 과거를 보
러가기 위한 교통의 요로 혹은 군사 관계 이동기착지로 나타나고
있다. 설인귀의 신적 권능과 대립하는 사람들이 하나 같이 토착
적인 지역민이 아니라 서울로 과거보러 가는 사람이거나 군사 관
계자인 것도 이런 맥락과 관련되어 있는 것으로 보인다. 설인귀
는 산신이었다가 그 주변을 두루 관장하는 신격으로 변모되었던
것이 아닌가 생각된다. 한반도의 역사 속에서 파주는 지리적으로
경기도 서북단에 위치하여, 동쪽 및 북동쪽으로는 양주군과 연천
군, 서쪽으로는 한강을 경계로 김포군, 남쪽은 고양시, 북서쪽으
로는 군사분계선에 접하는 지역이다. 이 지역은 일찍이 고대국가
시기부터 그 지리적 중요성으로 인하여 삼국의 각축장이 되었다.
그리고 고려와 조선시대를 통하여는 송도(松都)의 동교(東郊),
한양의 서교(西郊)로서 교통의 요지 및 수도 방비의 군사요지로
자리매김하여 왔다.24) 설인귀가 감악산처럼 사당과 비석의 탑신
이 위치해 있는 산악만이 아니라 그 일대를 두루 관장하는 신격
으로 제향 되었기 때문에 파주를 교통의 요로로 삼은 외지인와
이주자들이 자신들에게 생경한 설인귀비의 신성관념과 갈등을 빚
는 이야기 형태가 형성된 것으로 생각된다. 한편으로 이러한 설
인귀 풍속신앙 전설이 인간과의 갈등을 통해 신앙을 재확인하는
형태를 띠고 있다는 점으로 미루어볼 때, 외지이이 ㄱ 갈등의 내

---

24)『파주군지』상, 파주군, 1995, 3쪽

상자인 캐릭터로 등장하고 있는 인물구성은 그 자체로 한반도 교
통의 요지에 위치한 파주 지역의 지역적 특수성을 드러낸 것이라
할 수 있다.

[자료1], [자료2]와 [자료3]은 각각 설인귀 신앙의 굴절된 형태
와 원형적인 형태를 보여준다. 이는 설인귀 신앙의 변이 및 전승
권역의 변동 과정을 드러낸 것이다. 이러한 설인귀 신앙의 해체
혹은 변이는 지역의 토착 민속에 대한 국가의 역사적인 개입 여
부와 관련이 있다. 대외적인 정책적 의도 혹은 지방행정 강화,
지역 토착 민속에 대한 교화 등 국가의 공식적인 정책적 차원과
긴밀하게 조응하고 있는 것이다.

2) 설인귀 풍속신앙 전설의 전승양상에 나타난
   역사적 변동단계

현전하는 텍스트 속에 나타난 설인귀 풍속신앙 전설의 역사적
인 변이 과정은 다음의 세 단계로 정리해 볼 수 있다.

1️⃣ 1단계: 설인귀 신앙이 감악산 신앙과 결합하는 단계
2️⃣ 2단계: 감악산 신앙이 설인귀 신앙과 분리되는 단계
3️⃣ 3단계: 감악산 신앙이 유교적 합리주의와 대립하는 단계

1단계는 설인귀 신앙이 파주 지역의 전통 토착 신앙인 감악산
신앙과 결합하는 단계이다. 설인귀가 감악산신으로 좌정하면서
제향 된 시기는 통일신라로 보인다.

[자료4] 감악(紺岳)은 신라 때부터 소사(小祀)를 지내는 곳으로
삼았다. 산 위에 사우(祠宇)가 있어 봄·가을로 향과 축문
을 내려 제사를 행하였다.[25]

[자료5] 민간에 전하는 말로 신라 사람이 당나라 장수 설인귀(薛仁
貴)를 제사하여 산신으로 삼았다고 한다.[26]

파주군의 산악신앙의 한 형태로 존재했던 설인귀 신앙이 감악
산 신앙으로 재편된 계기는 파주를 가장 오래 점유했던 고구려의
영향을 몰아내고 신라의 영유권을 확인하기 위한 중앙 집권적인
행정체계 정립과정과 관련되어 있다. 감악산을 중심으로 파주군
일대의 산악신앙과 제의를 신라의 공식적인 제의체계 속에 편입
함으로써 파주군에 대한 행정권 확인하기 위한 중앙정부의 영향
력 확대 과정의 일환으로 이루어졌다. 원래 삼국시대에 파주지역
을 최초로 차지했던 것은 백제였으나 392년에 고구려의 광개토
왕이 관미성(關彌城)을 공격하여 함락시킨 것을 필두로 교하 지
역이 고구려에 넘어가게 되었고, 475년에 현재의 파주군 지역 전
체가 고구려의 영토로 귀속되었다.[27] 진흥왕대(540-576년)에 신
라가 고구려 세력을 한강유역에서 몰아내고 557년에 북한산주(北
漢山州)를 두면서 이 일대는 본격적으로 고구려와 신라의 각축
장이 되었다. 백제와 고구려가 교하 지역을 놓고 패권을 다툰 반
면, 신라와 고구려는 적성지역을 중심으로 대립하였다.[28] 삼국을

---

25) 고려사(高麗史)』, 권56, 地理志, 積城條
26) 고려사(高麗史)』, 권56, 地理志, 積城條
27) 『大東地志』, 卷3, 坡州 沿革條
28) 603년(진평왕25)에 고구려는 말갈족과 함께 칠중성(적성지역)을 합공하

통일하고 당군까지 몰아낸 신라는 757년(경덕왕16)에 전국의 주
요지역에 5소경을 설치하고, 전국을 9주로 재편성하였는데, 이
과정에서 파주지역의 5개 현은 646년에 설치된 한산주(漢山州)
에 소속되었다.[29] 신라는 명실공히 한반도 통일국가의 위상을 중
앙집권적인 행정체제 구축을 통해 과시하고자 했다. 종래의 백제
나 고구려 영유권의 흔적이 남아 있는 지역의 명칭을 바꿈으로써
지방에 대한 통일 신라 중앙정부의 영향력을 확인하고자 한 것이
다. 파주 지역의 경우, 파해평사현(坡害平史縣)이 파평현(坡平
縣)으로, 술이홀현(述爾忽縣)이 봉성현(峰城縣)으로, 칠중현(七
重縣)이 중성현(重城縣)으로, 천정구현(泉井口縣)이 교하군(交
河郡)으로, 장천성현(長淺城縣)이 장단현(長湍縣)으로 그 명칭
이 바뀌었고, 파평현과 중성현이 내소군(來蘇郡)에, 봉성현이 교

였으나 함락시키지 못했다. 고구려는 638년(선덕여왕7년)에 또다시 침
공했으나 신라의 대장군 알천(閼川)의 활약으로 퇴각하였고(『大東地志
』, 卷3, 積城 典故條), 660년(무열왕7)에는 초반에 승전하여 칠중성의
현령 필부(匹夫)를 전사시키는 등 위력을 떨쳤으나(『新增東國輿地勝
覽』, 卷11, 積城縣 名宦條), 필부의 죽음에 자극된 도성민의 저항과
왕이 특파한 군대에 쫓겨 우봉고현(牛峰古縣)에서 대패하고 퇴각했다.
(『大東地志』, 卷3, 積城 典故條) 이후 나당연합군이 백제를 멸망시키
고 나서 고구려를 향해 출발한 지역이 칠중성이었고, 662년에 평양 인
근에서 식량이 떨어진 채 고리되어 있던 당군을 구조하기 위해 김유신
등이 건너간 지역이 칠중하였으며, 고구려 멸망 후 대당투쟁에 있어서
중요한 군사적 거점이 되었던 곳이 바로 칠중성이었다.(『京畿誌』, 3책,
積城縣誌, 宦跡條 및 古跡條) 당은 674년 거란, 말갈과 합동으로 칠
중성을 공격하였으나, 전사하면서까지 성을 지킨 유동(儒冬)의 용맹으
로 뜻을 이루지 못하였다. 이듬해 칠중성이 고구려 부흥군의 거점이 되
자 당군은 이곳에서 부흥군을 격파하였고, 673년 해전에서 신라는 당
과 거란, 말갈의 연합군을 장단에서 격파했다.(『大東地志』, 卷3, 積城
典故條)
29) 『增補文獻備考』, 卷15, 여지고3, 군현연혁1, 신라조.

하군에, 장단현이 우봉현(牛峰縣)에 각각 위치를 바꾸어 소속되었다.[30] 최종적으로 지금의 파주 지역에는 파평현, 봉성현, 중성현, 교하군, 장단현이 위치하게 되었다. 이러한 파주군 일대의 행정구역 개편의 일환으로 토착 민속신앙들이 정리되어 감악사 신사로 통합되고, 다시 신라의 국가제의 체제에 편입되는 신앙체계 재편이 이루어졌다.

5세기 이후 신라는 주변의 여러 집단을 복속시키면서 중앙집권적 지배체제를 갖추어 나갔다. 권력을 한군데로 모으는 중앙집권적 지배체제를 갖추기 위해 왕권을 강화하고 중앙정부 조직과 지방제도를 정비하였다. 이와 함께 각 집단의 상이(相異)한 신화와 의례들을 중앙의 왕권을 중심으로 정비하는 작업도 진행되었다. 이러한 과정에서 보편성과 평등성을 강조하는 불교가 중요한 의미를 갖기도 하였다. 이러한 작업은 7세기 통일전쟁을 치르고 나서 더 가속화되었다. 확대된 영토와 다양한 인민을 하나의 원리로 묶어내는 작업이 더 절실해진 것이다. 신라는 그 원리를 당시 세계의 중심이던 중국에서 빌려왔다. 그것은 권위와 권력의 통일과 집중, 모든 수준의 정치력에 대한 일원적 편제를 특징으로 하는 율령체제(律令體制)였다. 율령적 지배체제는 유교적 정치이념이 그 뒷받침이 되고 있는데, 유교에서 권위와 권력의 문제는 예(禮)로 표현되었기 때문에, 율령체제에서 예제(禮制)의 정비는 중요한 문제였다. 예제에서 신과 인간과의 교감(交感)과 조화인 각종 제사는 길례(吉禮)로 정리되었는데 이는 국가와 왕실에서 지켜야할

---

30) 『新增東國輿地勝覽』, 卷11, 파주목·적성현·교하군 건치연혁조; 『新增東國輿地勝覽』, 卷12, 장단도호부 건치연혁조

예(禮) 중에서 가장 중요한 것이었다. 길례에는 다양한 수준의 많은 제사들이 포함되어 있다. 인간과 사회 존재의 근거인 하늘에 대한 제사, 왕실의 조상제사, 각 지역의 명산대천(名山大川) 제사, 성현(聖賢)과 같은 역사적 영웅에 대한 제사, 기복적이며 주술적 제사 등등의 다양한 제사들이 국가와 왕실의 권위를 과시하는 상징 면에서나 실제적인 목적 달성에 공헌하는 중요도에 따라 일원적이며 차등적으로 편제되었다. 그 결과 대중소사(大中小祀) 체계가 정비되었다. 신라는 바로 이러한 국가제사 체계의 원리를 들여와 통일 이후 각종 제사를 편제하였다. 신라는 왕경(王京)과 지방의 산천에 대한 제사를 대중소사 체계의 원리에 따라 구분하였다. 일정 산천에 대한 제사는 해당 지역민을 하나의 단위로 묶을 수 있는 것이었다. 통일 이후 지배체제를 재정비해야 할 신라 중앙정부에서는 지역집단을 그 세력의 대소(大小)에 따라 편제하고자 했는데, 한편으로는 군현제(郡縣制)라는 지방행정의 조직화로 또 한편으로는 대중소사라는 제사 편제로 실현하였던 것이다. 이렇게 편제된 제사는 국가가 그 제사의 거행 과정에 일정한 규정을 정하여 관여하는 국가제사였다.[31]

본격적으로 경덕왕 대에 전국의 명산대천을 사전(祀典)에 편입하였는데, 경주 부근의 산천을 대사(大祀)로, 전국의 오악(五岳)·사진(四鎭)·사해(四海)·사독(四瀆)을 중사(中祀)로, 지방의 주요한 산 24곳을 소사(小祀)로 편성했다. 이 과정에서 파주 적성면 감악산(甘岳山)도 소사로 지정되었다.[32] [자료1]은 바로 이

---

31) 신라의 국가 제의 체제에 관해서는 나희라, 『신라의 국가제사』, 일조각, 2003을 참조하기 바람.
32) 이에 관해서는 『파주군지』, 전게서, 185-186쪽을 참조하기 바람.

과정을 나타낸다. 그런데 통일신라의 국가제의로 편입되기 이전
에 파주의 지역 토착 신앙의 일부로 존재한 설인귀 제의는 산신
제이자 마을 당제의 형태였을 것으로 생각된다. 대·중사가 국가
가 직접 주관하는 국가신 제사임에 반해, 소사는 지방 군현민의
길흉화복을 주재하는 제의로서 지방관이 주재하였고, 기우제적
성격이 강했다. 소사는 본질적으로 고대 토착신앙인 산신에 대한
제사에 기반을 두고 있었다. 산신은 산에서만 영향력을 발휘하는
것이 아니라 산 밑 마을 공동체의 모든 길흉화복을 주제하며 마
을 공동체를 지켜주는 수호신이었다. 마을 문제 전반에 관계하는
전지전능한 신이지만 기본적으로는 농업신이라 할 수 있었다.[33]
소사가 기우제적인 성격을 강하게 띠는 것도 전통 사회 속에서는
농업생산이 마을의 안녕과 풍요에 직결되는 문제였기 때문이다.
감악산신은 애초에 파주 지역 주산의 산악신이자 해당 지역 마을
의 안녕과 풍요를 담당하는 수호신으로 존재했던 것이다.

감악산 신앙은 통일신라 정부의 국가제의로 재편되고, 그것이
설인귀라는 역사적인 인물과 결합되는 과정은 크게 두 단계를 거
친 것으로 보인다. 첫 번째는 진평왕의 파주 일대 점유와 함께
이루어진 변이 단계이다. 진평왕은 임진강 유역을 정복한 후에
철원 고석정(孤石亭)의 진평왕비(眞平王碑)와 함께 감악산 정상
에도 기념비를 세웠던 것으로 알려져 있다.[34] 감악산에 진평왕비
를 세운 이유는 이곳이 고구려와 치열한 영유권 다툼을 벌인 격

---

33) 이에 관해서는 서영대, 『한국고대 신 관념의 사회적 의미』, 서울대 박
    사학위논문, 1991, 66-79쪽을 참조하기 바람.
34) 이에 관해서는 김윤우, 「감악신비와 철원고석성」, 『경주사학』9, 1990,
    43-44쪽

전지였기 때문이다. 신라는 진흥왕대에 비약적인 영토 확장을 이
루었음에도 불구하고 파주를 비롯한 임진강 유역은 여전히 고구
려의 소유였다. 파주 일대가 신라의 판도에 들어온 것은 김유신
의 활약으로 신라가 고구려로부터 칠중성을 획득한 진평왕 51년
으로 비정되고 있다.35) 감악산비는 전통적으로 고구려의 판도 속
에 있었던 파주를 획득한 신라가 대내외적으로 이를 널리 알리는
동시에 국력을 자랑하기 위한 일환으로 건립되었던 것이다. 이
과정에서 감악산의 전통적인 토착 민속제의의 형식을 빌려 국가
의 안녕과 복록을 기원하는 공식적인 국가제의를 영토 확장을 기
념하는 행사의 일환으로 진행했을 것으로 보인다. 이후로 감악산
제의는 파주 지역의 풍요와 안녕을 비는 마을 제의인 동시에 호
국의 기원을 올리는 국가 제의의 이중적인 구조를 가지게 되었을
것으로 생각된다. 17세기까지도 감악산사(甘岳山祠)을 일명 왕
신사(王神祠)36)라고도 했다고 하는데, 이는 삼국시대의 주변부에
위치했던 파주 지역이 왕과 관련된 기념물의 건립이라는 중앙행
정부와 관련된 사업을 겪으면서 이 특별한 경험을 반영한 예로
파악된다. 감악산비를 일명 빗돌대왕비로 불렀다는 기록37)도 소
외되어 있던 주변부 지역인 파주가 진평왕비를 계기로 중앙정부
의 정치적인 배려의 세례를 경험했던 역사적인 사건과 관련되어
있음을 보여준다. 물론 이 시점의 감악산 신앙의 주된 성향은 여
전히 마을 제의였을 것이나, 감악산 제의가 통일신라의 소사로
편입되기 이전 중간 단계로 이미 이 시점에서 국가제의의 구조를

---

35) 김윤우, 「감악산비와 철원고석정」, 『경주사학』9, 1990, 43-44쪽
36) 『파주군지』, 전게서, 184쪽
37) 『파주군지』, 전게서, 184쪽

일부 보유하게 되었다고 볼 수 있다.

두 번째는 설인귀와 결합하는 단계이다. 현전하는 설인귀 풍속신앙 전설의 대다수는 설인귀비가 원래 설모치나 마차산과 같은 산에 위치해 있다가 감악산으로 옮겨갔다고 하여 전승권역의 이동을 암시하고 있다. 이는 파주 일대에 산재했던 설인귀 풍속신앙이 감악산 지역으로만 축소된 전승권역의 축소로 해석할 수도 있지만, 다른 한편으로는 특정한 역사적·정치적 계기에 의해 주된 전승권역이 감악산으로 이동한 결과로도 볼 수 있다. 다시 말해서 일정한 외부적인 요인에 의해 감악산이 의도적으로 설인귀 신앙의 본산지로 부각되면서 파주 일대에 산재한 원래의 설인귀 풍속신앙이 소거 및 정리되었다는 것이다. 이는 고구려의 전통적인 영유권이었던 파주를 빼앗아서 신라의 영토로 편입하는 과정에서 세 가지 정치적인 목적을 동시에 실현하고자 하는 의도에 의해 이루어진 것으로 보인다. 하나는 파주 지역의 대표적인 지역 제의를 국가제의로 편입시키는 종교적인 차원과 파주를 신라의 지방행정체제에 편입시키는 정치·행정적인 절차를 결합시켜 일원화된 체계를 구축하고자 하는 목적이다. 다른 하나는 파주 지역의 민중 출신 중에서 국제적으로 성공한 인물인 설인귀를 국가제의로 편입된 감악산 소사의 주신으로 제향 함으로써 설인귀에 대한 지역민의 존숭 관념과 자부심을 국가에 귀속시키고, 국가에 공식적으로 귀속된 설인귀 신앙을 매개로 파주 지역민의 신앙체계를 간접적으로 통제하고자 하는 목적이다. 새로 편입한 지역에 대한 중앙정부의 행정적 통제를 강화하고자 할 때, 해당 지역 출신으로 가장 명성이 있는 인물에게 관작이나 식읍, 제향을

내리는 것은 지방에 대한 중앙정부의 간접지배 방식의 전형적인
예라고 할 수 있다.

삼국통일 이전에 이루어진 신라의 파주 점령과 함께 진행된 이
러한 감악산 설인귀 신앙의 형성 과정은 통일신라 시대의 특정한
한 시기에도 똑 같이 반복되었음이 확인된다. 바로 발해의 성립과
통일신라의 대치 과정에서 발해의 군사적 위협에 대항하기 위해
정신적·종교적 기반을 확보하기 위한 정치적인 차원이다. 고구려
계승의식을 적극 표방하고 그 유민들에 의해 건국된 발해는 한·
중·일 삼각무역을 독점적으로 중개하면서 동북아의 새로운 강자
로 부상하여 통일신라를 위협했다. 당나라가 안동도호부를 철수함
에 따라 통일신라는 발해와 직접 국경을 접하며 삼한의 패권을 놓
고 대립하는 처지에 놓이게 되었는데, 고구려의 계승자임을 자임
하는 발해를 견제하기 위해 고구려를 멸망시킨 주체로 각인되어
있는 설인귀를 내세움으로써 발해를 정신적으로 압박함과 동시에
통일신라 국민을 의식적으로 통합하고자 한 것으로 나타난다.[38]
고구려를 멸망시킨 장군인 설인귀를 고구려의 한반도 남부 고토인
파주 지역 주산인 감악산사의 주신으로 내세움으로써 고구려를 승
계한 발해를 정신적으로 제압하고자 한 것이다. 말하자면 설인귀
는 발해의 남침 위협에 시달린 통일신라 정부가 내세운 신앙 차원
의 대리전쟁의 주체였던 셈이다. 남북국 시대의 전쟁 위협에 직면
한 통일신라 정부가 감악산 설인귀 신앙을 국민정신 통일을 위한
호국적인 차원에서 적극 활용함에 따라 감악산 설인귀 신격은 호

---

38) 이에 관해서는 정우영, 「운계사 고석비와 감악산 무속신앙의 시원」, 『
경기향토사학』6, 2001을 참조하기 바람.

국을 위한 군신(軍神)의 형상을 본격적으로 띠게 되었으며, 감악산 설인귀 제의는 전쟁 후 죽은 자들을 위한 호국진혼제사의 성격을 아울러 띠게 되었다.[39]

제2단계는 감악산 신앙이 설인귀 신앙과 분리되는 단계이다. 고려조부터 감악 산신 제향과 역사적 실체로서의 설인귀가 본격적으로 분리되기 시작한 것으로 보인다. 고려조라는 역사적인 배경을 뚜렷이 밝히고 있는 대부분의 자료에서는 감악산사와 감악산신이 바로 설인귀 신사와 설인귀신에 대응된다는 언급을 하지 않고 있다. 고·당 전쟁기과 나·당 전쟁기에 실존한 역사적 실체로서의 설인귀의 이름이 언급되는 경우에도 그것은 그저 과거 신라 때의 일로 소급되어 기록되고 있을 뿐, 고려 당대의 신격으로 현행되는 제향의 대상으로 기록되지는 않고 있다. 이는 고려조에 와서 설인귀 신앙과 감악산 신앙의 결합체제에 중대한 변동이 발생했다는 사실을 의미한다. 동시에 각각 별개의 실체로서의 설인귀 신앙과 유래 전설, 감악산 신앙과 유래전설에도 중대한 변이가 발생했다는 것을 보여준다.

> [자료6] 현종(顯宗) 2년에 거란병이 장단악(長湍岳)에 이르매 신사에 기치와 토마(土馬)가 있는 것 같아 거란병이 두려워하며 감히 앞으로 나아가지 못하였다. 이에 (사우)의 수리를 명하여 신사에 보답하였다.[40]

---

39) 오늘날 현행되는 감악산 무속제의는 바로 이러한 군신 제의의 형태를 띠고 있다고 한다. 그 시원은 남북국 시대에 통일신라 정부에 의해 이루어진 호국진혼제에 있다고 할 수 있다.

40) 『고려사(高麗史)』, 권56, 地理志, 積城條

[자료7] 현종 2년 2월에 거란병이 장단에 이르렀을 때 눈보라가 사
납게 일어나 감악산사(紺岳神祀)에 기치와 토마가 있는 것
같았다. 거란병이 두려워하여 감히 앞으로 나아가지 못하였
으므로 소사(所司)로 하여금 이에 보답하는 제사를 지내도
록 하였다.41)

감악 산신에 대한 신앙은 고려 초·중기까지 매우 강성했던 것
으로 보인다. [자료6]에서는 현종 때 감악산신이 거란병을 물리쳤
다고 했으며, [자료7]에서는 충렬왕이 원나라 황제를 도와 내안
(乃顔)을 토벌하려고 할 때 감악산신의 둘째 아들을 도만호(都萬
戶)로 삼아 음조하기를 바랬다고 한다. 도만호란 원나라의 다루
가치로서 감악 산신에 대한 신앙이 파주 지역민은 물론 고려국민
에게 강렬했기 때문에 그 믿음을 정치적으로 이용하기 위해서 벼
슬을 내리는 상징적인 행사를 벌인 것으로 보인다.

그런데 이들 기록에서는 제향의 대상을 설인귀라고 명시하지는
않고 있다. 감악산사라고만 했지 설인귀 신사라고 명시하지는 않
았다. 신라 때 민간에서 설인귀를 모셨다고만 했지 고려 때에도
그 제향의 대상이 설인귀라고 규정하지는 않고 있는 것이다. 이
는 고려조에 와서 감악산 신앙이 설인귀와 분리되었다는 사실을
말해준다. 고려조로 왕조가 교체됨에 따라 통일신라의 정치적인
판도를 상징하는 설인귀와 감악산 신앙이 분리되는 것은 당연한
수순이었을 것이다. 그 최초의 계기는 통일신라 말엽인 898년(효
공왕2)년에 고구려 계승 의식을 적극 표방한 궁예가 후고구려를
세우면서 파주를 점유한 사건이다.42) 궁예는 898년에 한주 소속

---

41) 『고려사(高麗史)』, 권63, 禮志, 雜祀條

의 양주 등 30여 성을 탈취하였고 900년에 광주 등을 획득하였
는데, 이때부터 파주 지역은 신라의 정치적·문화적 영향권으로부
터 분리되기 시작한 것으로 보인다.

　[자료6], [자료7]에서 확인되는 바와 같이 감악산사가 특히 고
려조에 와서 그 신이한 영험을 만방에 떨치게 되었다는 것은 뒤
집어 보면 감악산사를 상징으로 하는 파주 지역의 민속신앙의 확
대 이면에 이 지역의 정치적인 지분 확대가 내재해 있는 것으로
해석할 수 있다. 즉 삼국시대로부터 통일신라에 이르기까지 한반
도 역사의 주변부로 존재했던 파주 지역이 중앙무대에서 일정한
세력을 확보하게 된 지역사의 패러다임 변화를 암시한다. 고려조
는 정부의 중앙 통제력이 제 위력을 발휘하지 못하고 왕비나 권
력자를 배출한 지역을 중심으로 한 지방분권적인 정치 형태를 보
여주었다. 곧 호족을 중심으로 한 정치체제다. 파주 지역에서도
나말여초부터 중앙무대에 세력을 과시하는 호족이 등장하기 시작
했다. 고려 전기에는 서원(瑞原) 염씨(廉氏), 파평(坡平) 윤씨(尹
氏), 장단(長湍) 한씨(韓氏)가 문벌귀족으로 성장하였고, 무신집
권기에는 임진(臨津) 김씨(金氏), 몽고 압제기에는 서원 염씨,
교하(交河) 노씨(盧氏)가 두각을 나타냈다.43) 파주 지역의 주산
으로 존재한 감악산 신앙의 전국적 확대는 고려조에 들어 중앙정
계에 전면적으로 부상한 파주 출신 호족들의 세력 확장과 관련이
있는 것이다.

　파주를 중심으로 한 이러한 정치적 변동은 [자료6], [자료7]에

---

42) 『三國史記』, 卷50, 列傳10, 궁예조; 『증보문헌비고』, 권14, 여지고2,
　　역대국계2, 태봉국조
43) 『파주군지』, 전게서, 190쪽

서 다른 때도 아니고 하필 현종조가 이러한 감악산 신앙의 세력
과시의 시기로 지목되었던 역사적인 배경과도 연결 지어 생각해
볼 수 있다. 현종 조는 고려의 중앙집권적인 지방통치 시스템을
정비한 시기이다. 현종9년(1018년)에 전국을 4대도호부 8목 56
주군 28진 20현령 체제로 개편하였고, 장단 현령이 송림(松林)·
임진(臨津)·토산(兎山)·임강(臨江)·적성(積城)·파평(坡平)·마
전(麻田)의 7현을 관할하면서 직접 상서도성에 속하게 되었는데
이를 경기(京畿)라고 불렀다.44) 그러나 현종 조에 완비된 고려의
지방 통치 시스템은 지극히 불완전한 것이어서 각 지역을 직접
지배하는 것이 원초적으로 불가능했다. 고려시대에는 전국에 약
500개의 군현이 존재했지만 모든 군현에 외관(外官)이 파견된
것이 아니었다. 『고려사(高麗史)』 지리지(地理志)에 의하면 고려
전기에는 수령이 파견된 주현이 130개였는데 반해 그렇지 않은
속현이 373개나 되었다. 이들 속현들은 수령이 배치된 주현에 예
속되어 중앙의 간접지배를 받는 행정체계를 이루었다. 파주 지역
또한 예외가 아니어서 장단현에만 외관이 파견되었을 뿐, 나머지
파평현과 적성현은 장단현의 속현으로, 교하군과 봉성군은 양주
의 속현으로 존재하면서 중앙의 직접지배로부터 벗어나 있었던
것으로 나타난다.45) 이는 어떤 왕조보다도 강성했던 고려의 토호
세력의 지역 통제력과도 밀접한 관련이 있었던 것으로 보인다.
[자료6], [자료7]에서 특별히 현종조를 거론하고 있는 것도 이 당
시에 지방통치 제도가 완비되었음에도 불구하고, 파주 지역이 그

---

44) 『世宗實錄地理志』, 경기조.
45) 변태섭, 「고려전기의 외관제」, 『고려정치제도사연구』, 1971, 116-147쪽

통제력으로부터 벗어나 해당 지역 토호와 권문세족의 직접적인 지배하에 있었으며, 오히려 출신 호족들의 권력이 각 지역의 분권적인 세력 구도 속에서도 파주 지역의 지분을 확대하는 선순환의 기반이 되었던 사정을 감악신사의 신앙적 파급력을 빌어 표현한 것으로 파악된다.

3단계는 감악산 신앙이 유교적 합리주의와 대립하는 단계로 고려 충선왕조가 그 시작이다. 설인귀 신앙과 분리되어 토착민속화 한 감악산사 신앙은 고려 충선왕조에 와서 정부의 주도로 배격되는 양상이 확인된다. 이는 유교 이데올로기의 확대와 이에 따른 토착신앙의 배척 과정을 배경으로 한다. 새로운 이념을 유포하기 위해 사회체제 속에서 강력하게 뿌리내리고 있던 기존의 이념을 소거하는 방식이다.

> [자료8] 충선왕 3년 4월, 감악산에서 제사지내는 것을 금지하였다. 이때 귀신을 숭상하여 공경사서(公卿士庶)가 모두 친히 감악산에서 제사를 지내고 간혹 장단을 지나가다가 익사하는 자가 있었다. 이에 헌사(憲司)가 상소하여 이를 금지시킨 것이다.46)

[자료8]에서 감악산사는 설인귀 신앙과 완전히 분리되어 있다. 그러나 파주 지역의 공경대부, 평민은 무론하고 타지역의 사람들까지도 그 신이한 감응을 믿어 제사를 지내러 올 정도로 토착신앙으로서의 감악산사의 위력은 오히려 확대되어 있음을 알 수 있다. 문제는 토착신앙으로서 이렇게 세력을 확대하고 있던 감악산

---

46) 『고려사(高麗史)』, 권58, 刑法志, 禁令條

신앙의 위력이 정부의 주도로 공식적인 이념으로서의 세력판도를 확장하고자 했던 유교 이데올로기의 걸림돌로 인식되었다는 데 있다. [자료8]에서 감악산사 신앙은 유교적 이념을 중심으로 새로운 질서를 구축하고자 했던 당대의 지배층에게 심각한 문제로 인식되었던 토착신앙의 표상으로 나타난다. 감악산사는 선량한 백성들을 현혹하는 요사한 존재로 형상화 되어 있으며, 지역민들에게 끼친 작폐를 특히 강조하는 시각으로 서술되고 있다. 이는 같은 고려시대의 자료인 [자료6], [자료7]에서 감악산사 신앙을 서술하는 방식과도 괴리되는 것으로 다분히 유교 이념에 입각한 지배체제의 공식화된 폄하 의도가 노출되어 있다.

[자료8]에서 하필 충선왕조가 유교적인 지배질서와 감악산사의 토착 민속신앙의 대립이 본격화된 시기로 나타나는 이유는 충선왕이 주자 성리학을 본격적으로 수입하여 이를 왕권 강화를 위해 적극적으로 활용47)했기 때문으로 보인다. 충선왕은 왕을 정점으로 하여 신민이 수직적으로 복속하며 이를 충·효·신의 유교적 교화를 통해 일상생활 속에서 실천적으로 실현하고 자 한 주자 성리학을, 지방의 토착 세력을 기반으로 하여 왕권을 위협했던 권문세족을 제압할 수 있는 효과적인 이데올로기로 파악하고 있었다. 주자 성리학에 바탕을 둔 과거 제도를 확대하고, 당대의 거유인 이제현(李齊賢)을 앞세워 성리학적인 정치 및 지배질서 구축에 나선 것도 이러한 차원과 관련이 있다. [자료8]에서 배격의 대상으로 지목된 감악산사는 왕비를 보유한 고려조의 대표적

---

47) 이에 관해서는 서선덕, 「고려 충선왕의 유불정책에 대한 연구」, 동국대학교 석사학위논문, 2001을 참조하기 바람.

인 호족 세력을 배출하면서 정부의 중앙통제력과 대립했던 파주 지역 토착세력에 대한 일종의 은유 대상이다. 파주에 대한 지배력 확대를 위해 유교 이념을 앞세운 중앙정부가 토호세력과 대립하는 과정에서, 이 일대의 대표적인 토착 민속신앙인 감악산사 신앙에 대한 공식적인 배척에 나선 것으로 파악된다. 유교적인 정치질서를 확대하고자 한 충선왕조 지배체제의 관점에서 볼 때, 감악산사는 음사에 빠져있는 지방민을 교화하기 위해 퇴치되어야 할 대상으로 받아들여진 것이다.

그러나 감악산사에 대한 지역민의 신앙은 이러한 정부 차원의 공식적인 배척에도 불구하고 파주 지역 지방민의 관습 속에서 다시금 재현되곤 했던 것으로 보인다. 지배 권력의 조직적인 힘에 의해서도 토착 신앙의 뿌리를 발본색원하기는 어려웠다는 것이다. 그들의 구체적인 삶과의 연관 속에서 형성되어 깊숙이 자리한 신앙관념을 유교적 이념에 기반한 관가의 규제만으로는 일거에 무너뜨리기가 어려웠던 것으로 보인다. 조선시대에도 여전히 감악산사는 유교적 교화 확대를 내세운 정부의 배격대상으로 나타나고 있다.

[자료9] 권람(權擥)이 병들면서부터 오랫동안 나오지 않다가 이때에 이르러 송악에 기도하러 집을 다 비우고 가서 수일 동안 머물렀다. 드디어 감악에서 기도하는데, 마침 풍우가 있었다. 세상에서 전하기를 "감악산신은 곧 당나라 장수 설인귀이다."라 하므로, 권람이 신에게 말하기를 "신은 당나라 장수이고, 나는 일국의 제상이니, 비록 선후가 같지 않더라도 세는 서로 비슷하다. 어찌 서로 궁박하게 굴기를 이와

같이 하는가?" 하였다. 무당이 신어를 하는데, 성내어 말하
기를, "그대가 감히 나와 서로 버티는데 돌아가면 병이 나
을 것이다." 하니 그때 사람들이 이상하게 여겼다.[48]

[자료9]는 권람이라는 조선 초기의 대표적인 성리학자를 매개
로 하여 감악산의 토속 신앙과 유교 이데올로기 사이의 대립을
형상화 한 자료이다. 합리성을 존중하는 유교적 이념과 민속신앙
의 토착신격 사이에 벌어진 갈등 양상을 형상화 한 것으로 볼
수 있다. [자료9]에서 감악산사의 신은 유교사상으로 무장한 권람
에게 굴복하여 그의 요구를 들어주는 모습을 보여준다. 유교적인
지배이념이 차츰 확립되어 감에 따라 토착 민속 신앙을 통제하는
데 성공해 간 양상이 반영되어 있다고 할 수 있다. 유교적 이념
을 강화하면서 그것을 따르는 자에게 포상을 했던 조선조에 와서
감악산 신앙이 본격적으로 퇴조하기 시작한 양상이 나타나 있다
고 볼 수 있는 것이다. 이는 유교적 가치관의 확대에 따라 당대
의 지배적인 이념이 교체되어 간 패러다임의 영향 아래 생겨난
변모다. 조선 초기 유교적 이념의 전도사나 다를 바 없는 권람의
등장도 이러한 차원이다. [자료9]에서 권람은 일종의 퇴치자의 역
할을 하고 있다. 퇴치자 권람을 중심으로 한 이야기가 등장함에
따라 기존 자료의 서술시각에 변화가 일어난 것으로 보인다. 앞
서 살펴보았던 설인귀 풍속신앙 전설인 [자료1], [자료2]에 나타
난 희화화되고 부정화된 감악산사 설인귀비의 모습은 이러한 과
정에서 발생한 변이라고 할 수 있다. 유교적 합리성과 현실성을

---

48) 『世宗實錄』, 卷34, 10년 9월조

추구하는 지배 권력에 의해 토착신앙이 패배해 간 당연한 귀결인 것이다.

그러나 [자료9]는 거꾸로 감악산사의 신앙이 파주 일대의 민속신앙이 유교의 합리적인 관념에 의해 퇴치되어간 조선 초기까지도 구체적인 신격으로 살아있었다는 사실을 보여준다. 지역민들의 생활 속에서 구체적인 제향을 받으며 그들의 신앙과 관습, 사회질서에 관여하는 살아있는 존재로 나타나고 있다. 지역민들의 현재 의식 속에 살아있는 신앙대상인 신격은 그것과 다른 이념을 지닌 가치체계로서 새 질서를 구축, 유지하려는 관점에서는 용납될 수 없는 것이다. 감악산사의 신은 당대 지역민의 의식 속에 막강한 영향력을 행사하는 살아있는 신격으로서 엄연히 외경의 대상으로 남아있었기 때문에 유교를 국가적인 새 이념으로 실현하는데 장애가 되었을 것이다. 역사적인 성격을 지닌 자료 속에서 감악산사의 성격이 심하게 변모되고 있는 현상이 이를 반증해 준다. 사상적 변모 때문에 관념의 전환을 거치면서 그 본래적 면모를 상실하고 변이한 것이다.

권람을 필두로 한 정치적인 관념체계가 침투하면서 파주지역 토착 신앙에 대해서도 합리적·현실적인 인식 방식이 확대되었을 것이며, 그 결과 신앙 관념이 약화되는 결과가 초래되었을 것이다. 그런데 감악산사는 그 연원이 가장 오래되고 그 제의와 상관한 신앙이 파주 지역민의 정신적 기반을 형성하면서 동질성을 유지하는 중요한 끈이 되었던 것으로 보이는 바, 파주 일대에서도 상대적으로 가장 강력한 신앙체계를 형성하고 있었을 것으로 보인다. 파주 일대의 다른 산악신앙이 상실되거나 자취를 감추는

상황에도 감악산사와 관련한 신앙은 존속하였던 것으로 보이는
바, 설인귀비가 지역민의 배척을 피해 감악산으로 이사간다고 한
[자료1], [자료2]의 설정은 거꾸로 이러한 상황을 나타낸 것으로
생각된다. 이는 권람의 등장에도 불구하고 토착신의 권위를 일거
에 제압하는 동시에 유교적 권위를 단번에 뿌리내리지 못했다는
[자료9]의 서사구조 속에서도 확인할 수 있다. 유교에 입각한 지
배이데올로기가 토착신앙을 압도했다면 [자료9]는 토착신앙과 유
교이념의 대립을 권람과 감악산 신격의 갈등으로 형상화하지 않
고, 권람을 유교적 교화 실현의 영웅적인 인물로 형상화하여 감
악산 신격을 일거에 물리침으로써 유교적 이념의 일방적인 승리
를 강조하는 서술방식을 취했을 것이다.

　[자료9]에서 유교적 교화의 확대에 따라 토착신앙으로서의 감
악산 신앙이 본격적으로 퇴조하는 시대적 배경이 조선으로 설정
되어 있다는 점에 대해 한 가지 주목해 볼 사항이 있다. [자료9]
의 이러한 설정은 조선조의 중앙집권적인 행정체계 구축과 파주
지역의 위상의 변동이라는 역사적 사실을 서사구조를 통해 반영
하고 있는 것으로 볼 수 있다. 토착신앙으로서의 감악산 신앙과
유교 이념의 전도사로서의 권람의 대결은 파주를 중앙집권적인
지방행정 체제 속에 적극 편입시키고자 하는 조선 정부의 노력과
지역 토착 세력의 대립을 나타낸 것으로 보인다. 조선 정부는
1414년부터 중앙관제와 지방군현제에 대한 대대적인 개혁을 시
행하면서 지방에 대한 중앙통제력을 강화해갔다는데, 바로 [자료
8]에 등장하는 권람의 파주 방문 시기와 일치한다.49) 조선 초기

---

49) 이 과정에서 파주 지역의 교하현은 원평군에 소속되었고, 교하현 소속의

부터 본격화된 유교적인 지방행정체제의 정비 과정의 일환으로
파주 지역의 토호를 제압하고 정부의 중앙 통제를 강화하고자 한
정부의 공식적인 움직임을 반영하고 있는 것으로 보인다.

　[자료1], [자료2]의 설인귀 풍속신앙 전설 속에서 토착신앙 속
에서 감악산신으로 인식되었던 설인귀비의 희화화는 이처럼 토착
신앙이 조선의 중앙집권적인 행정통제와의 대결에서 패배하는 과
정에서 발생한 것으로 생각된다. 역사적인 대결에서 패배함으로
써 신앙대상으로서의 숭앙감은 박탈되었지만 그 숭앙의 흔적은
역설적으로 희화화된 양상 속에서 확인할 수 있다. 변모과정을
역으로 추적할 때, 설인귀 신앙이 지닌 본질적인 신성과 그 발현
양태의 역사적 변모 과정을 명료하게 확인할 수 있다. 설인귀는
생활의 풍요를 제공하는 산신 혹은 지역의 생산신으로 숭앙되었
으며, 일정한 역사적 시기에 중앙집권적인 행정 체계와 대결하는
과정에서 신성을 상실하거나 그것이 약화되어 희화화 된 것으로
보인다. 제향 대상신으로서의 자격을 박탈당해 신앙되지 않게 됨
으로써 그 본래적인 신성을 상실하게 된 역사적인 배경을 확인할
수 있는 것이다.

　여기서 한 가지 주목해 볼 것은 통일신라의 멸망과 고려의 성
립에 따라 감악산 신앙이 설인귀 전설과 본격적으로 분리되었음
에도 불구하고 [자료9]에서 설인귀가 감악산사의 신으로 나타나
고 있다는 사실이다. 유교적 교화 확대의 전령사로서 토착신을
퇴치하는 권람이 대결하는 당사자는 감악산신으로 일반화 되어

　심악은 고양현(高陽縣)에 소속되었고(『太宗實錄』, 卷28, 태종 14년 8월
　신유조), 장단현은 임강현(臨江縣)을 합병하여 장임현(長臨縣)이 되었다
　가 뒤에 다시 장단현이 되었다. (『世宗實錄地理志』, 경기 장단현조)

있는 것이 아니라 설인귀신으로 구체화 되어 있다. 역사적 실존
인물로서, 파주군 일대에서 해당 지역 출신 인물로 인식되고 있
는 설인귀와 감악산신이 다시금 결합하고 있는 것이다. 이는 조
선이라는 왕조의 성격과도 관련이 있는 것으로 보인다. 감악산
신앙과 설인귀 전설의 분리는 고구려 계승의식을 적극적으로 표
방한 궁예가 파주 지역에 후고구려, 즉 태봉의 수도를 정하면서
시작되어, 역시 고구려의 적자임을 천명한 고려조에 와서 본격화
된 것으로 생각된다. 반면 조선은 북방 여진족의 세력을 기반으
로 하여 창업했으면서도 오히려 함경도나 평안도와 같은 한반도
북방 지역과 그 출신 인재를 차별한 왕조이다. 이 때문에 고려의
수도로서 고구려 계승 의식이 완연한 개성 지역에서는 이성계를
비하한 성계육 전설이 널리 전승되기도 한다. 이는 거꾸로 보면
조선 왕조의 성립이 파주군 감악산 신앙과 설인귀 전설을 분리하
게 한 고려조 이래의 정치적인 강제력을 완화시킨 결정적인 배경
으로 작용했다고도 할 수 있다. 비록 [자료9]에서 설인귀가 감악
산신의 본령으로 나타나 있기는 하지만 감악산 신앙을 기록한 조
선조의 거의 대다수 기록에서는 감악산신이 설인귀라는 인식이
나타나지 않는다. 17세기 이래 이 지역을 답사했던 허목, 유형원,
이만부 등의 기록을 보면 감악산비 옆에 설인귀 사당이 있다는
언급만이 나와 있을 뿐 감악산비와 설인귀 사당과의 구체적인 연
관성은 지적하지 않고 있음을 확인할 수 있다.[50] 감악산 신앙과
설인귀 전설을 한 세트로 묶어서 인식하는 것에 대한 정치적인
금기가 조선조 들어 해제되었다 하더라도 그 사이의 결속력이 굳

---

50) 김륜우, 「감악산비와 철원 고석정」, 『경주사학』9, 1990, 43-44쪽.

건했던 것은 아니었던 것이다. 조선조 이후 감악산신은 설인귀이 기도 하고 아니기도 한 형태를 띠게 되었으며, 동시에 감악산 풍속신앙 전설은 설인귀 전설이기도 하고 아니기도 한 유형으로 존재하게 된 것으로 볼 수 있다.

III. 「설인귀전」 성립과정에 나타난 한·중 고·당 전쟁 문학의 교섭양상과 역사인식

1. 고·당 전쟁 문학으로서의 한·중 「설인귀전」 사이의 간극

한국의 고·당 전쟁 문학인 「설인귀전」은 중국의 대표적인 고·당 전쟁 문학인 「설인귀정동」42 회본을 수입·번역해서 만든 작품이다. 그런데 이 「설인귀전」은 단순히 「설인귀정동」42 회본을 충실히 축자역한 번역소설로서만 존재하지 않는다. 「설인귀정동」42 회본은 한글로 번역되어 「설인귀전」이라는 형태로 한국의 소설 독자층에게 널리 읽힘으로써 한국의 대표적인 고·당 전쟁 문학이 된 것이다. 이 점에서 「설인귀정동」42 회본과 「설인귀전」은 그 존재 자체만으로도 한중 고·당 전쟁 문학의 교섭 양상을 드러낸다고 할 수 있다.51) 그런데 「설인귀정동」42 회본의 수용과 「설인귀전」의 성립에

---

51) 여기서 다시 한번 분명히 해 두어야 할 것은 한중 고·당 전쟁 문학의 교섭양상과 관련한 개념과 범주의 문제이다. 「설인귀전」은 번역소설이

이르는 일련의 과정 속에는 단순히 번역으로만 설명될 수 없는 복잡한 층위가 존재한다. 「설인귀전」을 단지 「설인귀정동」을 수입하여 번역한 작품으로 규정하려면 「설인귀전」이라는 표제에 속하는 작품들이 모두 「설인귀정동」42회본과 동일한 내용을 담고 있어야 한다. 다시 말해서 비록 자구와 어구상의 출입은 있을 지라도 그 대개의 내용 변개의 범주는 「설인귀정동」42회본을 축자역한 테두리 내부에 있어야 한다는 것이 전제가 되어야 한다는 것이다. 하지만 실상은 이와 다르다. 「설인귀전」의 이본군 속에는 「설인귀정동」42회본을 그대로 축자 번역한 유형과 그렇지 않은 두 부류가 존재한다.52)

문제의 핵심은 「설인귀정동」42회본과 다른 내용을 포함하고 있는 이본의 계열이 어떠한 경로로 형성되었는가 하는 점이다. 즉, 「설인귀정동」42회본과 다른 내용의 소재 원천이 무엇인가 하는 문제이다. 문제의 설정 방향은 다음과 같은 세 가지로 정리해 볼 수 있다. 첫째는 「설인귀전」의 한 계열에 포함되어 있는 이 내용이 「설인귀정동」42회본을 제외한 중국 고·당 전쟁 문학의 다른 작품 속에서 유래한 것인가, 아니면 한국 고·당 전쟁 문학

라는 존재의 특성상 중국 고·당 전쟁 문학인 「설인귀정동」42회본을 원전으로 한다. 그러나 중국 고·당 전쟁 문학인 「설인귀정동」42회본의 번역본인 「설인귀전」은 한국 고·당 전쟁 문학의 범주에 속한다. 원전과 번역물이라는 불가분의 관계에 있음에도 불구하고 두 작품은 고·당 전쟁 문학의 각각 다른 범주로 분류되는 것이다.

52) 전자에는 연세대본, 이화여대본, 동미서시본, 경성서적조합본, 신구서림본의 4종이 속한다. 후자에는 경판 40장본, 경판30장본, 경판17장본, 국립도서관본, 영남대본, 고려대본 박순호본 등 7종이 속하는데, 국립도서관본이 최선본으로 알려져 있다. 각 이본 관계에 대해서는 이윤석, 「<설인귀전>의 원천에 대하여」, 『연민학지』9, 2001을 참조하기 바람.

과 관련이 있는 것인가 하는 것이다. 둘째는 「설인귀전」의 한 계
열이 만약 한국 고·당 전쟁 문학과 관련이 있다면 무슨 작품과
어떠한 양상으로 관련을 맺고 있으며, 그 형성과정은 어떠한가
하는 점이다. 셋째는 「설인귀전」의 한 계열이 「설인귀정동」42회
본과 비교할 때 나타나는 내용상의 차이가 한국 고·당 전쟁 문
학에 나타난 역사의식과 어떤 방식으로 연관되어 있는가 하는 점
이다.[53] 「설인귀정동」42회본과 다른 내용을 포함하고 있는 「설인
귀전」의 최선본이 국립도서관본이라는 기존 연구에 따라 논의의
편의를 위하여 앞으로는 이를 국립도서관본 계열 「설인귀전」으로
지칭하기로 한다.

한국의 고·당 전쟁문학 중에 「설인귀정동」42회본과 다른 국립
도서관본 계열 「설인귀전」의 내용과 서사 구조적으로 상관관계에
있는 작품 유형이 있다. 바로 설인귀 전설이다. 국립도서관본 계
열 「설인귀전」과 설인귀 전설의 내용 중에서 유사한 모티프를 보
여주는 부분을 정리해 보면 다음과 같다.

---

53) 「설인귀전」에 관한 기존 연구는 번역·번안 양상 및 시기, 번안·번역
이본의 존재 양상과 특징, 원전의 확정 문제 등에 집중되어 있다. 기존
연구 성과의 목록을 제시하면 다음과 같다. 서대석, 「이조(李朝) 번안소
설고(翻案小說攷)-설인귀전(薛仁貴傳)을 중심으로)」, 『국어국문학』52,
1971); 성현경, 「여걸소설과 『설인귀전』-그 저작연대와 수입연대 수용
과 변용」, 『국어국문학』62·23, 2005); 이윤석, 「<설인귀전>의 원천에
대하여」, 『동방학지』9, 2001; 이금재, 「<설인귀전> <설인귀정동>수용과
그 의미」, 부산대학교 석사학위논문, 1990; 박재연, 「설인귀정료사략」소
고, 있다는 점에서 문제가 있다. 「설인귀전」이 한국 고·당 전쟁문학으
로 성립되는 과정에서 설인귀 전설이라는 제삼의 변수가 개입되어 있다
는 점에서 「설인귀전」을 대상으로 한 고·당 전쟁 문학의 한·중 역사인
식 차이는 한국 구비전설 담당층의 향유의식을 중심으로 하여 미시적으
로 접근할 수 있는 여지가 있다고 할 수 있다.

[1] 대식 모티프

[2] 외삼촌의 박대 모티프

[3] 병기 획득 모티프

[4] 용마 획득 모티프

기한 모티프, 외삼촌 박대 모티프, 병기 획득 모티프, 용마 획득 모티프는 중국의 고·당 전쟁문학인 「설인귀정동」 42회본에는 나오지 않는 내용이다. 대식 모티프, 외삼촌의 박대 모티프, 병기 획득 모티프, 용마 획득 모티프는 우리나라 영웅소설의 일대기 구조를 구성하는 핵심적인 모티프에 해당한다.[54] 대식 모티프와 외삼촌의 박대 모티프는 가문의 몰락에 따른 영웅의 시련이라는 서사 단락에 속하며, 병기 획득 모티프와 용마 획득 모티프는 입공을 위한 주인공의 수련과 학습이라는 서사 단락을 구성한다. 이 네 가지 모티프가 우리나라의 영웅소설화 된 국립도서관본 계열 「설인귀전」의 서사 구조적인 특징을 형성하는 핵심적인 화소가 된다는 것이다. 그런데 국립도서관본 계열 「설인귀전」을 서사 구조적인 측면에서 「설인귀정동」과 분지시켜주는 변별점인 이 네 가지 모티프와 유형적으로 유사한 내용이 파주 지역 일대에서 전승되는 설인귀 전설 속에서 확인된다는 것이다. 이는 중국의 고·당 전쟁문학인 「설인귀정동」과 변별되는 한국의 고·당

---

54) 물론 이 네 가지 모티프 외에도 설인귀의 인물형상과 역사의식의 측면에서 유사성을 확인할 수 있으나 이는 서사구조와 관련한 유형성의 측면으로 다루기에는 무리가 있다. 향유의식과 관련하여 전면적으로 다루는 것이 더 효과적인 만큼 고·당 전쟁문학에 대한 한·중 향유의식을 분석하는 부분에서 더 자세히 고찰하기로 한다.

전쟁문학인 국립도서관본 계열 「설인귀전」의 성립 및 형성 과
정 속에 설인귀 전설이 구조적으로 개입되어 있다는 사실을 의
미한다. 여기서 본격적으로 고찰해 보아야 할 지점은 다음의 세
가지로 정리해 볼 수 있다.

첫째, 국립도서관본 계열 「설인귀전」과 설인귀 전설에 나타난
모티프 상의 유사성과 그 내용적 특징에 관한 고찰이다.

둘째, 국립도서관본 계열 「설인귀전」이 그 성립 및 형성 과
정에 있어서 설인귀 전설과 상호작용하는 과정 및 방
식에 관한 고찰이다.

셋째, 「설인귀전」의 형성과정과 향유방식에 나타난 고·당 전쟁
문학에 대한 한·중 역사인식에 관한 고찰이다.

2. 설인귀 전설과 「설인귀전」의 모티프 비교 고찰

1) 대식 모티프

국립도서관본 계열 「설인귀전」에서 주인공 가문의 몰락과 고난
모티프는 대식 화소와 관련하여 형상화 되어 있다. 가문이 몰락
한 이후 유리걸식하며 주인공이 경험하게 되는 기한이 그의 대식
습성 때문에 증폭되는 양상은 「설인귀전」을 제외한 여타의 영웅
소설에서는 일반적으로 잘 나타나지 않는다. 대식 화소가 여타의
영웅소설에서 주인공의 고난을 형상화하기 위해 전형적으로 등장
하는 모티프와는 별도의 유형적 특징을 보여준다고 할 수 있다.
그런데 이러한 설인귀의 대식 화소는 신화적 세계에서 통용되는

미의식과 맞닿아 있는 측면이 있다. 일상적인 인간과는 다른 신화적 인간의 미적 특징을 보여준다는 것으로, 국립도서관본 계열 「설인귀전」의 독특한 미의식을 구성하는 한 중요한 요소가 된다.

국립도서관본 계열 「설인귀전」에서 설인귀의 부친인 설공이 병사한 뒤에 가문이 몰락하자 설인귀 모자가 기한을 이기지 못하고 모친 장씨가 불에 뛰어 들어 타 죽는 것으로 나타난다. 「설인귀정동」42회본에서도 설인귀 부모가 병사하고 난 후에 그가 고난을 겪는 것으로 나타나지만 그 양상이 굶주림을 견디다 못해 자살을 하는 극단적인 양상으로까지 나타나지는 않는다. 동문수학하던 친구인 주청(周靑) 등 주변에는 친밀한 관계를 유지하는 친우들이 여전히 존재한다. 생활을 연명하지 못하고 유리걸식하거나 친족들에게 박대당할 정도로 가문 몰락의 낙폭은 그리 크지 않다. 「설인귀정동」의 설인귀 주변에는 여전히 가세를 유지하고 있는 친구들이 있으며, 유랑과 투군을 위한 노정에서도 주청과 번가장(樊家庄)의 주인인 번홍해의 도움을 받는 등 설인귀의 주변에는 현실적인 도움을 주는 인물들이 두루 포진해 있다. 오히려 본격적인 시련은 투군 후 장사귀(張士貴)와의 대결과정에서 본격화 된다. 장사귀와의 대결은 권력의 선점과 유지를 위한 정치적인 대결의 성향을 띠기 때문에 가문의 몰락에 따른 일상적·개인적인 차원의 고난이라고 보기 어렵다. 그러나 국립도서관본 계열 「설인귀전」에서 가산 탕진으로 인한 부친의 죽음과 기한을 이기지 못한 모친의 자살은 어린 설인귀가 겪어야 하는 청년기 고난의 직접적인 원인이 된다.

[자료1] ① 가게 졈졈 탕픽ᄒ여 노비 젼퇵을 다 팔고 1. 모지 긔흔
을 니긔지 못ᄒ여 쥬야 셜워ᄒ더니 일일은 텬지 아득하여
불빗치 집을 둘러오니 당시 앙쳔통곡왈 하날이 우리 모자를
죽이려 하시니 엇지 살이오 하고 불의 뛰여드니 인귀 총망
즁 밋쳐 붓드지 못하여 죽는 양을 보고 통곡하며 또한 뛰어
들녀하니 동니 사람이 붓드러 구하매 듁지 못하니라.55)

② 흔 사람이 잔잉이 여겨 왈, "부졀업시 슬허말고 2. 늬
집의셔 양이나 치다가 싱도를 도모하라." 인귀 사례ᄒ고
시계를 ᄯ라 가니라.56)

③ 인귀 뉴시를 ᄃ리고 가보니 산쳔이 쳠악ᄒ고 슈목이 총
잡ᄒ거늘 3. 남글 버혀 집을 짓고 머무이 싱되 망연ᄒ여 혹
나무도 져다 팔고 신도 삼으며 동이 사람이 돌보아 겨유 연
명ᄒ더라57)

국립도서관본 계열 「설인귀전」에서 부모의 죽음은 설인귀를 사
고무친한 신세로 만들 뿐만 아니라 당장의 끼니를 유지할 수 없
을 정도로 기한에 시달리게 만든다. 조실부모한 설인귀는 극심한
기아에 시달리며, 주위사람으로부터 천덕꾸러기 취급을 받을 뿐
아니라 생명을 유지하는데 심각한 위협을 받고 있다.58) [자료1]
-①-1. 부분에서는 부친의 병사 후 설인귀 모자가 겪은 고

---

55) 「설인귀젼단」, 『영인고소설판각본전집』4, 429쪽
56) 「설인귀젼단」, 『영인고소설판각본전집』4, 429쪽
57) 「설인귀젼단」, 『영인고소설판각본전집』4, 430쪽
58) 이처럼 부모의 존재가 자식의 미래에 절대적인 영향을 미치는 양상은
우리나라 고소설에서 특징적으로 나타나는 것으로, 영웅의 일대기 구조
속에서 가문의 몰락과 조실부모함은 주인공이 겪는 시련과 고난의 직접
적인 원인으로 작용한다.

난을 기한(飢寒), 즉 굶주림과 추위라고 명시해 놓았다. 설인 귀 모자의 시련이 문화적, 계급적 차원도 아니요, 생명유지와 관련된 원초적인 문제임을 드러내고 있다. [자료1]-②-2. 부 분에서는 기한을 이기지 못한 모친마저 불에 뛰어들어 타 죽는 어이없는 사건이 발생하자 고아가 된 설인귀가 유리걸식하던 도 중 남의 집에 양치기로 고용되어 생계를 도모하게 된 모습을 보 여주고 있다. 원래 사대부의 자손인 설인귀가 남의 집의 양치기 로 고용되었다는 것은 임노동자의 수준으로 그 현실적인 신분이 떨어졌다는 것을 의미한다. [자료1]-③-3. 부분에서는 양치기로 고용된 평민의 집에서도 쫓겨난 설인귀가 산 속으로 들어가 나 무를 베어 집을 짓고 살면서 신을 삼아 팔거나 나뭇짐을 해다 팔고, 그도 안 되면 동네 사람들에게 걸식하여 겨우 목숨을 연 명하는 모습을 보여준다. 이러한 설인귀의 모습은 정상적으로 마을의 주민이 되어 평민의 삶을 영위할 수도 없을 정도로 그 몰락의 정도가 심화되어 있다. 일반적으로 정착할 집 한 칸, 땅 한 뙈기도 없어서 최저의 생계수단도 마련할 수 없는 부랑자의 모습을 연상시키고 있다.

가문 몰락 후의 설인귀의 현실적 신분은 이처럼 층차가 매우 크게 나타난다. 출생 시의 신분과 고난시의 신분이 사실상 다르 게 나타나는 것이다. 그런데 가문 몰락을 전후로 각기 다른 현실 적 신분 중에서 고·당 전쟁을 배경으로 한 역사적 인물로서의 설 인귀의 출신 계층과 가까운 것은 후자 쪽이다. 중국 측 정사기록 인『신당서(新唐書)』「설인귀전(薛仁貴傳)」을 보면, 설인귀가 농 경으로 생업을 삼는 가난한 평민 집안 출신임을 확인할 수 있다.

[자료2] 설인귀는 강주 용문 사람이다. 어려서부터 집안이 가난해
　　　　농사로 업을 삼았다.59)

「설인귀정동」42회본이나 국립도서관본 계열 「설인귀전」에서 설
인귀의 가문은 정치적인 명문가는 아니나 특별한 계기를 통해 재
력을 축적한 부호로 나타난다. 말하자면 양반이나 귀족 계층은
아니지만 상업이나 무역, 대규모 농경 등을 통해서 부를 축적한
상공 계열의 중인 부호 계층이라고 할 수 있다. 역사적 인물인
설인귀를 소설의 허구적인 캐릭터로 형상화 하면서 출신 성분에
변이를 가했음을 알 수 있다. 고귀하기까지는 않아도 상류에 속
하는 혈통은 설인귀가 현실 세계 속에서 이룬 후천적인 성공에
걸맞게 그의 선천적인 신분을 미화시킨 것이라 할 수 있다. 고난
에 처하여 미천한 지경으로 떨어진 설인귀의 신분 변동은 역사적
인물로서의 현실적인 의미를 지닌다고 할 수 있으며, 하층에서
몸을 일으켜 국제적으로 성공을 하는 설인귀의 스토리는 그 해당
지점으로부터 역사적으로 실존한 설인귀의 성공 스토리에 보다
가까워지게 된다. 국립도서관본 계열 「설인귀전」은 가문 몰락을
계기로 설인귀의 현실적인 신분을 최하층으로 떨어뜨림으로써 역
사적 인물로서의 설인귀의 출신 계층에 보다 가깝게 다가갔다고
할 수 있다.
　여기서 한 가지 지적해 둘 것은 영웅 일대기 구조를 기반으로
한 영웅소설 속에 나타나는 주인공의 시련 및 고난 양상의 두 가
지 유형과 국립도서관본 계열 「설인귀전」의 위치이다. 그 형태는

---

59) 「설인귀전(薛仁貴傳)」, 『신당서(新唐書)』, 卷111, 列傳, 弟36

주인공의 몰락한 생활의 정도가 하층민의 그것으로 떨어진 유형
과 그렇지 않은 유형으로 나뉘어 진다. 전자는 주인공이 조력자를
만나기 전까지 노비나 임노동자 등 최하층민 집단으로 흘러들어
가 그 직분으로 분류된 노동을 하며, 후자는 주인공이 부모 생존
시의 생활과는 비교할 수 없는 낙척한 지경에 떨어졌다 하더라도
최하층 노동자 집단의 그것에 이르지는 않는다. 불우한 가운데서
도 과거 가문의 그림자는 그대로 유지가 되어 주인공이 조력자로
부터 도움을 획득하는데 도움을 준다. 전자의 최하층민 생활과
관련한 모티프는 「소대성전」「장경전」「장풍운전」과 같은 초기
영웅소설에서 두드러지게 나타나며, 그 외의 대부분의 영웅소설에
서는 후자와 같은 양상으로 나타난다. 이 중에서도 국립도서관본
계열 「설인귀전」은 「소대성전」, 「장경전」, 「장풍운전」과 같은 초
기 영웅소설과 유사한 유형을 보여준다는 것이다. 특히 「설인귀전」
은 「소대성전」과 비슷한 시기에 창작되고 향유된 작품이다.[60] 물론
「소대성전」과 같은 시기에 향유된 「설인귀전」이 「설인귀정동」42회
본의 번역본인지 아니면 국립도서관본 계열 「설인귀전」인지 혹은
설인귀 전설인지는 명확하게 알 수 없으나,[61] 하층민으로 떨어져
그 실제적인 현실 생활을 경험하는 설인귀의 이야기가 초기 영
웅소설인 「소대성전」과 같은 시기에 창작되었다는 점은 크게 주
목을 요한다.

---

60) 「설인귀전」은 「숙향전」「소대성전」「심청전」과 함께 가장 이른 시기에
창작되어 읽힌 고소설에 해당한다. 이는 조수삼(趙秀三: 1762-1849)이
전기수(傳奇叟)에 관하여 남긴 18세기 기록에 남아있다. "傳奇叟, 叟
居東門外, 口誦諺課稗說, 如淑香傳, 蘇大成傳, 沈淸傳, 薛仁貴", 趙
秀三, 「奇異」, 『秋齋集』

61) 이 점에 대해서는 뒤에서 구체적으로 살펴보기로 한다.

국립도서관본 계열 「설인귀전」에서 주인공 설인귀가 경험하는
기아와 시련의 양상은 「소대성전」, 「장경전」, 「장풍운전」과 같은
한국의 초기 영웅소설에서 유형적으로 나타나는 반면, 굳이 구분
을 하자면 국립도서관본 계열 「설인귀전」의 원작인 「설인귀정동」
42회본의 그것은 「소대성전」, 「장경전」, 「장풍운전」을 제외한 여
타의 영웅소설과 가깝다. 에컨대 「소대성전」에서 소대성은 유리
걸식하면서 기갈을 견딜 정도로 걸식하는 것으로 나타나 있으며,
「장경전」의 장경은 관가의 노비로 들어가고, 「장풍운전」의 장풍
운은 광대가 되어 춤과 재주를 팔고 살다가 재상가의 사환으로
고용되기도 한다. 그런데 「소대성전」, 「장경전」「장풍운전」과 같
은 초기 영웅소설은 후기의 그것에 비해 설화와의 친연성이 보다
강화되어 있다고 논의된다.62) 「유충렬전」처럼 기득층 내부의 정
치적인 권력다툼이 주인공과 적대자와의 갈등 속에 본격적으로
형상화 되어 있는 후기의 영웅소설로 갈수록 설화적인 요소보다
는 상업적으로 정형화된 창작적인 요소가 보다 부각되어 있다는
것이다. 영웅소설사의 전개 양상 속에서 확인되는 시대적인 층차
와 유형적인 변별성을 역으로 추적해 보면, 설화와의 관련성이
상대적으로 강화되어 있는 「소대성전」, 「장경전」, 「장풍운전」과
국립도서관본 계열 「설인귀전」의 친연성으로부터 거꾸로 설화와
국립도서관본 계열 「설인귀전」의 관련성을 추론해 낼 수 있다.

그런데 파주 일대에서 전승되는 설인귀 전설 속에 나타난 설
인귀의 형상은 중국 측 역사서인 『신당서』의 「설인귀전」의 기록

---

62) 이에 관해서는 박일용, 「영웅소설의 유형 변이와 그 소설사적 의의」,
서울대학교 석사학위논문, 1983을 참조하기 바람.

이나 국립도서관본 계열 「설인귀전」과 같은 양상으로 나타난다. 조실부모 후 이 집 저 집을 전전하며 빌어먹거나 임노동과 품팔이 등 최하층민의 생활을 전전하는 모습을 보여준다. 여기서 한 가지 주목할 점은 유리걸식과 임노동으로 생계를 도모하는 극빈한 상황 속에서 항상 문제가 되는 것이 설인귀의 대식(大食)이라는 사실이다. 설인귀의 대식은 유리걸식과 임노동의 상황 속에서 맞닥뜨리게 되는 인물들과 불화하게 하는 결정적인 원인으로 작용하며, 이로 인해 설인귀는 유리걸식과 임노동으로 최소한의 생명을 유지하는 것조차 불가능하게 된다. 대식 화소는 「설인귀전」중에서는 국립도서관본 계열에만 나타난다. 한편 설인귀 전설 속에서는 이 대식 화소가 서사의 대부분을 차지할 정도로 확장되어 있다. 설인귀라는 하나의 자아가 현실 세계와의 사이에서 겪는 갈등의 본질을 이 대식 화소를 통해 상징적으로 형상화하고 있다고 볼 수 있다. 다음의 자료들을 통해 이 문제를 구체적으로 살펴보기로 하자.

> [자료3] 1. 인귀는 범인이 아니라 하로 한 말 밥을 먹으니 시졔 그
>   냥을 민망ᄒ여 왈 너를 보니 비범헌지라. 냥치기 불가ᄒ니
>   어진 쥬인을 어더 네 원을 니루라. 인귀 하직ᄒ고 문을 나
>   니 ᄉ고무친이라. 기리 탄식고 졍쳐업시 가더니63)

> [자료4] 그런데 생활이 워낙 어려우니까 산밑에다가 조그마하게 당
>   을 파고 움풀이라고 거기서 생활을 했는데, 참 짚새기를 삼
>   아서 팔아서 생계유지를 했는데, 그 안에서 설윤기를 낳았

---

63) 「설인귀젼단」, 『영인고소설판각본전집』4, 429쪽

다구 그래. 이 설윤기가 한살 두 살이 자꾸 먹어 일고여덟
살이 되니깐, 워낙 장사니까 말(斗)밥을 먹구, 밥을 먹는
데 우리네 밥그릇처럼 그런 것이 아니고, 큰 밥그릇에다가
밥을 먹고 그러는데, 도대체 그렇게 벌어서는 한놈의 입도
못대겠다는 거여. 그래서 설윤기 아버지가 자기네 처가가
어디 사냐면 여 감악산 밑에 객현리라고. 객현1리에 설윤기
외가집 거기 사는데, 거기는 그래도 잘 살았던 모양이여.
그래서 저희 아버지가 저놈 도대체 밥을 먹여 살릴 수가 없
으니 외가로다가 보내가주구, 힘이 장사니까 외삼촌의 일을
거들어주면서 너 배불리, 니나 가서 밥을 잘 먹어라 그래서
글로 보냈다는거여.[64]

[자료5] 설인귀가 부잣집 아들인데, 그 노복 해서 한 백 명 살던
큰 부잣집이란 말야. 근데 그 집이서 살다가 저, 말하자면
망조가 드니까 그게 불이 삼 년 동안 났어. 매해마다 집에
불이 나서 삼 년 동안 탔단 말야. 그런 다음에는 염병을 삼
년 동안 했단 말야. 그리구는 흉년이 들구 그 집 일이 모두
망그라지기 시작을 하는데 그래 그니까 부자가 다 망했어.
사람은 죽구 집은 타구 뭐 하는 바람에 다 망했단 말야. 그
래 설인귀 하나만 남았거든. (조사자: 다른 사람은 다 죽
구?) 어 다 죽구 노복들은 달아나고 그랬겠지. 다 죽은 것
은 아니구. 그니까 할 수가 없어서 감악산 뒤에 갈 것 같으
면 배우니래는 데가 있어. (조사자: 배우니요?) 응 배우니.
배우니라는 데에서 자기 누이가 시집을 가서 살아. 그래서

---

64) 「설윤기(설인귀) 전설」, 제보자: 김정홍(남, 70세, 파주시 적성면 주월
리 154-8), 제보자는 짚공예를 전문으로 하여 전시회도 여러번 개최하
였으며, 장차 박물관을 세울 계획을 가지고 있다. 조사지: 제보자의 집,
경기도 박물관 홈페이지, http://www.musent.or.kr/resources/river, 제4상
임진강 유역의 민속문화, 제7절 구비전승, 508-509쪽.

1, 집이 없으니까 자기 누이네 집으로 갔어. 그니깐 동생이
왔으니깐 멕여살여야 되지 않아. 그래 같이 있는데 아무것
도 말두 않하구 일도 않하구 밥만 먹어대. 그러니깐 이게
답답하기 짝이 없지 뭐야. 그리구 밥을 보통 많이 먹나. 장
수니까 그러니깐 주는 대루지. 뭐 온전히 배가 고파서 못살
지. 허허허. 그러니깐 밥 많이 먹구 일은 않하구 그러니깐
밉지 뭐야. 사람이. 미워서, '그 놈의 자식 어디 갔으면
좋겠다.'⁶⁵⁾

[자료6] ① 왜냐하면은 설인귀가 조실부모 했는데, 이 설인귀가 큰
아버지한테 밥을 얹혀 먹고 살아. 근데 한 일곱 살 적에 조
실부모했어. 근데 큰아버지가 데리고 있는데 큰아버지네가
살림이 넉넉했어요. 근데 큰아버지 없을 때 밥을 먹이는데
밥을 한 그릇 가득 주는데도 남이 알다시피 설인귀가 밥을
많이 먹으니까는 남들이 보기에는 밥을 굶기는 거라고 생각
해. 항상 배가 고프다고 하니까는. 아 밥을 이렇게 많이 담
아 주어도 만족을 못하고 배가 고프다고 그러는 거야. 하루
는 이놈이 나가서 얘기를 했더니 그래 '너 그러면은 밥을
얼마를 먹어야 양이 차겠냐?'고 물었더니, '나는 밥을
아마 서너 말은 먹어야 양이 차는데, 아 근데 큰아버지네가
밥 한 그릇 가득 담아 주어도 그게 양이 차겠어.' 그래
이 놈이 내 양 껏 밥을 먹을 수 없으니까는 나가서 대추나
무에 목을 매달았어.
② 목을 매달았는데 중이 오더니 이렇게 보니까는 사람이거
든. 그래 배랑을 풀어놓고서 사람을 나무에서 풀어 놓은 거
야. 우선 사람을 살려야 하니까는. 배랑을 벗어 놓고서 나

---

65) 「백포소장 설인귀」, [동두천설화2] 생연2동 한약방, 1999.5.21., 조희웅,
조흥욱, 노영근, 박인희 조사. 이윤형, 남·76, 『경기북부구전자료집(1)』,
조희웅 외, 박이정, 2001, 301-303쪽

무에 올라가서 줄을 풀렀어. 근데 아직 숨은 끊어지지 않았어. 아직 살아 있는 거야. 그래 내려와서 주인을 불러가지고서 나는 아무 절에서 온 대사왔는데 이 보따리 좀 맡겨주소. 그래 이 양반은 조카가 죽었는지도 나무에 매달렸는지도 모르고 내다도 안 봐. 소리만 질르고. '알았다.' 하고 내다도 안 봐. 그래 이 중이 조카를 업고서 간 거야. 그래 절에 갔는데 중이 이놈을 살렸어요. 이놈을 살려가지고서 하는 말이 '너는 왜 죽을려고 했느냐?' 하니까는 '예, 저는 일찍 조실부모 해가지고서 백부한테 얹혀살았는데 밥을 뭐 한 그릇 가득 주는데 그건 성에 안 차고 내가 배가 고픈 것을 참고 연명하던 얘기를 했더니 큰아버지한테 했더니 큰아버지가 야단을 쳐고 그래서 내 신세는 죽어야겠다고 생각하고 자살을 할려고 했다.'고 하니까는 '거참 그렇구나, 너 참 불쌍하구나.' 아 옛날에도 나라에서 낭터러지에서 나라에서 다 대뤘어요. <u>또 인제 얻어 먹다보니까는 그걸 나중에 중이 하는 말이 '야, 내가 이 재산 가지고서는 인제 너를 먹일 수 없구나.' 그래 한 끼에 서 말을 다 먹으니 먹일 수 있어야지. 그래 중이 하는 말이 '내가 네가 장성할 때까지 너를 데리고 있을려고 했더니 너를 제대로 먹일 수가 없어서 너를 못 데리고 있겠다.' 그래 너를 먹일 수 없으니까, 그만 떠나가라고.</u> 그래가지고서 인제 정처 없이 떠나가는 거야. 떠났어. 그냥 바람 따라가는 거지 뭐.

③ 그래 인제 가다 보니까는 배는 고프고 그래 밥을 사먹을 때가 있어, 돈 한 푼이 있어, 얻어먹을 때가 있어. 그래 얻어 먹어봤자 밥 한 두 그릇이 양에 차기나 해야지. 그래 어디를 가다 보니까는 큰 대갓집을 짓고 있어. 그래 지금으로 말하면 장관집이야. 큰 대갓집을 짓는데 사람이 수십 명, 수백 명이 집 짓는 일을 하고 있는 거야. 근데 큰 나무고

돌멩이고 그 무거운 것을 들고 그러는데 그때가 점심시간이
더래. 쑥 들어가니까는 밥들을 먹는데 일을 하고 나서 술도
먹고 그러니까는 밥이 안 먹히겠지. 그래 먹고 있는데 1.
그래서 밥 좀 먹겠다고 하니까는 그래 밥을 먹으라고. 밥을
먹으라고 하고 함지박에 있는 밥을 먹다보니까는 그걸 다
먹어버리고 말았어. 다른 사람들이 먹고 있지 않으니까는.
그래 어른들이 먹지도 않은 밥을 다 먹어버리니까는 혼자
다 먹었다고 야단을 치는 거야. 그래 안 먹는 밥을 다 먹은
거지 먹고 있는 밥을 뺏어먹은 것은 아니라 말이야. 술 먹
다 보면은 이것저것 먹게 되니까는 거진 사람들이 밥을 안
먹은 거야. 그래 거기에 있던 나이 많은 사람이 하는 말이
'너 여기서 밥을 다 먹었으니 여기서 일을 시켜보자고.'
2. 일을 시켜보는데 저기 산골짜기에서 나무를 지어 왔는데
여러 사람이 지어도 들지 못하는 나무를 혼자 번쩍 들어 올
리거든. 네 개를 둘 씩 나누어 옆에 끼고 번쩍 들어 올리는
거야. 그게 아주 장사지 힘이 센 장사. 밥값을 확실히 한
거지. 그러다 보니까는 거기서 혼자 4인분을 하는 거야. 1.
그래 밥을 4인분을 먹어도 되는 거지. 근데 원래 밥을 서
말을 먹는데 함지박 하나 가득이 성에 차겠어. 밥을 서 말
씩이나 먹어야 되는데 그게. 그래 근데 그것도 나이 많은
사람이 얘기를 해서 된 거야. 젊은 사람들은 그 놈의 새끼
밥만 다 쳐 먹었다고 쫓아내라고 난리를 치는 것은 나이 많
은 사람이 얘기해서 그나마 일을 하게 된 거야. 그래가지고
서 거기서 힘든 일을 며칠 동안 다 했어.66)

[자료3]은 국립도서관본 계열 「설인귀전」에 나타난 대식 화소

---

66) 「설인귀 이야기」, [화현면설화11] 화현3리(영신) 노인정, 2000.1.18.,
   조흥욱, 박인희, 조재현 조사. 최재수, 남·66., 『경기북부 구전자료집(2)
   』, 조희웅 편, 박이정, 2001

이다. 설인귀가 유리걸식하다가 남의 집에 양치기로 들어갔는데, 하루에 한 말씩 밥을 먹어댔기 때문에 해고가 되었다는 에피소드이다. 설인귀가 임노동의 대가로 먹어치우는 밥의 양이 그의 노동으로 주인집이 얻는 이익보다 더 많기 때문에 설인귀를 고용하지 못하는 상황이 벌어진 것이다. 더 정확하게는 설인귀의 대식 때문에 그의 임노동으로 인한 이익은커녕 주인집의 생계가 곤란해 질 정도로 위협적인 상황이 야기된 것이다. 설인귀의 대식을 일반인의 생활방식으로는 감당할 수 없는 데서 벌어진 문제이다. 바꿔 말하면 대식으로 상징되는 설인귀의 생존방식이 본질적으로 일반인의 그것을 뛰어넘은 위치에 놓여있기 때문에 발생한 갈등이라고도 볼 수 있다. 국립도서관본 계열 「설인귀전」에 나타난 갈등은 설인귀의 대식을 감당하지 못한 주인이 설인귀를 자신의 권역으로부터 축출하는 양상을 띤다는 점에서 설인귀의 대식에 대한 상대자의 대응이 적극적인 모습으로 나타난다고 할 수 있다.

[자료4], [자료5], [자료6]은 설인귀 전설에 해당하는 텍스트이다. [자료3]의 국립도서관본 계열 「설인귀전」에서 간략하게 제시되어 있는 대식으로 인한 갈등 에피소드가 풍부한 서사와 함께 구체적으로 확장되어 있다. 먼저, [자료4]를 살펴보자. [자료4]에서 설인귀의 대식으로 인한 갈등의 상대자는 친아버지로 나타난다. 설인귀의 친아버지는 움집을 파서 집으로 삼고 짚신을 팔아서 생계를 유지하는 최극빈자로 형상화되고 있다. 최소한의 생계유지조차도 어려운 상황에 놓여 있는 것이다. 이 와중에 그 아들인 설인귀가 말밥을 먹어서 식량을 다 없애 버리니, 설인귀가 없어도 생계유지가 힘든 마당에 그의 대식을 감당할 능력이 친아버

지에게는 도저히 없다. 이 점에서 친아버지가 부유한 외삼촌에게
설인귀를 보내는 것은 먹을거리가 있는 대도 그를 부양치 않고
친자식을 버리는 이기적인 차원이 아니다. 친아버지가 이처럼 극
빈자로 형상화 되고 있는 것은 설인귀의 성공이 신분의 한계를
딛고 오로지 그 능력만으로 이루어진 것임을 강조하기 위한 것으
로 보인다. 대신 설인귀의 대식과 혈족 사이의 갈등이 지니는 비
극적인 의미는 여타의 설인귀 전설 자료에 비해 상대적으로 약화
되어 있다고 할 수 있다.

[자료5]는 설인귀의 대식으로 인한 갈등의 상대자가 친누이라
는 점에서 [자료4] 보다 일차집단의 크기는 상대적으로 확대되고
그 혈연의 강도는 강화되어 있다. [자료5]에서는 일차집단 구성원
들이 설인귀와 불화할 수밖에 없는 이유가 보다 분명히 나와 있
다. 일은 안하고 밥만 먹어댄다는 것이다. 먹어대는 밥의 양이
엄청나다는 것도 문제다. 먹을거리를 제공하는 대가로 노동을 교
환받아야 하는데, 그 상대자가 친동생이라는 점에 누이가 처한
딜레마가 있다. 혈연이라는 윤리적인 관계성이 먹을거리를 제공
한 대가를 노동으로 교환받는 것을 막고 있기 때문이다. 혈연관
계는 교환가치의 적용 대상이 아니라는 전통적인 윤리규범이 설
인귀와 친누이 사이에 갈등을 낳는 요인이 되고 있는 것이다.

[자료6]를 살펴보자. [자료6]에서는 대식으로 인한 갈등 에피소
드가 무려 세 가지나 중첩되어 있다. 세 가지 에피소드에 나타난
갈등의 대상은 친척에서 생면부지의 사람들로 확대된다. 공간적으
로 보면 설인귀의 출생지에 속한 사람으로부터 타 지역에 사는
사람으로 확대되고 있으며, 이러한 확대는 갈등의 확장에 따라 설

인귀가 유리걸식하는 공간의 범주가 확장됨에 따라 이루어지고 있다. 이 부분에서 주목해야 할 점은 갈등 대상과 공간 범주가 확장됨에 따라 대식을 매개로 한 설인귀와 현실 세계 사이의 부조화 양상과 그 의미가 명확한 모습을 갖추어 가게 된다는 것이다.

[자료6]-①은 설인귀가 대식 때문에 큰아버지와 갈등하게 되는 에피소드이다. 설인귀는 조실부모하고 나서 큰아버지에게 얹혀사는데, 큰아버지네가 부유함에도 불구하고 설인귀를 양껏 먹이지 못한다. 서너 말의 밥을 먹어야 성이 차는 설인귀의 식사량이 일반인의 수준을 넘어서있기 때문이다. 큰아버지로서는 설인귀에게 수십 명분을 한꺼번에 먹이면 자기 집이 망하는 것인 만큼 결과적으로 큰아버지네는 설인귀를 굶주리도록 방치한 것이 된다. 일상적인 관점에서 보면 조카를 굶긴 것이 아니지만 설인귀의 입장에서 보면 굶주리게 한 것이 되므로 큰아버지로서도 어찌할 수 없이 설인귀와 갈등을 빚는 처지가 된 셈이 된다. 갈등은 큰아버지는 설인귀를 굶주리게 방치하고, 설인귀는 굶주리다 못해 나무에 목매달아 자살을 선택하는 극단적인 양상으로 전개된다. 심지어 큰아버지는 생판 남인 지나가던 중이 설인귀를 구해내는 내는 것을 보고서도 일체 관여를 하지 않는 냉정한 모습을 보여준다. 지극히 일상적이고도 현실적인 생의 논리에 따라 사는 인간인 큰아버지로서는 대식하는 설인귀 때문에 자신의 생계가 위태로와 지고 또 본의 아니게 조카를 굶주리게 했다는 비난을 면하기 어려운 상황을 벗어나기 위해 혈연을 저버리는 현실적인 선택을 한 것이다. 적극적으로 설인귀를 집에서 쫓아내거나 살해하는 대신 죽도록 방치하는 소극적이고도 우회적인 살인의 방법을 택하고 있음을 확인할 수

있다. 여기서 중요한 점은 처음에는 큰아버지가 자기 집의 넉넉함을 믿고 설인귀를 부양하고자 했다는 점이다. 큰아버지가 혈연인 설인귀를 처음부터 모른 척 하려고 했던 것이 아니라 책임을 다 하려 했으나 큰아버지의 수준으로는 도저히 그를 감당하지 못하게 된 것이 대식으로 인한 큰아버지와의 갈등의 본질이다.

[자료6]-②는 큰아버지와 갈등 끝에 자살을 감행한 설인귀를 살려내고 그를 먹여 살리고자 데려간 중과의 갈등을 나타낸 에피소드이다. 이 중은 설인귀와 일면식도 없는 상황에서 그를 죽을 위기로부터 구출해내고 부양까지 하겠다고 나설 정도로 불자의 덕행을 실행하고자 하는 인격자로 형상화 되어 있다. 물론 애초에 자기 재력의 넉넉함을 믿고 설인귀를 부양하고자 한 큰아버지처럼 이 승려도 나라에서 대주는 재산이 따로 있어서 설인귀 정도의 어린 아이라면 먹여 살릴 수 있을 것이라는 자신감을 가졌던 것으로 나타난다. 그런데 역시 재력 있는 승려조차도 설인귀를 먹여 살리는 것이 쉬운 일이 아님이 드러난다. 승려는 설인귀의 대식을 스스로 감당할 수 없음을 고백하고 절을 떠나줄 것을 요구한다. 설인귀의 대식에 대응하는 승려의 방식은 축출의 형식을 띤다는 점에서 적극적이다. [자료6]-①에 나타난 큰아버지와의 갈등과 비교할 때 갈등 해결의 주도권을 승려 쪽에서 확고하게 쥐고 있음을 확인할 수 있다. 이는 거꾸로 말하면 설인귀라는 자아에 대한 현실 세계의 압박이 보다 강화되고 있음을 드러낸 것이다.

[자료6]-③은 설인귀가 대갓집을 짓는 공사판에서 임노동을 하는 상황을 배경으로 하여 대식으로 인해 빚어진 갈등을 형상화

한 에피소드이다. 이 에피소드에서는 설인귀가 더 이상 혈연이나 조실부모하고 사고무친한 처지를 내세워 밥을 빌어먹지 못하고 철저히 자신이 제공한 노동력의 대가로 밥벌이를 해야 하는 상황에 놓이고 있다는 점에서 설인귀가 직면한 현실 세계의 존재론적인 전환이 이루어지고 있다. [자료6]−①이나 ②에서는 불우한 처지를 내세워 상대방으로부터 식사를 제공받는 것이 가능했지만 [자료6]−③으로 오면 애초에 그것이 불가능하다. [자료6]−①이 혈연이 문제 해결의 원초적인 수단이 되는 일차집단을 배경으로 하고 있고, [자료6]−②가 불우한 자를 돕는 것이 수행의 일환으로 이루어지는 종교집단을 배경으로 하고 있는 덕분에 가지지 못한 자에 대한 원조라는 윤리적인 행위가 가능한 공간임에 비해, [자료6]−③은 밥을 얻어 생존하기 위해서는 그에 상응하는 노동을 제공해야 하는 이차집단, 즉 명실상부한 사회집단을 배경으로 에피소드가 펼쳐지고 있는 것이다. 이 점에서 [자료6]−③의 상황은 설인귀가 양을 치는 노동을 제공한 대가로 밥을 얻어먹는 [자료3]의 국립도서관본 계열 「설인귀전」과 유사한 양상을 보여주고 있다고 할 수 있다.

[자료6]−③에서도 설인귀의 대식은 여전히 갈등의 소지가 된다. 노동자 분으로 정해진 밥의 분량은 일정한 것이기 때문에 설인귀가 그 밥을 다 먹어 버릴까봐 걱정한 사람들의 불안이 분란을 불러오고 있음을 확인할 수 있다. 그런데 [자료6]−③에서 주목되는 것은 이 에피소드 속에서 설인귀의 대식이 지니는 상대적인 가치가 처음으로 인정받고 있다는 사실이다. 다른 사람들 몫의 밥을 다 먹어버린 보상으로 설인귀에게 부여된 노동은 그가

단순히 4인분의 밥을 먹어치우는 식충이가 아니라 그 만큼, 즉 4인분의 노동도 너끈히 해 내는 능력을 보유한 사람임을 입증하는 계기가 된다. 다시 말해서 설인귀의 대식은 일상인을 훨씬 뛰어넘는 노동을 감당할 능력을 보유한 상징이며, 그에 상응하는 가치를 지니고 있음을 인정받고 있는 것이다. 이는 설인귀의 대식이 비일상적인 능력의 상징이라는 사실을 드러낸 것이기도 하다. 대식이 지니고 있는 상징적 의미가 처음으로 밝혀지고 있는 것이다. 여기서 설인귀의 대식이 지닌 가치가 입증되는 공간이 이차집단이라는 사실은 중요한 의미를 지닌다. [자료6]-①과 ②처럼 혈연과 윤리적인 덕화가 무임노동을 정당화하는 가치가 되는 일차집단과 종교집단에서는 확인되지 않던 설인귀의 대식이 지닌 가치가 먹거리와 노동이 일대일의 교환가치를 지니는 이차집단 속에서 입증된다는 사실은 대식으로, 상징되는 설인귀의 능력이 사회적인 경쟁이 중요한 의미를 지니는 이차집단 속에서 발휘될 수 있는 성질의 것임을 나타낸다고 할 수 있다. 이는 혈연집단이나 종교집단이 설인귀의 능력을 실현하기에는 적합지 않은 환경이라는 사실을 나타낸다. 바꿔 말하면 철저히 능력 위주로 그 성공이 가늠되는 이차집단이야말로 설인귀가 조화를 이룰 수 있는 현실 세계가 된다고 할 수 있다. 이 점에서 [자료6]의 ①에서부터 ③에 이르기까지 설인귀의 대식이 갈등을 빚는 상대자와 공간 및 집단의 확대는 대식으로 상징되는 설인귀의 능력이 지닌 정체를 밝히기 위한 과정이라고도 할 수 있겠다.

이 지점에서 설인귀란 자아와 그를 둘러싼 현실 세계의 갈등을 형상화 하는 상징적인 화소로 대식이 선택된 본질적인 이유에 대해 좀 더 생각해 볼 필요가 있다. 원래 대식 모티프는 거인신화에 등장하는 것으로 인간을 초월한 거인신의 능력을 상징하는 화소이다. 설인귀가 이러한 대식의 습성을 지니고 있다면 이는 인간을 초월한 신화적인 능력을 지니고 있다는 것을 나타낸다. 그런데 문제의 본질은 이러한 신화적인 능력을 타고 난 인간이 신화의 세계가 아닌 일상적인 현실 세계 속에 위치해 있다는 점에 놓여 있다. 선천적인 능력은 신화적인 것을 타고 났으나 그 후천적인 환경은 일상적인 세계 속에 놓여 있다는 점에서 대식을 하는 설인귀라는 캐릭터는 그 자체로 부조리하며 이율배반적인 실존이 된다. 게다가 엎친 데 덮친 격으로 조실부모하고 가난한 데다가 먹을 것도 없는 상황 속에서 신화적 능력의 상징인 대식이 본능적인 차원으로 설인귀의 행동방식을 지배하고 있기 때문에 그가 직면한 아이러니는 더욱 심각해진다. 부유한 큰아버지나 재력을 지닌 승려도 감당을 못할 정도라면 일반 민중의 어떤 세계에서도 그의 대식을 당해낼 수 없다. 이는 거꾸로 말한다면 대식에 걸맞는 설인귀의 탁월한 능력에 대한 보상을 제대로 지급할 수만 있는 환경이라면 그의 실존은 현실 세계와 조화로운 상태에 놓이게 된다고 할 수 있다.

원래 배고픔이란 민중의 생활에서 가장 심각한 문제이고 최우선적으로 해결해야 할 과제다. 영웅적인 과업의 성취나 자아실현, 사회적 선의 실현 따위는 민중의 삶에서 우선적인 고려의 대상이 아니다. 의식주와 같은 인간의 생명유지와 직결된 가장 기초적인 대사를 해결하는 것이 급선무로 취급되는 사고방식이다. 신화적인 초월성을 계승한 설인귀의 능력이 하필이면 먹을거리를 소재로 한

'밥 많이 먹음', 즉 대식으로 표상화 되는 것이나 신화적 능력을
감당하지 못한 일상인의 적대적 공격이 먹는 문제로 인해 촉발되
는 것도 이러한 의식주와 같은 기초적인 대사를 통해 인간과 사
회, 삶의 문제를 이해하는 민중적인 인식체계의 소산이라고 할 수
있다. 설인귀 전설에서는 민중의 최대 난제인 먹거리 문제를 반복
적으로 집중 부각시키고 있는 바, 비범한 능력 때문에 대식해야
하는 설인귀는 그의 친족 입장에서 보면 가뜩이나 어려운 생계를
더욱 곤란하게 만드는 주범인 셈이고, 애초에 일상적인 생계의 유
지가 가장 긴요한 문제가 되는 친족의 사고방식 속에서는 그 대식
이 함의하는 바를 이해할 인식의 체계가 존재하지 아니한다.

설인귀의 대식은 그 신화적·영웅적 속성을 일상인들이 결코
인식하지 못한다. 다만 현실적인 관점에서 그저 밥을 축내는 부
정적인 것으로 터부시 할 뿐이다. 이 점에서 설인귀의 대식 모티
프는 「소대성전」의 소대성이 자신의 영웅성을 알아주지 않는 현
실세계와의 갈등을 잠을 잠으로써 푸는 것과 유사한 형상화 방식
을 보여준다. 물론 「소대성전」에서도 대식 화소가 등장하지 않는
것은 아니지만 이 작품 속에서 보다 부각되어 있는 것은 대식이
아니라 잠을 많이 자는 대수(大睡) 화소이다. 일상인으로서는 쉽
게 이해하지 못할 신화적인 스케일이라는 점에서 소대성의 대수
(大睡) 화소는 설인귀의 대식 화소에 대응된다. 하루하루의 일상
을 영위하는 데만 급급한 소시민들에게 있어서 웅대 전략이란 이
해하지 못할 것이며, 자신의 웅지를 실현하지 못할 바에는 일상
생활의 영위를 아예 포기하고 차라리 잠을 잠으로써 자신의 자질
과 현실 세계 사이의 괴리를 삭히겠다는 것이다. 그런데 현실 세

계와의 부조화를 풀기 위해 선택한 소대성의 대수는 오히려 그
갈등을 증폭시킨다. 일상인이 이해 할만한 현실적인 행동을 보여
주지 않고 잠만 자는 소대성의 모습은 신분갈등으로 촉발된 처갓
집의 사위 박대를 더욱 심각한 지경으로 몰고 간다. 설인귀의 경
우와 비교해 본다면 직접적인 것은 아니지만 혈연으로 묶여 있는
처가와의 관계 속에서 소대성이 갈등을 빚을 수밖에 없는 것은
당연한 수순으로 보인다. 의식주를 해결해 주는 대가로 일체의
노동력을 제공하지 않는 소대성을 지극히 정상적인 일상인인 처
가 식구들이 감내해 주기란 애초에 본질적으로 불가능한 것이기
때문이다.

여기서 한 가지 지적해 두고 싶은 점은 영웅소설 중에서도 설
화와의 친연성이 강화되어 있으며 초기 창작에 속하는 「설인귀전
」과 「소대성전」, 이 두 작품 속에서 대식 혹은 대소 화소와 같은
신화소가 부각되어 있다는 사실이다. 특히 「소대성전」은 「설인귀
전」의 서사구조를 거꾸로 차용하고 그 인물형상을 패러디하고 있
다는 지적67)이 있을 정도로 모방작 관계에 있다. 요점은 한국의
초기 영웅소설로서 본격적인 창작 작품으로 거론되는 「소대성전」
과 「설인귀전」이 단순히 내용상의 유사성을 넘어서 서사구조나
인물형상, 미의식과 세계관의 측면에서 상관관계에 놓여 있다는
것이고, 이들 작품이 초기 영웅소설 중에서도 특히 설화와의 친
연성이 강한 유형에 속한다는 사실이다. 이러한 「소대성전」과의

---

67) 「소대성전」의 작가는 「설인귀전」의 주요 모티프인 정동의 개념을 역으
로 도입하여 작품에 설정하고 여기에 병자호란이라는 역사적 사실을 반
영하여 작품을 창작했다는 견해가 있다. 이에 대해서는 김일렬, 「소대
성전」, 『한국고전소설작품론』, 집문당, 1990, 325쪽

관계 역시 국립도서관본 계열 「설인귀전」과 설인귀 전설 사이의
본질적인 상관관계를 입증해 주는 방증 근거가 된다. 동시에 국
립도서관본 계열 「설인귀전」의 성립 및 형성 과정에 설인귀 전설
이 미친 영향을, 즉 둘 사이의 교섭양상의 맥을 짚어볼 수 있게
한다.

2) 외삼촌의 박대 모티프

국립도서관본 계열 「설인귀전」에서는 외삼촌 당명긔와 그의 처
두씨의 박대 모티프가 구체적으로 형상화 되어 있다. 설인귀를
직접적으로 박대할 뿐 아니라 사지로 내모는 음모를 꾸미는 사람
은 외숙모 두씨이고 외삼촌 당명긔는 이를 방조하거나 명령에 따
라 실행에 옮기는 역할을 하고 있다. 「설인귀정동」42회본에는 이
러한 친척의 박대담이 아예 등장하지 않는다. 설인귀와 혈연으로
묶여 있는 사람 중에서 박대를 하는 사람은 없다. 다만 계층과
재력의 차이를 이유로 설인귀의 처가 식구들이 그를 박대하는 화
소는 있다. 이는 혼사장애 모티프를 구성하는 것으로 국립도서관
본 계열 「설인귀전」과 일부의 설인귀 전설[68]에서도 등장하는 것
이다. 외삼촌의 박대 모티프는 단순히 사고무친의 아이인 설인귀
를 친족이 박대했다는 차원이 아니라, 이후에 연속되는 서사단락
인 병장기 및 용마 획득 모티프와 긴밀히 연결되어 있다. 이 점
에서 외삼촌 박대담은 단순히 주인공인 설인귀가 겪는 고난의 한

---

68) 「설인귀 이야기」, [화현면설화10] 화현3리(영신) 노인정, 2000.1.18.,
  조흥욱, 박인희, 조재현 조사. 최재수, 남·66, 『경기북부구전자료집(2)』,
  조희웅 외, 박이정, 2001, 502-507쪽

과정으로 마감하지 않고 그가 고·당 전쟁의 과정에서 입공할 수
있는 수단을 마련하게 되는 계기가 되고 있는 것이다. 서사구조
의 차원에서 앞뒤로 인과적인 맥락이 보다 강화되어 있다고 할
수 있다.

> [자료7] 두시 가로듸 공명은 귀흔 일이니 엇지 아니 도으리요 흐고
> 즉시 듀찬을 먹니고 왈 노비는 념여치 말고 **풍화동 역밧츨**
> **갈고 가라** 흐니 인귀 스레흐고 즉시 쇼를 닛끌고 가 밧츨
> 갈거늘 명긔 놀나 두시드려 왈 줄거시 업스면 그져 보닉미
> 올커늘 어린 으히를 스지의 보닉뇨 **두시 졍싴 왈 인귀를 두**
> **면 닉 스지 못흐리라** 하고 발악흐니 명긔 묵묵부답ㅎ더라
> 홀년 듸풍이 이러나며 텬지 아득하며 무어시 쓰희 써러지니
> 소릭 벽역 갓탄지라 인귀 고히 역여 치를 드러 소를 모니
> 그 쇠 쩔고 가지 아니하거늘 의혹하여 보니 그 써러지던 거
> 시 화하여 큰 짐싱이 되어 다라들거늘[69]

[자료7]은 국립도서관본 계열 「설인귀전」에 나타난 외삼촌 박
대담이다. 국립도서관본 계열 「설인귀전」에 등장하는 외삼촌 박
대담의 세부적인 서사단락의 구성을 정리하면 다음과 같다.

> ㉮ 설인귀가 군대에 입격하기 위한 노자를 빌리기 위해 외삼
> 촌 집으로 찾아가다.
> ㉯ 두씨가 노자를 빌려줄 것처럼 거짓말을 한 후에 큰 짐승이
> 출몰하여 위험한 밭을 갈아달라고 한다.
> ㉰ 설인귀가 두씨의 말을 의심치 않고 소를 몰아 밭을 갈러

---

69) 「설인귀젼단」, 『영인고소설판각본전집』4, 431쪽

갔다가 큰 짐승을 만난다.

그런데 위의 세 단계로 정리한 국립도서관본 계열 「설인귀전」
의 외삼촌 박대담은 거의 유사한 형태 그대로 설인귀 전설 속에
서 등장한다. 밭을 갈다가 큰 짐승을 퇴치하고 전공을 세울 수
있는 도구인 병장기와 용마를 획득하는 기회를 맞게 되는 것도 동
일하다. 외삼촌 박대담이 국립도서관본 계열 「설인귀전」의 서사구조
내부에서 전후의 서사단락과 맺고 있는 인과적인 관계와 동일한 양
상을 확인할 수 있는 것이다. 다만 박해의 실행자 캐릭터에는 세부
적인 변이의 편폭이 설정되어 있어서 설인귀를 박대하는 친족이 외
삼촌 혹은 외숙모로 고정되어 있지 않고 친누이로까지 확대되어 있
다.70) 친누이의 박대담까지 포함하여 외삼촌 박대담이라는 명칭을
쓴다고 할 때, 설인귀 전설 속에서 이 외삼촌 박대담은 한 편의 텍
스트가 보여주는 전체 서사구조 속에서 차지하는 비중이 큰 편에
속한다. 대식 화소 보다는 그 서사화의 정도가 낮은 편이지만
여타의 서사단락과 비교할 때 설인귀 전설의 향유층이 특별히
흥미를 가지고 의미를 두고 있는 모티프라는 사실을 확인할
수 있다.

　　[자료8] 얘가 그래 가주고 외삼촌의 일을 돕구 농사를 짓는데 아

---

70) 위에서 정리한 구체적인 세 단계의 구성 여부를 적용하지 않고 단지
　　친족이 설인귀를 박대하는 이야기라고 한다면 설인귀의 대식을 매개로
　　한 큰아버지와의 갈등담도 유사한 범주에 포함될 수 있을 것이다. 그러
　　나 이러한 관점에서 본다면 「설인귀정동」 42회본과 국립도서관본 계열 「
　　설인귀전」 사이의 변별성을 명확히 가려내기가 어렵기 때문에 외삼촌
　　박대담은 위에서 제시한 세 단계의 서사단락으로 구성되면서 전후 서
　　사전개상에 위치한 모티프들과 인과적인 맥락에서 연결되는 에피소드로
　　한정할 필요가 있다.

이 놈이 점점 커서 십여 살이 넘어가니까 도대체 거기서도 살기는 괜찮게 살지만 감당을 못하겠어서, 야 이거 이래서는 안돼겠다하구 이 사람을 죽일려고 객현리 등새 한참 올라가면 밭이 있는데, 그 밭 가운데 각담이 큰게 있는데, 바루 설윤기 외가집 밭이래요. 그 밭이 아 그 전엔 잘해 먹었는데 그 이전에는 백호가 나와서, 호랭이가 나와서 왕왕거리는 바람에 그냥 묵혔었는데. 설윤기를, 아 저놈 거기 가서 호랭이나 물려 죽여야 겠다고 하고서. 거 왜 소 두 마리가 밭가는데 끄는 쟁기가 있잖아요. 그 쟁기를 짊어지고 거기다가 보리씨하구 이런걸 웬장 다 짊어지구. 힘은 장사니까. 소 두필을 끌려서 내보낸거여. 너 가서 거기 가서 밭을 갈아라. 그래 소 두필을 끌구, 웬만한 사람을 쟁기를 지지도 못해요, 약골은.[71]

[자료9] 그러니까 기운은 시니까 게 저그 감악산의 올라가니까 감악산 밑이니까 감악산에 올라가서 밭을 갈라구 그랬어. 그래 밭을 갈라면 이제 소를 두 마리를 가지구 가서 인제 가는 거거든. 뭐 기운이 세니까 그 까짓 거 갈지 뭐. 그래서 이제 뭐 벼리를 해서 그게 보통 벼리를 지면 크지 보통 우리가 들어도 이렇게 크니까 그래서 벼리를 해서 소 두 마리를 끌고 이제 올라가서 이제 멍에를 지구서 하는 것은 봤으니까 이제 밭을 가는 거야. 그런데 이제 호랭이가 득실득실 해 그 산에. 그래 호랑이가 으르렁대구 그 근처에 댕기니까 아 소가 무서워서 밭을 제대로 갈아야지. 그냥 그 눈이 휘

---

71) 「설윤기(설인귀) 전설」, 제보자: 김정홍(남, 70세, 파주시 적성면 주월리 154-8), 제보자는 짚공예를 전문으로 하여 전시회도 여러번 개최하였으며, 장차 박물관을 세울 계획을 가지고 있다. 조사지: 제보자의 집, 경기도 박물관 홈페이지, http://www.museut.or.kr/resources/river, 제4장 임진강 유역의 민속문화, 제7절 구비전승, 508-509쪽.

둥그래 해겨서 그러거든? 그니까 밭도 갈 수가 없지. 그래
호랭이가 으르렁 거리니까는. 그래 화가 나서 벼리를 내팽
치구서는 그 성에라구 그 길다래가지구서 굵은 나무에다가
한 두발 즘 한 서너 발 되겠다 그만한게 있어요. 그거를 벼
리에서 쑥 **빼**가지구서 호랭이 때려잡으러 뒤쫓아갔단말야.
그래서 호랑이는 도망갔구 소는 호랑이가 으르렁거리니까
는 다 도망갔구. 누이한테 가서 뭐라 그래. 호랑이는 도망
갔구 소도 도망갔구. 그래 화가 나서 에이 이까짓거, 산에
올라가서 굶어죽던지 한다구 감악산에 올라갔는데 (하
략)[72)]

[자료8]에서는 외숙모가 아니라 외삼촌이 음모의 계획과 직접적
인 박대의 실행자로 등장한다. 외삼촌은 설인귀의 모친을 통해 설
인귀와 혈연이 연결되어 있다는 점에서, 상황의 논리로만 보자면
[자료8]의 설인귀 설화는 국립도서관본 계열 「설인귀전」 보다 그
갈등의 비극성이 더욱 심화되어 있다고 할 수 있다. 먹을거리 확
보와 일상생활의 영위를 위해 친조카를 살해하고자 음모를 꾸미고
있다는 점에서 일상성의 논리 속에 잔혹성이 내재되어 있는 것이
다. 신화적인 능력을 지닌 영웅이 자신의 비범함을 알아주는 환경
세계를 만나지 못하고 세속적인 세계 속에 놓여 있는 부조화 상태
가 급기야는 능력이 없는 일상인이 일반성과 보편성이라는 상황의
우위를 앞세워 신화적인 인간을 살해하려고 기도하는 지경으로까
지 치닫고 있다는 점에서 비극성의 본질을 엿볼 수 있다.

---

72) 「백포소장 설인귀」, [동두천설화2] 생연2동 한약방, 1999.5.21., 조희웅,
조흥욱, 노영근, 박인희 조사. 이윤형, 남·76, 『경기북구전자료집(1)』,
경기북부구전자료집1, 조희웅 외, 박이정, 2001, 301-303쪽

그런데 [자료8]의 구술자가 이 외삼촌 박대담 부분을 구연하면서 설인귀의 힘을 강조하고 있다는 점에서 국립도서관본 계열 「설인귀전」과 다른 점이 확인된다. 국립도서관본 계열 「설인귀전」은 비록 설인귀가 영웅의 일대기 궤적을 따라가고 있음에도 불구하고 외삼촌 박대담 속에서 설인귀가 그 위험을 거뜬히 피해갈 수 있는 힘을 지니고 있다는 사실을 미리 노출하지 않는다. 대식 화소를 통해 신화적인 인간인 설인귀와 일상적 인간 사이의 갈등을 형상화함으로써 설인귀의 잠재된 힘을 암시해 놓기는 했지만 외삼촌 박대담 속에서 이 점은 철저히 숨겨진다. 설인귀는 어디까지나 자신만 생각하는 악독한 외숙모와 우유부단한 외삼촌의 마수에 걸려 사지로 내몰린 사고무친한 어린 아이로 형상화 된다. 국립도서관본 「설인귀전」의 비극성은 이러한 형상화 방식 덕분에 더욱 고조되는 측면이 있다. 반면 [자료8]과 같은 설인귀 전설 속에서는 설인귀가 힘이 장사라는 정보를 반복적으로 노출함으로써 사지에 내몰린 상황의 비극을 스스로 해결할 수 있으리라는 문제 해결의 양상을 예상하게 한다. 외숙모가 아니라 혈연을 공유한 외삼촌이 살인을 계획한다는 점에서 국립도서관본 계열 「설인귀전」보다 상황의 비극성이 강화되어 있음에도 불구하고 설인귀의 문제해결 능력을 반복적으로 강조하는 형상화 방식 때문에 향유의식 차원에서는 비극성이 오히려 약화되는 측면이 있다고 할 수 있다.

[자료9]에서는 박대의 실행자로 설인귀의 친누이가 등장하고 있다는 점에서 [자료8]에서 강화된 상황의 비극성이 확대되고 있다. 부모로부터 물려받은 혈연을 공유한 유일한 친혈육이 살해를

기도했다는 점에서 그 비극성의 형상화 양상은 [자료8]과는 다른
형태로 나타난다. 물론 [자료9]에서도 설인귀가 힘이 장사라는 점
을 반복적으로 강조함으로써 비극적인 상황을 극복할 수 있으리
라는 암시를 해놓고 있다는 점에서는 [자료8]과 동일하다. 그러나
물리적인 힘으로 목숨이 위태한 위기 상황은 종결지었음에도 불
구하고 친누이와의 갈등은 결코 해결되지 않고 있다. 국립도서관
본 계열 「설인귀전」이나 [자료8]의 설인귀 전설에서처럼 위기상
황의 해결이 곧바로 입공을 위한 수단인 병장기 획득 기회로 연
결되지 않고 있기 때문에 설인귀는 누이에게 돌아갈 수도 없고
그렇다고 밭을 계속 갈고 있을 수도 없는 상황에 이르고 있다.
속수무책인 상황 속에서 [자료9]의 설인귀가 선택한 것은 산 속
에 들어가 굶어죽기이다. 친누이의 친동생 살해 기도라는 비극적
인 상황을 낳은 원인인 대식 문제로 다시 회귀하고 있는 것이다.
설인귀로서는 자신의 대식을 일상적 인간이 감당할 수 없고, 더
나아가 이로 인해 친누이가 자신을 살해하려고 기도하는 잔혹한
상황이 연출되고 있다는 점에서 현실 세계와의 화해가 본질적으
로 불가능하다는 최종적인 판단을 내리고 있는 것으로 보인다.
입공을 위한 병장기 획득은 곧 대식으로 상징되는 설인귀의 능력
을 발휘하여 현실 세계와 화해할 수 있는 유일한 기회이기 때문
에 이 계기의 지연은 대식으로 야기된 상황이 설인귀의 자살 기
도로 마무리되는 방향으로 나아감으로써 그 비극성을 증폭시키고
있는 것이다.

[자료8]과 [자료9]의 설인귀 전설 속에서는 외삼촌 박대담을
통해 자신을 중심으로 한 신화적 세계를 상실하고 일상인의 질서

속에서 살아가야 하는 초월적 인간의 비범한 능력과 일상적 세계의 질서가 충돌하는 양상을 보여준다. 초월적 인간을 중심으로 한 신화적인 세계가 유지되고 있다면 마땅히 신성한 존숭의 대상이 되었을 대식이란 능력이 인간적 세계의 논리에서 본다면 일상적 질서를 파괴하는 심각한 위협요소가 되고 있는 것이다. 이로 인해 이 대결은 일상적 세계로 떨어진 초월적 인간을 일상인이 합심하여 박대하고 끝내는 죽음으로 내모는 극단적 양상으로까지 치닫는다. 그런데 이처럼 초월적 영웅을 직접적으로 박대하는 인간이 남이 아닌 바로 피를 나눈 친누이와 외삼촌으로 설정되어 있다는 점에서 문제는 더욱 심각하다. 그러나 대식으로 상징되는 초월적 능력의 소유자인 설인귀를 직접 죽이는 것이 쉽지 않기 때문에 역시 호랑이라는 인간의 힘을 넘어선 대수(大獸)를 동원하여 간접적으로 살해하는 방법을 선택하고 있다. [자료8]과 [자료9]의 설인귀 전설 속에서 한 가지 주목되는 점은 친누이와 외삼촌이 신화적 인간인 설인귀를 죽이기 위해 동원한 큰 짐승이 호랑이로 구체화 되어 있다는 점이다. 국립도서관본 계열 「설인귀전」에서는 시종일관 큰 짐승이라고만 되어 있을 뿐, 이 짐승의 정체가 구체적으로 무엇인지는 알 길이 없다. 그런데 설인귀 전설 속에서는 공통적으로 호랑이를 등장시키고 있다. 이는 우리나라 설화의 미의식적 체계 속에서 호랑이가 지니고 있는 신성관념을 반영한 것으로 생각된다. 우리나라의 신화적인 세계 속에서 호랑이는 신성수(神性獸)로 상징되며, 흔히 산신의 변신체로 등장하거나 그의 보조자로 나타난다. 설인귀에게 필적할 만한 신화적인 힘을 지니고 있는 존재인 것이다. 이는 바꿔 말하자면 인간의 세계에 떨어진 신화적 능력의 소유자를 제어할 존재는 역시 신성을 지녔다고 믿어지는 신성수라는 관념을 드러내고 있다고 할 수 있다.

3) 병기 획득 모티프

「설인귀정동」42회본에서는 설인귀의 갑주와 병기 획득이 주청의 의복상자에서 백능인화(白綾印花), 백능전오(白綾戰襖), 마훼(馬靴) 등을 골라 가지는 것으로 나타난다. 동문수학하던 주청의 권유로 투군할 것을 결정하고 주청이 지어둔 의복 상자에서 백능단 전포와 백능인화 전모, 답마화 신발을 골라 가진다.[73] 주청이라는 친구가 설인귀의 영웅성을 알아보고 자신의 집에 기숙하고 있던 설인귀에게 갑주와 병기를 제공하는 것이다. 설인귀는 주청이 소유한 갑주와 병기 속에서 본인이 원하는 것을 골라 가질 뿐 여기에는 어떠한 극적인 구성도 없다. 한편 방천극은 번가장에 머물고 있던 설인귀가 주인인 번홍해를 도와 풍화산 도적을 물리칠 것을 약속하면서 얻는 것으로 나타난다. 장사귀에게 투군하려다가 거절을 당하고 집으로 돌아오는 길에 번가장에서 유숙을 하게 되는데, 설인귀는 도적들을 물리쳐줄 테니 병기를 달라고 한다. 번가장에서 창을 한 자루 주었으나 설인귀가 꺾어버리자 옛날 한나라의 번쾌가 썼다는 화극을 나무 쌓인 방 안에서

---

73) "周青道, 小弟爲敎師數年, 積到箱衣服, 五色俱全, 待我拿出來, 凭哥哥揀一付喜穿的, 拿去更換, 說罷, 拿出箱子, 打開來與仁貴一看, 果然五色俱全, 就揀一付白顔色, 拿出更換了, 頭上白綾印花抹額, 身穿白綾戰襖, 脚踏馬靴, 正所謂佛要金裝, 人要衣裝", 「薛仁貴征東」, 『征東·征西·掃北』, 大中國圖書公司, 1969, 17쪽

꺼내어 써보라고 한다. 인귀는 네 사람이 달려들어도 움직이지 못하는 쇠로 만든 화극을 대들보를 들고 꺼내어 자신의 병기로 삼는다.[74] 이는 중국적 무기의 상징으로 되어 있는 방천극과 설인귀의 관련성을 부각시키는 방식인 것으로 보인다.

한편 국립도서관본 계열 「설인귀전」에서 외숙모 두씨가 설인귀를 죽이기 위해 사나운 짐승이 출몰하는 밭을 갈라고 하고, 설인귀는 그 모략을 추호도 의심치 않고 밭을 갈러 갔다가 만난 짐승을 퇴치한다. 그 결과로 석함을 발견하여 그 속에서 은갑, 은투구 방천극과 병서를 얻고 있다. 소 몰아 밭 갈기와 짐승 퇴치 화소의 존재 여부가 그 중요한 전제 조건이 되고 있다는 점에서 국립도서관본 계열 「설인귀전」의 병기 획득 모티프는 「설인귀정동」42회본과 본질적으로 변별적인 양상을 보여준다고 할 수 있다. 이는 단순히 중국 원작을 번안하는 과정에서 이루어진 중국과 한국 두 나라간의 문학 관습상의 차이로 볼 수만은 없을 것으로 생각된다. 왜냐하면 소를 위협하는 짐승을 퇴치하고 농경을 원활하게 만드는 설인귀의 무용은 무속신앙의 관습에서 봤을 때 풍요를 기원하는 농경제의의 한 장면을 연상시키는 측면이 있기 때문이다. 게다가 이 장면은 파주 일대에서 전승되고 있는 설인귀 풍속신앙 전설의 제향 구조와 거의 유사한 형태를 보여주고 있다. 파주 지역의 설인귀 풍속신앙 전설은 소의 영혼을 탈취하

---

74) "仁貴抬頭一看, 見戟尖揷在泥里, 不見戟尖, 惟有戟干子打柱正樑, 有茶杯粗大, 長一丈四尺, 通是鐵打的, 就叫庄客, 你們端正柱子過來, 待我託起正樑, 換將下來, 庄客湝忙用杜子豫備, 仁貴託起正樑, 庄客四人, 盡力將戟換卜, 仁貴放下, 正樑, 就拿起方天戟來", 「薛仁貴征東」, 『征東·征西·掃北』, 大中國圖書公司, 1969, 21쪽

여 그 노동력을 활용하는 것을 그 권능 행사의 한 중요한 부분
으로 하고 있음을 설인귀 전설의 서사구조를 분석하면서 구체적
으로 살펴본 바 있다. 국립도서관본 계열 「설인귀전」의 병기 획
득 모티프가 소 몰아 밭 갈기와 큰 짐승 퇴치하기 화소와 전후
의 맥락 속에서 인과성을 가지고 연결되어 있다는 것은 「설인
귀전」의 이 계열본 형성 과정에 있어서 설인귀 전설이 중요한
한 원천으로 작용했음을 알 수 있게 해 주는 대목이 된다.

　[자료10] 흉년 딕풍이 이러나며 텬지 아득하며 무어시 쏜희 써러지
　　　　　니 소릭 벽역 갓탄지라 인귀 고히 역여 칙를 드러 소를 모
　　　　　니 그 쇠 썰고 가지 아니하거늘 의혹하여 보니 그 써러지
　　　　　던 거시 화하여 큰 짐싱이 되어 다라들거늘 인귀 급히 치
　　　　　니 그 짐싱이 두 드리 부러져 밧가온딕 박히고 몸은 히하
　　　　　여 일진 쳥풍이 되어 다라나거늘 인귀 즈시 보니 그 다리
　　　　　의 글직 쓰여시되 이 밋틱 돌함이 이시니 셜인귀 긔탁이라
　　　　　하엿거늘 인귀 의혹하여 파고 보니 과연 셕함이 잇거늘 열
　　　　　고 보니 은갑 은투고와 방텬극이 드럿거늘 셕함을 도로 닷
　　　　　고 밧츨 다 간 후 소를 잇쓸고 도라오니75)

　[자료10]에 나타난 국립도서관본 계열 「설인귀전」의 병기획득
모티프의 구체적인 서사단락을 분석하여 정리하면 다음과 같다.

　㉮ 소를 몰아 밭을 가는 도중 달려든 큰 짐승을 퇴치하다.
　㉯ 밭 가운데 박힌 짐승의 다리 쓰인 글자를 보고 석함을 얻다.
　㉰ 석함을 열어보고 은갑, 은투구, 방천극을 얻다.

---

75) 「설인귀젼단」, 『영인고소설판각본전집』4, 431-432쪽

㉮의 서사단락에서 설인귀가 소를 몰아 밭을 갈다가 갑자기 달려든 큰 짐승을 퇴치하고 있는데, 이 짐승은 설인귀의 힘에 굴복하여 두 다리는 부러지고 몸은 일진광풍이 되어 달아난다. 두 다리가 부러져서도 바람으로 변하는 변신술을 자유자재로 구사하고 있다는 점에서 이 짐승은 예사의 동물이 아니라 일종의 신수(神獸) 합일의 신격체임을 알 수 있다. 변신술은 신화적인 세계관 속에서만 통용되며, 신성한 힘의 상징이기 때문이다. 신화적인 신수합일의 신격체가 신화적인 세계를 떠나 인간세계에 모습을 드러내다 보니 짐승의 모습을 하게 된 것이라 할 수 있는데, 여기서 큰 짐승이라는 것은 물리적인 몸집의 크기를 나타내기도 하지만 일상적인 것을 뛰어넘는 것이라는 의미를 지니고 있다. 설인귀가 지닌 신화적인 능력이 일상적인 세계 속에서 먹는 행위로 표현될 때 크다는 대식으로 형상화되는 것과 마찬가지 양상이라고 할 수 있다. 큰 짐승의 출현 순간이 대풍과 벽력같은 소리를 동반하며 천지가 아득해지는 것으로 묘사되고 있는 것도 신화적 세계와 인간적 세계를 나누는 장벽이 무너지고 신성한 존재가 속세에 그 모습을 드러내는 신이한 광경을 드러내는 것이다. 설인귀가 이러한 신수 합일체를 퇴치한다는 것은 일상적인 힘의 논리를 초월하는 압도적인 신화적 능력을 지니고 있는 존재임을 암시한다.

㉯의 서사단락에서 설인귀는 퇴치하고 남은 짐승의 다리에 쓰여져 있는 글자의 지시사항에 따라 병장기가 든 석함을 얻고 있다. 신화적인 세계로 돌아간 짐승이 남긴 다리는 설인귀가 인간세계에서 신화적인 능력을 발휘할 도구와 위치를 알려주는 정보

의 매개체가 된다. 이 점에서 신화적 세계에서 인간세계로 일시적으로 넘어왔던 짐승은 신화적 인간인 설인귀가 인간세계에 적응할 수 있는 방법을 알려주는 일종에 전령사의 구실을 한다고 할 수 있다. 같은 맥락에서 이러한 짐승을 전령사로 보낸 신화적 세계의 보이지 않는 존재 혹은 힘의 원리는 인간의 몸을 빌고 있는 설인귀의 조력자가 된다고 할 수 있다. 초월적인 힘이 신선이나 선녀처럼 인격체의 모습을 갖추고 있지 않다는 점에서 국립도서관본 계열 「설인귀전」의 병기획득 모티프는 설화적인 세계관을 드러내고 있다고 할 수 있다. 특히 신수 합일의 짐승의 존재라든가, 신이한 힘을 지닌 동물이 인간에게 퇴치되는 모티프는 지하국퇴치 설화로 대표되는 설화적 세계의 한 대표적인 구성요소가 된다.

㉫의 서사단락에서 설인귀는 신화적 세계가 보낸 전령의 지시사항에 따라 석함을 열어보고 은갑, 은투구, 방천극을 얻고 있다. 여기서 여전히 「설인귀정동」42회본의 병장기인 방천극이 등장하고 있음을 확인할 수 있다. 국립도서관본 계열 「설인귀전」이 우리나라의 설화적인 세계관과 전형적인 모티프를 흡수하고 있음에도 불구하고 설인귀를 상징하는 병장기의 국적은 중국으로 변동이 없음을 보여준다. 이는 국립도서관본 계열 「설인귀전」이 우리나라 파주 지역의 고·당 전쟁 문학으로 존재하는 설인귀 전설과 내용적인 교섭양상을 보여주고 있음에도 불구하고 설인귀의 국적을 우리나라로 바꾸지 않은 것과 같은 맥락이다. 국립도서관본 계열 「설인귀전」에서 설인귀의 출신지는 여전히 우리나라 파주가 아니기 때문에 그의 상징물이나 다름없는 대표적인 병장기 역시

방천극일 수밖에 없는 것이다.

설인귀 전설 속에 나타나는 병기획득 모티프는 국립도서관본 계열 「설인귀전」의 그것과 서사단락의 구성 양상이 거의 동일하다. 모티프를 구성하는 서사골격의 유사성 속에서 세부적인 차이점을 확인할 수 있는데, 이는 한·중 고·당 전쟁 문학의 본질적인 미의식 차이에 기인하는 것이기도 하다.

[자료11] 그래 소 두필을 끌고 그걸 다지고 가서 거기 가서 탁 내려놓고는 소에다 모가지 멍에를 얹고는 이제 쟁기를 채리는데, 아닌 게 아니라 큰 대호가 나와 가지고서는 팔을 흔들면서 잡아 먹을거 같이 그러니까, 이 사람은 힘은 장사겠다 저놈이 왜 와서 지랄을 하냐고. 쟁기가 혼자 왠만한 사람은 들지도 못해요. 그런 걸 괭이처럼 생겼잖아요. 쟁기가. 그걸 꺼꾸로 지고 둘러 미고선 백호를 따라간 거야 그냥. 그래 그걸 찍어 죽인다고 끌고 가니깐 이놈이 각담 속으로다가 쏙 들어가 버렸어요. 각담이라는건 밭에 산골에는 돌밭이거든, 밭을 해먹기 위해서는 돌맹이를 주워다가 한 짝에다가 자꾸 쌓아놓은 돌맹이 테미야. 그래 글루 쏙들어가니깐 그 늙으건 오늘 일은 못 해두 이놈의걸 잡아야 되겠다구, 그걸로다가 괭이처럼 푹푹 각담 돌맹이를 걷어내고는 파헤치니까 그 위에서 이만한 궤짝이 나왔데요. 그거를 꺼내놓고 뜯어서 확 벌려보니까 거기에 장수들이 입는 일절 옷이 <u>갑옷허구 투구허구 신발</u>까지 일절 장수들이 입는 옷 있잖아 왜 비늘 달린 거 같은 거 그게 나왔어. 이 사람이 이제 때로구나 하구서 다 파헤치고서 옷을 갖춰 입고 나도 인제 갈 때를 가야지 여기서 이러면 안 되겠다. 거기서 고개 하나를 넘어 가면은 칼바위라는 우리 종중밭인데 거기를 돌아가니까 칼, <u>장검</u>이 커다란 게 그래서 칼

바위인데 큰 장수들인 차고 다니는 큰 칼이 하나 걸려있더
라 그거야. 그래서 거기 가서 그걸 하나 뜯어서 옆에 차고
(하략)76)

[자료11]의 설인귀 전설 자료 속에서 큰 짐승은 백호로 구체화
되어 있는데, 문면에 나타나 있는 백호의 퇴치 과정 자체에는 신
화적인 양상이 상대적으로 약화되어 있다. 백호가 우리나라 신화
체계 속에서 신수 합일의 신성수로 나타나지만 이는 이면의 상징
적인 기호 체계 속에서 분석해 낼 수 있는 것이고 [자료11]의 문
면화 된 자체에서 백호 퇴치의 양상은 지극히 일상적인 논리로
형상화 되어 있다. [자료10]의 국립도서관본 계열 「설인귀전」의
짐승 퇴치가 변신술과 신화적인 분위기 조성을 동원하여 신이하
게 형상화 되어 있는 것과는 다른 양상을 보여준다고 할 수 있
다. 이는 우리나라의 설화가 전반적으로 신화적인 논리를 일상화,
희화화 해서 나타내는 속성이 있는 것과 같은 맥락에서 이해할
수 있다. 그러나 이 백호가 병장기가 든 석함을 지시하는 신화적
세계의 전령사 구실을 한다는 점에서는 국립도서관본 계열 「설
인귀전」의 큰 짐승과 동일한 기능을 하고 있다.
　주목할 사실은 [자료10]의 국립도서관본 계열 「설인귀전」의 병
기획득 모티프에서 출현했던 방천극이 여기서는 장검으로 바뀌어
있다는 것이다. 장검은 방천극과는 달리 중국색이 없다. 우리나라

76) 「설윤기(설인귀) 전설」, 제보자: 김정홍(남, 70세, 파주시 적성면 주월
리 154-8), 제보자는 짚공예를 전문으로 하여 전시회도 여러번 개최하
였으며, 장차 박물관을 세울 계획을 가지고 있다. 조사지: 제보자의 집,
경기도 박물관 홈페이지, http://www.musent.or.kr/resources/river, 제4장
임진강 유역의 민속문화; 제7절 구비전승, 508-509쪽.

파주 출신의 설인귀에게 어울리는 병기로 변모되어 있음을 알 수 있다. 게다가 이 장검은 백호가 지시한 돌함에서 나오지도 않았다. 설인귀가 돌함에서 획득한 것은 갑옷, 투구, 신발로 한정된다. 국립도서관본 계열 「설인귀전」의 병기획득 모티프는 [자료11]의 설인귀 전설의 그것 속에서 갑옷, 투구, 신발을 얻는 것으로 종결되는 것이다. 국립도서관본 계열 「설인귀전」의 병기획득 모티프를 구성하는 서사단락과 비교할 때 중요한 차이점을 발견할 수 있는 것이다. [자료11]의 설인귀 전설 속에서 설인귀는 갑옷, 투구, 신발을 얻고 바로 자신을 인정해줄 세계를 찾아 떠나며, 이 노정의 도중에 칼바위란 곳에서 장검을 얻고 있다. 칼바위는 일종의 생산암으로 칼을 낳는 바위라는 의미를 지니고 있다. 장수의 병기를 낳는 암석 모티프는 아기장수 전설에서 전형적인 한 유형을 구성한다. 심지어 아기장수를 낳는 암석 모티프가 등장하는 텍스트도 존재한다. [자료11]의 설인귀 전설 속에서 병기획득 모티프는 국립도서관본 계열 「설인귀전」의 그것에 더하여 우리나라의 아기장수 전설 유형에서 파생된 칼을 낳는 생산암 바위 모티프가 세부 화소로서 독립적으로 중첩되어 있는 것이다. [자료11]의 설인귀 전설의 병기획득 모티프를 세부적인 서사단락으로 나누어 정리해 보면 다음과 같다.

㉮ 소를 몰아 밭을 갈다가 달려든 백호를 퇴치하다.
㉯ 백호가 숨어든 각담 속에서 궤짝을 얻다.
㉰ 궤짝 속에서 갑옷, 투구, 신발을 얻다.
㉱ 노정의 도중에 칼바위에서 장검을 얻다.

4) 용마 획득 모티프

「설인귀정동」42회본에는 용마 획득 장면이 등장하지 않는다.
설인귀가 탄 말이 특별히 명마라는 언급도 없다. 동정하는 도중
에 천개산에서 적장을 죽이고 그가 탄 말과 갑옷을 차지하는 장
면이 겨우 등장할 뿐이다. 그러나 국립도서관본 계열 「설인귀전」
과 설인귀 전설에서는 이 부분이 한 중요한 장면으로 부각되어
있다. 영웅적인 장수란 모름지기 용마를 얻어서 타고 다녀야 한
다는 관념은 한국의 전통적인 아기장수 전설에 나오는 용마 모티
프와 관련되어 있다. 아기장수 전설 속에서 아기장수라는 민중
출신 영웅과 용마는 한 짝으로 인식되며, 용마 나자 장수 난다는
식의 관념까지 유포될 정도로 둘은 뗄레야 뗄 수 없는 관계에
놓여 있는 것으로 받아들여진다. 국립도서관본 계열 「설인귀전」
의 형성과정에서 아기장수 전설과의 교섭이 중요한 역할을 했음
을 확인할 수 있는 대목이다.

> [자료12] 호련 산곡 등의 흑운이 주옥하며 천지 아득하더니 빅셜
> 갓튼 말이 소리 지르고 다라들거늘 인귀 보니 말빗치 빅셜
> 갓고 갈기와 총은 쳥수 갓고 눈은 번기 갓고 소리 우레 갓
> 거늘 인귀 붓들고져 하더니 문득 구름이 거드며 흔 노인이
> 동주로 안장과 굴네를 들니고 와 니로되 쟝군이 군쟝을 근
> 심하미 쳔니 농총마를 가져왓노니 갑슬 쥬고 스라 인귀
> 황망이 직비 왈 노쟝이 쥰마를 지시하시니 감슈하오나
> 가산이 빈곤흐와 헐 기리 업나니다 노인 왈 타고져 흐거
> 든 가지라 엇지 갑슬 의논흐리오 흐고 문득 간되 업거늘
> 인귀 공즁을 향하여 무슈 흐례흐고 말을 닛끌고 도라오
> 니[77]

　　[자료12]의 국립도서관본 계열 「설인귀전」에서는 설인귀가 자신에게 천리용총마를 팔겠다고 하는 노인에게 자신은 가난하여 살 수 없다고 거절하는 겸손의 미덕을 발휘함으로써 결과적으로 용총마를 획득하는 것으로 되어 있다. 여기서 용총마는 아기장수 전설의 용마와 그 이름도 유사하다. [자료12]의 국립도서관본 계열 「설인귀전」의 용총마가 아기장수 전설의 용마가 환기하는 인식의 바운더리 속에 위치해 있음을 알 수 있다. 비록 용마를 매매하려고 시도하는 장면이 삽입됨으로써 그 출현의 초자연성·초현실성이 약화되어 있기는 하지만 천리용총마를 뛰어난 자질을 지닌 장수에게 선뜻 주어버리는 노인이란 이미 일상인이 아니다. 천리용총마를 설인귀에게 넘겨준 노인은 신화적 세계관을 현실세계 속에 실현하는 산신의 캐릭터를 계승한 것으로 생각된다. 바위나 산과 같은 거대자연지물 속에서 비현실적으로 출현했던 아기장수 전설의 용마가 산신이 일상화된 노인이란 인물을 통해 현실적으로 출현할 계기를 획득하고 있는 것이다.

　　여기서 한 가지 지적해 둘 점은 [자료12]의 국립도서관본 계열 「설인귀전」에서 용마를 획득하는 과정이 초기 영웅소설인 「소대성전」과 동일한 양상으로 형상화 되어 있다는 점이다. 「소대성전」에서 소대성은 청룡사 노승을 작별하고 중원을 향해 오다가 한 노인을 만나 초옥에 이르게 된다. 그 곳에서 우뢰 같은 소리를 듣고 노인에게 소리의 출처를 물으니 노인은 청룡마의 내력을 이야기한다. 소대성은 말을 사려 하였으나 노인이 말을 휘여 부릴 수 있으면 도리어 값을 주겠다고 한다. 이에 소대성이 말 곁으로 가서

---

77) 「설인귀전단」, 전게서, 432쪽

"내 만일 청용마어든 해동 소대성을 아는다"라고 하자 그 말이
굽을 허위고 고개를 들어 대성의 팔에 얹는다. 용마가 영웅을 알
아보는 화소로서, 이는 초기 영웅소설인 「소대성전」이후의 작품들
에서 강화되어 나타나나 그 이전에 존재한 「홍길동전」이나 「삼국
지연의」 「설인귀정동」 42 회본 같은 중국소설에서는 나타나지 않는
다. 용마 획득담은 전국에 광포전설로 편재해 있는 아기장수 전설
의 용마 화소가 삽입된 결과라고 할 수 있다. 「소대성전」이 초기
영웅소설로서 아기장수 전설을 비롯한 각종 전설들을 취합하여 내
러티브를 확장하고 구조화 해나간 형성과정에서 비롯된 특징이라
고 할 수 있다. 이는 국립도서관본 계열 「설인귀전」도 마찬가지다.
국립도서관본 계열 「설인귀전」이 「설인귀정동」 42 회본과 변별되는
유형으로서 그 기원을 기대고 있는 것이 설인귀 전설이라고 할 때
아기장수 전설을 비롯한 각종 전설의 내용적·서사적 특징을 규합
하여 이야기를 확립하는 형성과정을 상정할 수 있다. 특히 전기수
가 「소대성전」과 같은 작품을 한 편의 소설로 구연할 때에도 「설
인귀전」이 「설인귀」 이야기로서 강담되었다는 사실을 고려할 때
국립도서관본 계열 「설인귀전」과 우리나라 설화와의 친연성을 다
시금 확인할 수 있다.

그런데 설인귀 전설 속에서도 용마의 획득은 중요한 모티프의
하나로 부각되어 있다.

[자료13] 그리고 한 유래를 내가 가만히 얘기하자면은 요 아래 주
월리라는 동네가 있는데 거기서 설인귀장군이 출생한 자리
여. 그 양반이 이 훈련을 할 때, 어떻게 했냐면은 그 주월
리에서 이렇게 올라오면서 이 율포리 전배미, 전암동 앞으

로 지나 가면은 석벽이 이렇게 서 있는데 거기 굴이 이렇
게 뚫려 있어요. 거기서 그 용마가 나와서 그 용마를 타고
서는 백운리에, 백운동이 있거든 요기에. 그 동네를 가니
까는 어느 농부가 밭을 갈더라 말이야. 그 농부가 밭을 가
는데 거기 쟁기에 걸쳐서 나오는 것이 궤짝이 나왔는데 그
걸 열어보니까는 거기 갑옷, 투구가 있어가지고서 그 그것
을 그 양반이 입으시고 거 사태봉이라는 데에 더럭바위가
있어요. 거기 가니까는 이 검을 거기서 훈련을 하셨어요.
그 양반이. 그래 감악산에 설인귀장군의 비석이 있고 설인
귀 굴이 있어요. 내가 어려서 정말 초등학교 몇 학년 때
거기 올라가 봤는데, 그래 이렇게 굴을 들여다보니까는 그
냥 하얀 백사장이 내려다 보이는데 거기서 그냥 바람이
이리 치고 올라와요. 어디가 통풍이 되어서 올라오는데
그런 것도 내가 본 사람이여. 이게 설인귀장군이 그러니
깐 고구려 장군이더라구 보니까는. 저기 주월리에서 그러
니깐 집이 주월리니까는 그 양반이. 주월리에서 인제 정
말 말을 타고서는 무건리로 댕기셨어요. 그 훈련장이 무
건리야, 그 양반 훈련장 이름이. 근데 마지리로 해서 이
렇게 올라가는 거야. 그래서 마지리 동네가 그 지금 마
지리가 신마지리, 구마지리가 이렇게 있는데, 말을 타고
댕겨서 거기가 마지리라고 했대는 거예요. 거기가. 그런
역사를 내가 좀 알고 있어요.[78)]

[자료14] 떠나갔는데 전쟁을 하다 보면은 그냥 말이 용마가 말이야.
딴 때는 말을 안 듣고 제멋대로 가거든. 근데 이 용마가
더 잘 알더래. 그러니까는 용마야. 그래 왕이 붙잡혀서 항

---

78) 「설인귀 전설」, [적성면설화5] 율포리 노인정, 1999.2.9., 조흥욱, 박인
희, 조재현 조사. 조팽기, 남·65, 『경기북부구전자료집(1)』, 조희웅
외, 2001, 박이정, 542-543쪽.

복을 받았더래. 그래 용마는 용마야. 그래 왕이 설가라니
까는 설인귀입니다. 그런 거야. 그래 그때에 가서야 임금
한테 이름을 말한거야. 그 동안에는 이름을 바꾸어서 밝
히지 않고 있다가. 그때 가서야 설인귀를 설인귀라고 한
거야. 그래 나라에서 싸움에 이겼으니까는 땅을 말이야
나라에서 이겼으니까는 땅을 준거야. 그래 잘 되었으니까
는 부모형제를 만나야 할 거 아니야. 그래 그 땅의 왕이
된거니까는.[79]

[자료15] 그래서 거기 가서 그걸 하나 뜯어서 옆에 차고 거기서 고
개 하나를 또 넘어가면은 솔말이라는 계곡이 있어요. 옛날
에 설윤기가 말타고 달렸다고 해서 솔마치, 솔말이라는 동
네가 있는데 거길 넘어가니까 그 골자구니가 상당히 길지.
지금도 글로 나가면 다리가 열둘인가 되요. 거기서 나와
서 있으니까 백마가 또 나와 가지고 그 길을, 이런 신작로
길이 아니고 소로길이거든. 글로 그냥 올라 뛰고 치뒤고
올라 갔다 내려 갔다 자꾸 뒤어 댕기니까 이제 내가 때를
만난거다 하고, 옷 얻어 입었지, 칼 하나 장검하나 옆에다
찼지. 백마가 그냥 임자도 없는 백마가 뛰어댕기니까, 그
걸 올개미로 해가지고서는 그걸 쫓아 댕기면서 잡아서 굴
레를 맹그러서 잡아서 그 백마를 타고 거기서 계속 훈련을
했다는 거야.[80]

79) 「설인귀 이야기」, [화현면설화10] 화현3리(영신) 노인정, 2000.1.18., 조
흥욱, 박인희, 조재현 조사. 최재수, 남·66, 『경기북부구전자료집(2)』,
조희웅 외, 박이정, 2001, 502-507쪽.
80) 「설윤기(설인귀) 전설」, 제보자: 김정홍(남, 70세, 파주시 적성면 주월
리 154-8), 제보자는 짚공예를 전문으로 하여 전시회도 여러번 개최하
였으며, 장차 박물관을 세울 계획을 가지고 있다. 조사지: 제보자의
집, 경기도 박물관 홈페이지, http://www.musent.or.kr/resources/river,
제4장 임진강 유역의 민속문화, 제7절 구비전승, 508-509쪽.

[자료13]의 설인귀 전설에서는 설인귀의 용마 획득 모티프가 마지리라는 파주군 적성면 소재 마을의 유래 전설로 확대되어 있다. 용마의 실존성을 마지리라는 실제 마을을 통해 입증하고자 한 것으로 마지리라는 지명은 설인귀의 용마 획득담의 실존 여부를 증명하는 증거물의 구실을 하고 있는 것이다. 이는 설인귀 전설 속에서 설인귀의 용마 획득이 그 만큼 중요한 일로 인식되었다는 사실을 보여준다. 설인귀의 영웅적인 입공의 성공 여부가 용마의 획득 여부에 놓여 있다는 인식 방식이다. 지리적 증거물로 제시된 마지리는 한자로 마제리(馬蹄里)라고 한다.81) 설인귀가 얻은 용마의 말발굽이 지나간 마을, 혹은 설인귀가 용마를 타고 훈련하던 마을이라는 의미이다. 용마가 영웅의 입공을 위한 필수 요건이 되고, 용마를 타고 훈련하는 과정이 영웅의 성공을 위한 중요한 한 과정이 된다는 관념은 아기장수 전설에서 전형적으로 확인되는 인식체계이다. 아기장수 전설 유형 속에서 아기장수의 출생은 용마의 탄생으로 입증되며, 아기장수의 죽음은 용마의 죽음으로 상징될 정도로 둘은 불가분의 관계에 있다. 이 점에서 용마를 얻은 설인귀가 현실 세계의 성공을 위해 훈련을 했다는 내용을 담고 있는 [자료13]은 아기장수 전설의 설인귀 버전이라고 할 수 있을 정도로 그 전형적인 유형적 세계관을 담아내고 있다.82)

---

81) 『파주군지』, 전게서를 참조하기 바람.
82) 이 자료에서는 특이하게도 밭 갈기 화소와 병기 획득 화소가 분리되어 있다. 밭을 가는 주체는 신원을 알 수 없는 어느 농부이고, 병기를 획득하는 주체는 설인귀로 나타난다. 이는 이 자료의 주안점이 병기 획득이 아니라 용마 획득에 놓여 있기 때문에 이루어진 변이로 생각된다. 이 자료의 향유층에게 있어서 아기장수로서의 설인귀에게 있어서

[자료14]의 설인귀 전설에서는 현실 세계에서 이룬 설인귀의 성공이 용마 덕분이라는 인식을 드러내고 있다. 설인귀는 몰라도 용마는 전쟁터의 위치를 잘 알고 있고, 왕을 붙잡아 항복받는 것도 용마라서 가능했다는 인식을 보여준다. 구체적인 설명 없이 용마라서 그렇다는 표현으로 설인귀의 성공을 견인한 결정적인 요인이 용마로부터 비롯되었다는 식의 사고방식을 보여주고 있는 것이다.

[자료15]의 설인귀 전설에서는 용마라는 구체적인 표현은 등장하지 않는다. 백마라고만 되어 있는데, 이는 설인귀가 흰 전포를 입고 백포소장이라고 불렸던 사실과 관련이 있는 것으로 보인다. 백포소장이 타고 다녔던 용마니까 백마라는 관념이다. 아기장수 전설 일부 텍스트 속에서도 용마를 백마로 변형하고 있는 경우가 확인된다. [자료15]의 백마는 설인귀가 소유한 용마의 특화된 존재라고 할 수 있는 것이다. 여기서도 용마는 현실세계에서의 성공을 위해 수련하는 설인귀가 훈련과정에서 동원한 필수적인 수단으로 등장한다. 현실세계에서 성공하기 위해 준비하는 아기장수에게 용마가 따라다닌다는 관념이 변형된 결과라고 할 수 있을 것이다.

중요한 것은 용마의 획득 여부이지 병장기의 획득이 아니기 때문에 병기 획득은 밭을 갈던 농부로부터 우연히 이루어진 일로 축소해놓고, 대신 용마 획득의 과정을 중점적으로 부각시켜 놓고 있는 것이다.

3. 「설인귀전」의 형성과정에 나타난 한·중 고·당 전쟁 문학의 교섭양상 및 역사인식

1) 설인귀 전설의 수용과 「설인귀전」의 성립과정 및 방식

설인귀 전설과 「설인귀전」의 교섭과정은 세 가지 패턴으로 생각해 볼 수 있다. 첫째는 독자적으로 형성된 설인귀 전설이 「설인귀정동」42회본의 번안과정에 유입되어 국립도서관본 계열「설인귀전」계열처럼 「설인귀정동」42회본과 전혀 다른 내용을 포함한 계통도를 확립하는 패턴이다. 둘째는 「설인귀정동」42회본과 다른 내용을 포함한 국립도서관본 계열 「설인귀전」계열이 먼저 형성된 후에 설인귀 전설을 파생하는 패턴이다. 셋째는 국내에서 독자적으로 향유되던 설인귀 전설이 중국의 고·당 전쟁 문학 내부에서 「설인귀정동」42회본과 다른 계열에 영향을 미친 뒤에 이 작품이 국내로 수입되어 국립도서관본 계열 「설인귀전」을 형성하는 패턴이다.

우선 두 번째 패턴의 가능성부터 점검해 보기로 하자. 이 두 번째 패턴은 「설인귀정동」42회본과 다르면서도 국립도서관본 계열「설인귀전」계열에 들어있는 내용을 포함한 「설인귀정동」작품이 있을 경우에 그 타당성이 성립된다. 그런데 설인귀가 집안 형편이 어려워 남의 집에서 양치기와 날품팔이 생활을 하며83), 외숙모

---

83) 박재연(「백포장군전」, 『중국소설연구회보』24, 중국소설연구회, 1995, 7쪽)과 이윤석(「<설인귀전>의 원천에 대하여」, 『연민학지』9, 2001, 221쪽)은 「설인귀전」의 이 대목을 양치기라고 하여 「인귀정동」의 '仁貴被難牧羊'이란 장회명과 정확하게 일치한다고 보았다. 경판30장본인「설인귀젼단」을 보면 설인귀는 남의 집에서 양치기는 물론 남역촌에 가

인 두씨 밑에서 밭일을 하던 중 요괴를 항복시켜서 보물을 얻는 이야기를 포함한「설인귀정동」이본이 한 편 존재한다. 비교적 최근세에 상해에서 발행된 강창고서(講唱鼓書)인「인귀정동(仁貴征東)」이 바로「설인귀정동」42회본과는 다른 국립도서관본 계열「설인귀전」의 내용을 포함하고 있는 작품이다. '인귀피난목양(仁貴被難牧羊)'과 '경전항요득보(耕田降妖得寶)'란 장회명만 보아도「인귀정동」이란 작품이「설인귀정동」42회본과는 다른 계열의 이본임을 확인할 수 있다.84) 설인귀가 어려움을 당하여 양을 쳤으며, 밭을 갈다가 요괴를 항복시키고 보물을 얻었다는 이 장회명은 국립도서관본 계열「설인귀전」을「설인귀정동」42회본과 분지시키는 내용의 일부 지점과 상당부분 일치하는 면을 포함하고 있다.

하지만 강창고서「인귀정동」의 이 두 개의 해당 장회의 내용이「설인정동」42회본과 분지되는 국립도서관본 계열「설인귀전」의 내용을 모두 포함하고 있는 것은 아니다. 논의의 편의를 위해 강창고서「인귀정동」과 국립도서관본 계열「설인귀전」의 해당 모티프를 구체적으로 각각 다섯 개의 항목으로 나누어 비교해 보면 다음과 같다.

서 신을 삼거나 나무를 해다 팔면서 생계를 유지하는 것으로 되어 있다.(「설인귀젼단」,『영인고소설판각본전집』4, 429-430쪽)
84)「인귀정동」의 구체적인 내용은 다음의 두 논문을 참고하였다. 박재연,「백포장군전」,『중국소설연구회보』24, 중국소설연구회, 1995 이윤석,「<설인귀전>의 원천에 대하여」,『연민학지』9, 2001

	강창고서 「인귀정동」	국립도서관본 계열 「설인귀전」
① 투군 전 생계유지	양치기	양치기, 신 삼기와 나무하기
② 투군을 위한 노비 획득 방법	밭 갈기	소 몰아서 밭 갈기
③ 병기를 얻는 과정	요괴를 물리치고 얻음	요괴를 물리치고 땅 속의 석함에서 은갑, 은투구, 방천극을 얻음
④ 용마의 획득 과정	×	굴 속에서 만난 한 노인으로부터 천리용총마를 얻음

강창고서 「인귀정동」과 국립도서관본 계열 「설인귀전」의 병기 획득 모티프에서 완전히 일치하는 것은 ③ 단락 정도뿐이다. ① 과 ②는 비슷하지만 그 구체적인 양상은 다르다. 강창고서 「인귀정동」이나 국립도서관본 계열 「설인귀전」 모두 설인귀가 투군 전 양치기로 생계를 유지하는 것은 동일하지만, 국립도서관본 계열 「설인귀전」에서는 신 삼고 나무 한 것을 팔아서 연명하는 과정이 확대되어 있다. 또 투군을 위한 노자를 획득하기 위해 외숙모 두 씨 집에서 밭을 갈아주는 장면도 국립도서관본 계열 「설인귀전」에서는 소를 몰아서 밭을 가는 것으로 되어 있다. 국립도서관본 계열 「설인귀전」의 ② 단락에서 밭을 갈 때 설인귀가 이용하는 소는 ③ 단락에서도 계속적으로 등장한다. 하늘에서 갑자기 바람을 일으키며 밭에 박혔다가 큰 짐승으로 변한 요괴를 보고 소가 벌벌 떨며 가지 않으니 설인귀가 밭을 계속 갈기 위해 짐승을 물리쳤는데 그 결과로 얻은 것이 은갑, 은투구, 방천극이다. 즉, 요괴를 물리치는 장면에서 소가 한 중요한 모티베이션을 제공하는 것이다.

아시아에서 양을 치는 문화권은 유목 생활권에 위치한다. 우리

나라처럼 논농사를 주로 하는 지역에서는 밭을 갈 때도 쟁기를
달아 소를 몰 정도로 소를 더욱 중요시 한다. 국립도서관본 계열
「설인귀전」의 ② 단락에 소가 등장하는 것은 우리나라의 농업 문
화와 관련이 있다. 국립도서관본 계열 「설인귀전」에서 원작의 영
향으로 설인귀가 투군 전의 생계유지 수단으로 양치기를 하는 장
면이 등장하지만, 향유층은 이것이 우리나라의 실정과는 어울리
지 않는다고 생각했던 것으로 보인다. 국립도서관본 계열 「설인
귀전」의 ② 단락에서 소가 중요한 한 기능을 맡고 있는 것도 이
때문으로 생각된다. 파주 지역에 전승되는 설인귀 전설 속에서도
하나 같이 투군 전 생계 유지, 병기 및 용마 획득 장면에서 소가
중요한 기능을 맡고 있다. 반면 강창고서 「인귀정동」의 ① 단락
에 등장하는 양은 중국적인 색채가 강한 양치기 장면으로 끝난
다. ②, ③, ④의 어느 단락에서도 소가 중요한 서사적 계기를 제
공하는 매개체로 등장하는 항목의 존재를 확인할 수 없다. 강창
고서 「인귀정동」을 번안하는 과정에서 소를 서사전개의 중요한
한 동인으로 편입한 것이라 볼 수 있는데, 그 소재의 원천은 설
인귀가 밭을 갈 때 소를 몰다가 갑주를 얻는 설인귀 전설에 기
대고 있는 것으로 보인다.

　한편 ④의 용마 획득 단락은 강창고서 「인귀정동」에는 아예
없고 국립도서관본 계열 「설인귀전」에만 등장한다. 그런데 이 용
마 획득 단락은 앞서 살펴본 바와 같이 아기장수 전설의 서사구
조적 전통에 기대고 있는 설인귀 전설 속에서 풍부한 세부적인
서사와 함께 중요하게 부각되어 있다. 위의 예문에서 확인할 수
있듯이 국립도서관본 계열 「설인귀전」에서는 이 용마 획득 단락

을 각각 중요한 한 장면으로 확대하고 있다. 남보다 탁월한 비범함을 지니고 있으나 이를 발휘하지 못하고 남의 집 더부살이를 하는 설인귀가 군대 입격 후 영웅적인 능력을 발휘하게 되기까지의 인과성을 부여하기 위한 장치로서 중요하게 다룬 것으로 보인다. 국립도서관본 계열 「설인귀전」의 성립 과정에서 아기장수 전설로부터 용마 모티프를 계승한 설인귀 전설과의 교섭이 긴밀히 이루어졌음을 확인할 수 있다.

설인귀 전설과 국립도서관본 계열 「설인귀전」 사이의 상관관계가 설인귀 전설과 강창고서 「인귀정동」 사이의 상관관계 보다 상대적으로 본질적인 친연성을 보여준다는 점에서 앞서 제시한 국립도서관본 계열 「설인귀전」의 형성과정에 대한 가설 중 세 번째 항목은 그 성립 근거가 약하다고 할 수 있다.

마지막으로 확인해 볼 것은 독자적으로 형성된 설인귀 전설이 「설인귀정동」42회본의 번안과정에 유입되어 국립도서관본 계열「설인귀전」 계열처럼 「설인귀정동」42회본과 전혀 다른 내용을 포함한 계통도를 확립하는 첫 번째 패턴이다. 이 가설이 성립하기 위해서는 설인귀 전설에서 설인귀의 영웅일대기로 이행되는 독자적인 이야기의 유통 경로가 「설인귀정동」42회본의 수입 이전에 존재했으며, 이러한 형태로 향유된 설인귀의 영웅일대기가 「설인귀정동」42회본의 번역 및 번안 과정에 영향을 미친 결과 국립도서관본 계열 「설인귀전」이 파생되었다는 사실을 입증할 수 있어야 한다. 다음의 자료를 통해 이 가설을 확인해 보자.

[자료16] 전기수(傳奇叟)는 동문 밖에 살았는데, 「숙향전(淑香傳)」,

「소대성전(蘇大成傳)」, 「심청전(沈淸傳)」, 「설인귀(薛仁
貴)」와 같은 언문이야기를 구연하였다.[85]

[자료16]은 18세기 전문 이야기꾼인 전기수가 소설을 구연하는
장면을 조수삼이 기록해 놓은 독서문화사에 해당하는 자료이다.
「설인귀전」과 관련한 최초의 기록인 동시에 고소설에 대한 최초
의 향유기록이기도 하다. 전기수가 구연한 「설인귀」란 작품의 정
체에 대해서는 다음과 같은 두 가지 차원에서 생각해 볼 수 있
다. 첫째, 일단 전기수가 구연한 목록에 포함되어 있는 작품이
언과패설(諺課稗說), 즉 우리말로 된 이야기 범주에 들어간다는
점에서 「설인귀」라고 지칭한 작품은 「설인귀정동」42회본의 원작
은 아니다. 만약 「설인귀」가 소설 작품이라고 부를 수 있는 영웅
소설의 일대기구조를 갖춘 형태였다면 그것은 번역본 「설인귀전」
이나 국립도서관본 계열 「설인귀전」에 해당한다.

둘째, 「설인귀」라는 작품명에 「숙향전」이나 「소대성전」, 「심청전」
처럼 '전(傳)'이란 명칭이 붙어있지 않다는 것이다. '傳'이란 명칭은
설화의 형태로 구비 전승되는 이야기를 소설적인 구성을 갖춘 한 편
의 작품을 가리키는 것으로 생각된다. 물론 전기수가 강담(講談)을
하는 구연의 마당에서는 기록된 작품이 이야기로 다시 풀리는 향유
양상을 보여주지만, 그것은 일단 18세기 당시 소설 향유층이 고소설
에 적합하다고 인정하는 전형적인 구성을 확립한 뒤에 그것을 구연
하는 것으로 향유의 패턴이 다른 차원에 입각해 있다고 보아야 할
것이다. 만약 '「설인귀」'라고 쓴 작품명이 「설인귀정동」42회본을 번

---

85) "傳奇叟, 叟居東門外, 口誦諺課稗說, 如淑香傳, 蘇大成傳, 沈淸傳,
薛仁貴", 趙秀三, 「奇異」, 『秋齋集』

역한 소설 작품을 가리킨다면 마땅히 「설인귀전」이라고 기록했어야
한다. 「숙향전」「소대성전」, 「심청전」에서는 '傳'이란 명칭을 붙여서
한 편의 고소설 작품으로 지칭했으면서, 굳이 「설인귀전」의 경우에
는 그냥 '「설인귀」'라고 쓸 하등의 이유가 없다. 만약 전기수가 강담
의 대본으로 한 것이 「숙향전」, 「소대성전」, 「심청전」처럼 고소설의
전형적인 구성을 갖춘 것이었다면 특별한 구분 없이 「설인귀전」이라
고 썼을 것이다.

    조수삼이 굳이 「설인귀」라고만 쓴 이유는 전기수가 「숙향전」,
「소대성전」, 「심청전」을 강담할 때와는 다른 구연의 상황이 연출
되었기 때문으로 풀이된다. 예컨대 「숙향전」, 「소대성전」, 「심청
전」을 구연할 때는 대본에 해당하는 고소설 작품을 옆에 끼고
했다면, 「설인귀전」의 구연에는 전기수가 구전설화를 바탕으로
그냥 이야기를 단편적으로 엮어냈을 가능성이 크다. 우리나라 고
소설의 전형적인 영웅 일대기 구조로 꽉 짜인 이야기가 아니라
단편 단편의 에피소드를 상황에 따라 이어붙인 구연의 형태였을
가능성이 크다는 것이다. 이 때 구연의 내용은 국내에 전승되는
다수의 설인귀 전설을 얼기설기 짜깁기한 형태였을 가능성이 가
장 높아 보인다. 물론 「설인귀정동」42회본을 번역한 「설인귀전」
의 초기 단계를 얻어들은 것일 수도 있지 않겠느냐는 반론이 제
기될 수도 있다. 그러나 아무리 번역한 초기의 것을 전해 듣고
구전으로 옮기는 것이라 하더라도 그것은 원전이 엄연히 존재한
다. 원전이 존재하는 것을 번역한 것의 본질은 이야기가 아니라
소설을 이야기로 해체한 것일 뿐이다. 전기수가 이야기 한 것을
'「설인귀」'라 하여 굳이 「설인귀전」과 구분했다면 그것은 구연된

내용이 「설인귀정동」42회본을 번역한 「설인귀전」과는 다른 계열
의 이야기에 바탕 한 것이기 때문이다. 그것은 우리나라 구비전
설 향유층 사이에서 자생적으로 발생하여 전승된 설인귀 전설에
기반 한 것일 가능성이 크다. 비록 소설로 완성된 것을 이야기로
푼 것이 아니라 할지라도 「숙향전」, 「소대성전」, 「심청전」 등과
같은 차원에서 거론되었다면 그 구체적인 양상은 단편적인 구비
전설 그대로가 아니라 여러 편의 전설 텍스트를 설인귀의 일대기
에 맞게 구조화 하여 이어붙인 것으로 자체내적으로 소설화의 경
로를 밟고 있는 원시적인 형태였을 것으로 생각된다.

2) 「설인귀전」의 형성과정과 향유방식에 나타난 고·당 전쟁 문학에 대한 한·중 역사인식

한·중 고·당 전쟁 문학의 대표작인 「설인귀전」은 우리민족의
영웅인 연개소문이 중국의 영웅인 설인귀의 손에 죽는다는 작품
이라는 점에서 민족의식 측면의 딜레마를 안고 있다. 이 문제를
해결하기 위해서는 일단 다음과 같은 두 가지 가설을 제기할 수
있다. 첫 번째 가설은 고구려의 영웅인 연개소문이 중국 역사상
최고의 영웅으로 손꼽히는 이세민을 혼내는 일부의 장면을 통해
같은 민족의 구성원으로서 집단적인 통쾌감을 느끼는 민족의식의
차원이다. 두 번째 가설은 통일신라 성립 이후에 고구려에 대한
민족의식이 일반 민중에게서 희박했었다는 점을 고려할 때, 원본,
번역본, 번안본을 초월하여 국가간의 대규모 전쟁과 영웅의 무용
이 주는 군담에 대한 독자의 순수한 흥미의 차원이다.[86] 이러한

---

86) 고구려의 멸망 이후 그 유민을 규합한 발해가 고구려의 고토에 성립함

두 가지 가설은 모두 연개소문을 중심으로 민족문제의 아이러니를 해결하고자 하는 관점을 취하고 있다. 일단 첫 번째 가설부터 생각해 보자. 「설인귀정동」42회본과는 달리 국립도서관본 계열 「설인귀전」에서 연개소문이 당태종을 핍박하거나 그의 부도덕함을 논리적으로 비판하며, 항복문서를 쓰게 하는 장면을 부각시킴으로써 민족의식을 중심으로 한 딜레마를 해소하는 측면이 분명히 존재하는 것이 사실이다. 연개소문이 당 정벌의 이유를 밝힌 전쟁 선고문의 내용과 당태종을 추격하여 항복 문서를 강요하는 장면 비교를 통해 이러한 양상을 구체적으로 확인해 보자.

> [자료17] - ① 面刺東海不齊國高句麗大將蓋蘇文，把總崔兵都元帥，先鋒掛印獨稱雄，幾欲興兵離大海，三番與義至長安，今年苦不來進，貢明年就與兵，生擒敬德秦叔寶，活捉長安大隱軍，戰書寄到南朝去李世民[87]
> ② 당튀종이 지물을 탐ᄒ고 싴을 죠히 너기ᄂᆞᆫ도다 형을 죽이고 아비를 후궁에 가도와 시니 죠션왕은 자셔이보라ᄂᆡ 명년 팔월노 중원을 함몰ᄒ고 니셰민은 버혀 쳔하의 효시ᄒ리라[88]

으로써 통일신라는 고구려를 계승한 발해와 남북에서 대치하는 상황에 돌입하게 되었다. 삼국통일 이후 발해의 남침이라는 새로운 군사적인 위협에 직면하게 된 통일신라는 국가적인 차원에서 호국 의식을 강화해 나갔는데, 발해가 고구려의 계승국임을 대내외적으로 강조했다는 점에서 발핸에 대한 통일신라의 적대적인 의식은 곧 반고구려의식과도 상통하는 것이었다고 할 수 있다. 통일신라가 고구려에 대하여 동일한 민족이라는 의식을 지니지 않았다는 본고의 관점은 이러한 당대의 역사적 정황에 근거한 것이다.

87) 「薛仁貴征東」, 『征東·征西·掃北』, 대북문화도서공사, 1986, 102쪽
88) 「설인귀젼단」, 전게서

[자료18] ① 蓋蘇文道, 唐王爾體想性命了, 遂想道, 不如今日逼
他, 寫了降表, 然後發箭射死他, 豈不妙哉, 心中算計已
定, 叫一聲, 唐王爾命在順叟, 還不自刎, 首級不來(下
略)89)

② 합소문이 외여왈 니셰민아 네 이졔 하늘노 오르며 ᄯᅳ흐
로 들쇼냐 ᄉᆞ면 텬지의 뇨병이 천겹이오 알희 듸강이 잇고
늘을 당ᄒᆞ리업는지라 일즉 항복ᄒᆞ라 ᄒᆞ고 술을 먹여 보니
시위 소ᄅᆡ를 웅ᄒᆞ야 흔살이 ᄂᆞ라와 틱종의 몸의 박이ᄂᆞᆫ지
라 틱종이 틱경ᄒᆞ사 술을 쌔히고 발노 말을 구르시니 말이
놀라 믈의 쌔져 나오지 못ᄒᆞᄂᆞᆫ지라90)

[자료17]은 연개소문이 당 정벌의 이유를 밝힌 전쟁 선고문이
다. 「설인귀정동」42회본인 [자료17]-①과 비교해 보면 국립도서
관본 계열 「설인귀전」인 [자료17]-②에서 연개소문의 당 정벌의
변이 논리적·합리적으로 제시되고 있음을 확인할 수 있다. 이를
통해 연개소문의 캐릭터가 보다 긍정적으로 형상화 되는 변이를
보여주고 있다.

[자료18]은 연개소문이 당태종을 추격하면서 핍박하여 항복할
것을 권고하는 장면이다. 여기에는 연개소문이 활을 쏘아서 당태
종에게 맞추는 장면이 삽입되어 있는데, 이와 비슷한 어떠한 장
면도 중국의 고·당 전쟁 문학인 「설인귀정동」42회본에는 들어있
지 않다. 국립도서관본 계열 「설인귀전」에서만 찾아볼 수 있는
장면이다.91) 당연히 『신구당서』, 『자치통감』과 같은 중국의 정

---

89) 「薛仁貴征東」, 『征東·征西·掃北』, 대북문화도서공사, 1986, 201쪽
90) 「설인귀젼단」, 전게서
91) 「셜인귀젼」, 권지일, 국립도서관 소장본, 13쪽
　　「셜인귀젼」, 권지이, 영남대학교 도서관 소장본, 18쪽

사 기록은 물론 우리나라의 정사 기록에도 등장하지 않는다. 그런데 이 장면은 우리나라의 야사 기록을 비롯하여 사대부 지식인들의 문헌설화에 등장하는 양만춘 고사와 그 얼개가 거의 비슷하다. 안시성을 함락시키지 못하고 돌아가는 당태종에게 양만춘이 화살을 쏘아 그 눈을 맞췄다는 이야기로, 양만춘의 캐릭터에 연개소문만 대입하면 그 내용이 동일하다.

[자료19] ① 문정공(文靖公) 이색(李穡)의 「정관음(貞觀吟)」 시에 다음과 같이 읊고 있다. '주머니 속의 미물이라 하잘 것 없다더니, 화살 맞아 눈이 빠질 줄 어찌 알았으리오.' 여기서 현화(玄花)는 눈을 말한 것이요, 백우(白羽)는 화살을 말한 것이다. 당태종이 고구려를 칠 때 안시성에 이르러 눈에 화살을 맞고 돌아갔다고 세상에 전하나 『당서(唐書)』 『자치통감(自治通鑑)』에 그런 사실이 실려 있지 않고, 다만 유공권(柳公權)의 「소설(小說)」에 태종이 처음에 고연수(高延壽)·고혜진(高惠眞)이 발해의 군대를 이끌고 40리에 걸쳐 진을 친 것을 보고 두려워 하는 기색이 있었다고 했으나 당태종이 눈을 다쳤다고 말한 적은 없다. 서거정(徐居正)은 이렇게 생각했다. 당시에 설사 그런 일이 있었다 하더라도 사관(史官)이 중국을 위해 사실을 숨겼을 것이니 기록하지 않았다 해서 이상할 것은 없다. 다만 김부식(金富軾)의 『삼국사기(三國史記)』에도 그런 기록이 없으니 목은(牧隱)은 어디서 이 이야기를 얻었는지 알 수 없는 노릇이다.[92]

「설인귀전」, 박순호 소장본, 『한글필사본 고소설자료총서』23, 319쪽
「설인귀전」, 나손본, 『경인고소설판각본전집』, 439쪽
92) "李文靖公穡貞觀吟曰, 謂是囊中一物耳, 那知玄花落白羽, 玄花言其目,
白羽言其箭, 世傳, 唐宗伐高麗至安市城, 箭中其目而還, 考唐書通鑑

② 안시성주가 당태종의 정예병에 대항하여 마침내 외딴 성을 보전하였으니 그 공이 크다 하겠다. 그러나 그의 이름이 전하지 않는다. 우리나라의 서적이 드물어서 그런 것인가. 아니면 고구려 때 사적이 없어서 그런 것인가. 임진왜란 뒤에 중국의 장관으로 우리나라에 원병 나온 오종도(吳宗道)란 사람이 나에게 이렇게 말했다. "안시성주의 이름은 양만춘(梁萬春)으로 『당태종동정기(唐太宗東征記)』에 보입니다." 얼마전엔 감사 이시발(李時發)을 만났더니 이렇게 말했다. 일찍이 『당서연의(唐書衍義)』를 보니 안시성주는 과연 양만춘이었으며 그밖에 안시성을 지킨 장수가 두 사람이나 있었다.[93)]

③ 안시성주는 조그마한 외딴 성으로 능히 천자의 군대를 막아냈으니 세상에 보기 드문 주략(籌略)일 뿐만 아니라, 성에 올라 작별인사 하는데 말에 여유가 있고 예의가 발랐으니 참으로 도를 아는 군자이다. 아깝게도 사서에 그의 이름이 전하지 않더니 명나라 때에 이르러 『당서연의(唐書演義)』에 그의 이름을 양만춘이라 하였다. 어느 책에서 찾아냈는지 알 수 없으나 안시성의 공이 책에 빛나고 있다. 이름이 유실되지 않고 전해졌더라면 『통감강목(通鑑綱目)』이나 『동국사기(東國史記)』에 응당 실려 있어야 할 것이다. 어찌 수백년이 지난 후 연의에 나오겠는가. 믿을 수

皆不載, 但柳公權小說, 太宗初見延壽惠眞, 率渤海軍, 布陣四十里, 有懼色, 亦未有言其中傷者, 居正意以謂, 當時雖有此事, 史官必爲中國諱, 毋性乎其不書也, 但金富軾三國史亦不載, 未知牧老何從得此", 『大東野乘』, 卷三, 徐居正, 『筆苑雜記』, 卷二

93) "安市城主抗唐太宗精兵, 卒全孤城, 其功偉矣, 姓名不傳, 我東之書籍鮮少而然耶, 抑朱氏時無史而然耶, 壬辰亂後, 天朝將出來我國者, 有吳宗道謂餘曰, 安市城主姓名梁萬春, 見太宗東征記云, 頃見唐書衍義則安市城主果是梁萬春, 而又有他人守將凡二人云", 『大東野乘』, 卷57, 尹根壽「月汀漫筆」, 민족문화추진회, 1982

없는 일이다. 94)

[자료19]−①은 서거정(徐居正)의 『필원잡기(筆苑雜記)』에 나오는 기록이다. 서거정이 기록한 양만춘이 당태종의 눈을 화살로 맞췄다는 이 고사와 같은 내용이 이후 이익(李瀷)의 『성호사설(星湖僿說)』95), 신광수(申光洙)의 『관서악부(關西樂府)』96), 김창흡(金昌翕)의 「천산시(千山詩)」97)에 지속적으로 나온다. [자료19]−②는 윤근수(尹根壽)의 「월정만필(月汀漫筆)」에 나오는 기록이다. [자료19]−①과는 달리 양만춘이 활을 쏘아 당태종의 눈을 맞췄다는 고사의 내용은 나오지 않으나 양만춘이 당태종의 대군에 대항하여 안시성 전투를 성공적으로 이끌었다는 기술을 하고 있다. [자료19]−①과 [자료19]−②는 한·중의 역사서에 그 이름이 전하지 않는 양만춘의 존재를 기정사실화 하고 있으며, 특히 중국의 역사서에서 양만춘 고사를 숨긴 것을 패배한 전쟁에 대한 역사적 콤플렉스 때문이라고 지적하고 있다. 민족주의에 입각하여 중국의 역사의식을 논리적으로 비판하고 있는 것이다.

[자료19]에서 한 가지 주목되는 것은 양만춘이 활을 쏘아 당태

---

94) "安市城主以最爾孤城, 能抗王師, 不特籌略不世, 登城拜辭, 詞氣從容, 得禮之正, 實聞道君子也, 惜乎史失其名, 至明時唐書演義, 出表其名爲梁萬春, 未知得之何書, 安市之功輝暎簡策, 苟非明不失傳, 通鑑綱目及東國史記, 不應幷遺, 豈待數百年, 始出於衍義耶, 殆不可信也", 『大東野乘』, 권72, 『涪溪記聞』

95) "唐太宗東征, 爲流矢所中目盲, 史官諱之, 故牧隱詩有誰知白羽落玄花之句, 麗末必有文考故云爾", 「木弩干步」, 李瀷, 『星湖僿說』, 萬物篇

96) "虯髥客是蓋蘇文, 句引東來大國軍, 留與高麗學士話, 玄花白羽笑唐君", 申光洙, 『關西樂府』

97) "千秋大膽楊萬春, 箭射虯髥落眸子", 金昌翕, 「千山詩」

종의 눈을 맞혔다는 고사가 설인귀 고사를 소설화 한 중국의 고·
당 전쟁 문학 속에는 등장하지 않는다는 사실이다. 「설인귀정동」
42회본을 비롯하여 설인귀를 주인공으로 한 중국의 고·당 전쟁
문학에서는 이러한 양만춘의 고사가 나오지 않는다. [자료19]-②
와 ③에서 밝히고 있는 것과 같이 중국 자료 속에서 이 양만춘
의 고사가 등장하는 것은 『당서연의』가 최초이다. 『당서연의』는
명나라 때 창작된 작품으로 『신구당서』나 『자치통감』에 기록되
어 있는 당나라의 역사에 약간의 허구를 삽입하여 연의한 것이
다. 거의 역사기록에 가까운 작품이라고 할 수 있다. 양만춘의
고사라는 것이 고·당 전쟁을 시종일관 당나라가 압도한 것처럼
서술하고 싶은 중국의 역사의식에 치명타를 가하는 것이기 때문
에 당나라 당대의 문학 작품 속에서는 나오지 않다가 오랜 시기
를 지나 명나라 때에 와서야 이 고사를 등장시킨 것이라 볼 수
있다. 그러나 이것은 어디까지나 고·당 전쟁 문학을 제외한 작품
속에서 이루어진 것에 한정된다. 고·당 전쟁을 형상화 한 중국의
어떠한 문학 작품 속에서도 양만춘의 고사는 등장하지 않는다.
고·당 전쟁에 대한 중국의 역사인식에 위배되기 때문이다.

그렇다면 국립도서관본 계열 「설인귀전」에서 원작인 「설인귀동
정」42회본에도 없는 양만춘 고사를 연개소문의 에피소드로 변형
하고 있는 것은 철저히 우리나라의 민족주의적인 역사인식에 의한
것이라고 할 수 있다. 중국의 고·당 전쟁 문학을 원작으로 하면
서도 이를 우리나라의 민족적인 입장에서 재해석한 결과가 양만춘
의 고사 변형이라는 것이다. 이는 작가의 창작의식의 관점에서 보
자면 자국의 패배를 부정하고 압도적인 승리로 윤색하고자 하는

중국의 역사인식에 대한 비판이라고 할 수 있다. 한편 우리민족의
영웅인 연개소문이 중국의 천자인 당태종을 압도하는 장면을 통해
독자에게 민족적인 자부심과 통쾌감을 선사하는 것이기도 하다.
고구려가 우리나라 고대사의 일부이고 연개소문이 그 고구려의 영
웅임을 아는 독자에게 있어서 고·당 전쟁 문학에 나타난 전쟁이
란 우리나라와 중국 사이의 대리전처럼 인식되었을 것이고, 이런
의미에서 연개소문은 민족을 대표하여 대리전을 치르는 전사처럼
받아들여졌을 것으로 보인다. 국립도서관본 계열 「설인귀전」에서
양만춘 고사를 변형하여 연개소문의 영웅적인 면모를 과시하는 동
시에 당태종을 왜소화 시키고 있는 것은 민족주의를 내세워 고·
당 전쟁의 역사적 의미를 이해하는 독자의 구미를 맞추고자 한 것
이라고 할 수 있다. 바꿔 말하면 연개소문의 영웅화에 비례하여
당태종을 희화화 시키는 국립도서관본 계열 「설인귀전」에 나타난
변이는 고·당 전쟁에 대한 역사적 사전 지식을 보유한 작가와 독
자, 즉 향유층을 전제로 할 때 설명될 수 있는 것이라 할 수 있는
것이다.

그런데 고·당 전쟁 문학으로서의 「설인귀전」의 향유의식을 이
처럼 민족의식의 차원으로만 보기에는 여전히 해결되지 않는 문
제가 남는다. 첫째, 우리나라에서 향유된 작품이 민족의식을 고취
하기 위해 중국의 고·당 전쟁 문학으로서의 「설인귀전」을 변개한
국립도서관본 계열 「설인귀전」에만 한정되는 것이 아니라는 사실
을 지적해 볼 수 있다. 지식인층에서는 한문으로 된 「설인귀정동」
42회본 외에 중국의 고·당 전쟁 문학으로서의 「설인귀전」에 속
하는 여타의 작품들을 읽었을 것이며, 국문 독자층을 대상으로 하

여서는 「설인귀정동」42회본을 거의 직역하여 축약한 구활자본을
비롯한 여타의 이본들이 두루 유통되었기 때문이다.98) 한문이라
는 문자 해독의 한계 때문에 「설인귀정동」42회본을 비롯한 중국
의 고·당 전쟁 문학으로서의 「설인귀전」은 논외로 하더라도, 민
중이 대부분을 차지하는 국문소설 독자층 사이에서 민족의식을
상대적으로 부각시킨 국립도서관본 계열 이외의 작품들도 충분히
상업적인 인기를 구가하고 있었다는 것이다. 이렇게 본다면 민족
의식 고취만으로는 고·당 전쟁 문학으로서의 「설인귀전」이 우리
나라에서 인기를 끌었던 이유를 충분히 설명할 수 없음을 확인할
수 있다.

둘째, 연개소문이 당태종을 핍박하는 장면은 번역본, 번안본이
아닌 「설인귀정동」42회본에서도 강조되어 있는 부분이라는 사실
이다. 연개소문이 당태종을 활로 쏘아 맞히거나 당태종을 왜소화·
희화화 시키는 장면을 제외한다면, 연개소문의 영웅적인 면모를
부각시키는 형상화의 방식은 국립도서관본 계열 「설인귀전」만의
전유물이 아니라는 것이다. 연개소문이 당태종의 부도덕함을 논
리적으로 비판하거나 그를 일방적으로 핍박하는 장면의 확대는
민족의식 고취를 목적으로 하여 고·당 전쟁을 포함한 고구려의
역사와 동북아시아 고대사의 전개 양상에 대한 지식이 있는 지식
층에 의한 번역 과정에서 첨가된 것이 분명하다. 그러나 중국의

---

98) 「설인귀정동」42회본을 그대로 직역하여 축약한 이본에는 연세대본, 이
화여대본, 구활자본이 있다. 이 중에서 상업적인 유통망을 확보한 구
활자본에만도 동미서시본, 경성서적조합본, 신구서림본의 3종이 존재한
다. 구활자본만 고려한다 하더라도 「설인귀정동」42회본이 그 자체로
충분히 상업성과 대중성을 갖추고 있었다는 사실을 확인할 수 있다.

고·당 전쟁 문학으로서의 「설인귀전」에서도 연개소문은 무용과 지략이 초월적인 인물로 등장한다. 다음의 자료를 통해 이 사실을 확인해 보기로 하자.

> [자료20] ① 일원 대장이 나오는데 키가 십척이요, 강사복을 걸치고 적규마를 타고 허리에는 두 활을 차고 등에 비도 다섯 자루를 메었사온데 바로 고구려의 용장 갈소문이었습니다.[99]
> ② 일원 대장을 앞세워 나오는데 머리에는 삼차자금관을 쓰고 몸에는 강사복을 걸쳤다. 적규마를 타고 대한도를 비스듬히 들고 좌우로는 두 개의 활을 찼으며, 등에는 비도 다섯 자루를 메고 있다. 그는 진 앞에 나와 병기를 휘두르며 "내가 막리지 갈소문이다!"라고 자신만만하게 소리쳤다. 동쪽 진에서 막리지가 나오자 당병이 함성을 질렀다. 한 고구려 장수가 나오는데 머리에 삼차자금관을 쓰고 단화강사복을 몸에 걸치고 청동언월도를 휘둘렀다.[100]
> ③ 형을 어전에서 살해하고,
> 부왕을 후궁에 가두다.
> 장수는 늙고 병사는 교만하니,
> 큰 일은 이루지 못하리라.[101]

[자료20] −①은 「설인귀정동」42회본과 같은 계열에 속하는 중

---

99) "捧一員將, 身長一戈, 披絳獅服, 跨赤虯馬, 腰掛兩鞬弓, 身背飛刀五口, 乃高麗虎將葛蘇文也",「薛仁貴征遼事略」, 1쪽.

100) "陣前捧一員將, 頂三叉紫金冠, 披絳獅服, 橫一柄大桿刀, 跨赤虯馬, 左右帶兵器兩鞬弓, 身背飛刀五口, 陣前輝武自言, 吾乃莫離支葛蘇文也, 東陣上莫離支出馬, 唐兵皆納喊, 遼將頂三叉紫金冠, 披團花絳獅服, 橫青銅偃月刀.",「薛仁貴征遼事略」, 3쪽.

101) "殺兄前殿, 囚父後宮, 將老兵驕, 不堪成事",「薛仁貴征遼事略」, 3쪽.

국 고·당 전쟁 문학인 「설인귀정료사략(薛仁貴征遼事略)」의 도
입부에 해당하는 장면으로 연개소문에게 핍박을 당한 백제의 사
신 창흑비(昌黑飛)가 당태종을 찾아와 하소연을 하는 부분이다.
창흑비는 당태종에게 올릴 공물을 가지고 고구려를 거쳐지나가는
도중에 연개소문을 만나 공물을 강탈당했을 뿐 아니라 고문을 당
한 것으로 되어 있는데, 이러한 창흑비의 언급 속에서도 연개소문
의 모습은 천하의 당당한 영웅으로 묘사되고 있다. 심지어 [자료
20]-①에서는 서사전개상에서 연개소문으로부터 고문을 당한 창
흑비마저도 그를 고구려의 용장이라고 언급하고 있다. [자료20]-
②는 당태종의 꿈에 나타난 연개소문의 모습을 형상화 한 장면이
다. 연개소문의 영웅적인 면모를 행동거지와 옷차림, 병기, 무용
을 통해 구체적으로 묘사하고 있다. 「설인귀정료사략」이 중국의
고·당 전쟁 문학이라는 사실을 인지하지 못한 상태에서 본다면
우리나라 사람이 묘사한 장면이라고 해도 어색함이 거의 없다. 연
개소문의 영웅적인 면모에 대한 인정은 한중의 역사 기록서에서
도 일치하는 부분이어서 중국의 정사인 『신구당서』[102]나 우리나
라의 정사인 『삼국사기』[103]에서도 [자료20]-①과 ②의 「설인귀
정료사략」과 같은 내용을 찾을 수 있다.

한편 [자료20]-③은 「설인귀정료사략」에서 연개소문이 창흑비
의 얼굴에 새겨 당태종을 비판한 내용이다. 여기서 주목할 점
은 [자료20]-③의 내용이 국립도서관본 계열 「설인귀전」에서 연

---

102) "鬚貌甚偉, 形體魁傑, 身佩五刀, 左右莫敢仰視", 『舊唐書』; "貌魁
秀, 美鬚髯, 冠服皆食以金, 佩五刀, 左右莫敢仰視", 『新唐書』
103) "儀表雄偉, 意氣豪逸 (中略) 身佩五刀, 左右莫敢仰視", 『三國史記』,
卷49, 列傳, 弟9

개소문이 당태종에게 보낸 침략의 변과 거의 동일한 내용을 담고 있다는 사실이다. '살형수부(殺兄囚父)' 즉, 정당한 왕위 계승자인 형을 죽이고 부왕을 후궁에 가둔 반인륜적인 행위를 논리적으로 비판하고 있다는 점에서 글자 하나 틀리지 않다. 여기에 중원을 치겠다는 대목만 덧붙이면 [자료20]－③에서 연개소문이 당태종을 도발한 비판의 내용은 국립도서관본 계열 「설인귀전」에 등장하는 연개소문의 당나라 침략의 변과 전후로 완전히 동일한 내용을 갖추게 되는 것이다.

　이러한 사실들로 미루어볼 때, 중국의 고·당 전쟁 문학으로서의 「설인귀전」까지 포함하여, 국립도서관본 계열이 아닌 「설인귀전」에 대한 우리나라 독자층의 향유의식 역시 민족의식의 측면에서 해석할 수 있는 여지가 충분하다고 할 수 있다. 특히 에피소드별로 분절화되어 있어서 각 장면의 독립성이 극대화 되어 있는 중국 연의소설의 특성을 고려해 볼 때, 우리나라의 독자층이 연개소문의 영웅성을 극대화한 장면에 보다 집중하거나, 그러한 장면들을 취택하여 연결하는 동시에 의미화 하는 무의식적·의식적 독서과정의 연쇄를 상정할 수 있다. 중국의 연의소설 양식을 우리나라의 영웅소설의 일대기 구조로 축약한 작품의 경우도 마찬가지다. 우리나라의 영웅소설의 일대기 구조 역시 주인공의 시련, 성공 등 독자층을 견인하는 각기 다른 미의식의 차원이 각 서사단락마다 극대화 되어 있는 장면화와 분절화의 방식을 취하고 있기 때문에 굳이 연개소문을 중심으로 한 민족의식 고취를 위해 각 장면을 변형하여 수렴한 국립도서관본 계열 「설인귀전」이 아니라 하더라도 연개소문의 영웅저인 면모를 부각시켜놓은 원작을 번역한 장면만

으로도 어느 정도까지는 민족의식 차원의 독서 쾌감을 맛볼 수 있
다는 것이다.

이렇게 보면 오히려 문제는 정반대의 방향으로 제기될 수도
있다. 왜 중국의 고·당 전쟁 문학 속에서 적국의 장수, 즉 우리
민족의 영웅인 연개소문의 영웅적인 면모를 이토록 강조해 놓았
을까 하는 것이다. 중국의 고·당 전쟁 문학으로서의 「설인귀전」
은 연개소문 대 당태종·설인귀의 적대적 대립 노선을 중심으로
서사를 전개하고 있기 때문에 선악 대비 구조를 골자로 하는 우
리나라 고소설의 미의식적 차원에서 본다면 당태종은 히어로이고,
반면 연개소문은 안티히어로이다. 안티히어로를 영웅적인 인물로
묘사하지 않는 우리나라 고소설의 관습 속에서 보자면 오히려 자
국 영웅의 적대자에 해당하는 연개소문의 웅재대략을 부각시켜놓
은 중국 고·당 전쟁 문학의 향유의식을 이해하기 어려울 수 있
다. 이에 관해서 생각해 볼 수 있는 것은 다음의 두 가지 차원이
다. 첫째는 어쨌든 궁극적인 승패의 승리자는 당태종이며, 무용과
지략으로 연개소문을 패배시킨 것은 당나라 장수인 설인귀라는
사실은 변함이 없기 때문에 소소한 패배 자체는 염두에 두지 않
는다는 대국의 스케일 과시이다. 중요한 것은 최종적인 승리자인
당나라인 것이고, 그 과정에서 이루어진 천자의 소소한 위기는
중요한 문제가 아니라는 것이다. 이는 중국의 연의류가 자국을
중심으로 한 역사를 재구성하고 그로부터 대국의 자부심을 확인
하는 동시에 소설적인 흥미를 배가시키는 방법으로 이미 『삼국지
연의』로부터 발전시킨 것이기도 하다. 예컨대 제갈공명의 최종적
인 승리가 확인되어 있는 남만왕과의 전투 에피소드 속에서, 제

갈공명에게 일곱 번 사로잡히면서도 풀려나는 족족 그의 군대를 괴롭혔던 남만왕의 끈질김을 강조해주는 동시에 제갈공명의 소소한 패배를 반복함으로써 역사연의의 허구적 흥미를 부각시키는 것과 같은 방식이라고 할 수 있다.

둘째는 적국의 장수라 하더라도 소소한 몇 번의 전투에서 천자를 궁지로 내몬 능력을 인정해 준다는 사고방식이다. 적국의 장수라 하더라도 인정할 것은 인정해준다는 대국의 포용력을 과시하고자 하는 의식의 소산인 것이다. 1차 고·당 전투에 해당하는 안시성 싸움을 당나라 승리와 연개소문 및 양만춘에 대한 당태종의 상급 하사로 마무리 한 것도 역사적인 사실을 조작해서라도 대국의 포용력을 과시한 대표적인 예에 해당한다고 할 수 있다. 『삼국지연의』 속에서 조조가 몇 번의 전투에서 자신에게 치명타를 가할 정도로 능력이 있는 장수인 관운장이 끝까지 자신의 호의를 거부하고 유비를 섬기려 하는 순간에도 예우를 다함을 잊지 않은 것과 같은 차원이라고 볼 수 있다.

그런데 이러한 두 가지 향유의식의 차원, 즉 연개소문의 영웅성 부각을 통한 민족의식의 추구 차원과 군담소설의 순수한 흥미 추구의 차원으로도 해명되지 않는 부분이 있다. 바로 연개소문의 죽음과 관련된 장면이다. 생시의 연개소문을 천하의 영웅으로 형상화 한 것과 마찬가지로 중국의 고·당 전쟁 문학으로서의 「설인귀전」에서는 연개소문의 죽음 역시 일정정도 미화해주는 측면이 있다. 이는 「설인귀정동」42회본을 직역하여 축약한 우리나라의 고·당 전쟁 문학 속에서도 마찬가지이다. 물론 중국의 독자가 중국의 고·당 전쟁 문학으로서의 「설인귀전」을 향유하는

의식과 우리나라의 독자가 중국의 원본 및 번역본을 향유하는 의
식은 분명히 다른 차원에 입각해 있을 것이다. 그런데 문제는 여
타의 부분에서 연개소문의 영웅성을 미화하는 방향으로 원작을
변개한 국립도서관본 계열 「설인귀전」에서 오히려 연개소문의 죽
음에 대한 배려가 나타나 있지 않다는 사실에 있다. 다음의 예문
을 통해 이 문제에 대해 구체적으로 살펴보기로 하자.

[자료21] ① 仁貴道, 非本師要你性命, 不肯放松, 只是你自己不
是, 不該下戰書到中原, 得罪天子, 天子恨你切齒, 記在
心, 包在本師身上, 要你這顆首級, 我不得不取汝性命
了, 盖蘇文所了這話, 心中懊悔不及, 長歎一聲, 罷了罷
了, 此乃天數判定, 該應傷於你之手了, 與你這頭罷, 遂
把赤銅刀, 望頸項下一勿, 頭落在水, 仁貴把戟挑起, 挂
於腰中, 見蘇文頸上呼, 一道風聲送起, 現出一青龍, 把
眼一閉, 頭一答, 竟望西方而去, 鮮血一冒, 身子落在水
底104)

② 셜인귀 왈 닉 굿퇴여 네의 셩명을 살히코져 ᄒᆞ미 아니
라 즁원 젼셔을 보닐 쩍에 ᄉᆞ의 셜만ᄒᆞ미 심흔 고로 텬ᄌ
진로ᄒᆞ사 너의 슈급을 취ᄒᆞ라 ᄒᆞ시니 닉 임이 슈명ᄒᆞ얏ᄂᆞᆫ
지라 엇지 사사로이 요딕ᄒᆞ리오 합소문이 말을 듯고 일셩
쟝탄왈 이ᄂᆞᆫ 텬쉬니 도망키 어려온지라 엇지 네 손에 옥을
바드리오 ᄒᆞ고 젹강도을 들어 칼집에 꽂고 수둔법을 ᄒᆞ야
흔적 업시 다라나이라105)

③ 인귀 크게 불너 왈 노젹은 닷지 말나 ᄒᆞ고 활을 다려
쏘니 시위를 응ᄒᆞ여 합소문이 말긔 써러지거ᄂᆞᆯ 다라드러

---

104) 「薛仁貴征東」, 전게서, 104쪽.
105) 「백포소장 설인귀전」, 동미서시본, 63쪽

머리를 버혀들고 적진을 함몰ᄒ고 도라와 태종긔 슈급을
드린ᄃᆡ106)

  [자료21]-①은 「설인귀정동」42 회본이다. 여기서는 연개소문이
비열하게 항복을 구하거나 설인귀에 의해 목이 떨어지는 비참한
방식으로 묘사되는 것이 아니라 자살하는 것으로 나타나고 있다.
자살은 패배는 했으되 뛰어난 능력을 지닌 상대방의 자존심을 지
켜주는 방식으로, 고대의 전쟁 국가 상호간에 관습적으로 유지되
던 일종의 예의 같은 형태로 존재했다. 연개소문이 비록 적국의
장수이기는 하나 탁월한 능력을 지닌 인물인 만큼 죽는 장면에서
도 그 위엄을 유지해 주고자 한 것이다. 연개소문의 목이 끊어진
자리로부터 바람소리와 함께 청용 한 마리가 서방으로 날아갔다
고 묘사한 부분에서는 신비주의 색채를 동원하여 그 목이 떨어지
는 장면의 사실적인 묘사를 피하고자 하는 의도를 보여준다.
  [자료21]-②는 [자료21]-①의 「설인귀정동」42 회본을 번역한
구활자본이다. 여기서는 아예 연개소문의 죽음을 직접 언급하지
않는다. 다만 수둔법으로 달아나는 것으로 그리고 있다. 연개소문
의 죽음에 대한 직접적인 서술을 회피하고자 하는 차원에서 더
나아가 연개소문의 생존을 은근히 암시한다. 역사적인 지식으로
볼 때는 이 장면에서 연개소문이 죽은 것으로 알려져 있지만 그
가 죽었다는 언급을 끝까지 피하고 굳이 사라진 것으로 처리함으
로써 죽어서도 죽지 않고 살아있는 불멸의 모습으로 승화시키려
고 했다고도 볼 수 있다. 이처럼 [자료21]-②의 번역본에서 이

---

106) 「설인귀젼단」, 전게서, 440쪽

루어진 변개는 한문을 아는 지식인인 번역자의 민족의식의 발로
로, 우리민족의 영웅인 연개소문이 당나라의 일개 장수에 의해
죽음을 당한다는 설정에서 느낄 독자층의 아쉬움을 고려한 배려
라고 할 수 있다.

[자료21]-③은 국립도서관본 계열 「설인귀전」이다. 이 장면에
서 연개소문은 설인귀에 의해서 단칼에 목이 베어지고 있다. 여기
에는 어떠한 주저함도 없으며, 연개소문에 대한 미화도 없다. 이
는 형상화의 초점이 연개소문이 아닌 설인귀로 이동한 결과이다.
설인귀의 영웅적인 면모를 부각시키려 보니 연개소문의 죽음에
대한 특별한 배려를 할 수 없게 된 것이다. 이 점이야 말로 우리
나라의 고·당 전쟁 문학으로서의 「설인귀전」의 향유의식을 파악
하고자 할 때 직면하게 되는 핵심적인 딜레마가 된다. 지금까지
알려있는 바에 따르자면 설인귀는 당나라의 장수로 되어있다. 중
국이건 우리나라건 한 편의 고소설로 완성되어 있는 고·당 전쟁
문학으로서의 「설인귀전」에서 이 사실은 변함이 없다. 설인귀와
마찬가지로 당나라 인물로 되어 있는 당태종을 미화하기 위한 시
도는 우리나라의 고·당 전쟁 문학으로 존재하는 「설인귀전」의 어
떠한 이본에서도 찾아볼 수 없다. 설인귀란 인물에 한해서만 우리
나라 고·당 전쟁 문학의 향유층이 특별한 향유의식을 보여주고
있다는 사실을 확인할 수 있는 것이다.

중국의 고·당 전쟁 문학인 「설인귀정동」에서도 미화되어 있는
연개소문의 죽음이 정작 한국의 고·당 전쟁 문학인 국립도서관본
계열 「설인귀전」에 와서 오히려 그 묘사의 초점이 연개소문이 아
닌 설인귀 쪽으로 이동되어 있다는 사실을 어떻게 이해하여야 할

까. 연개소문의 죽음 부분에 와서 갑자기 전쟁의 승패가 갈리면서, 적장을 항복시켜서 죽이는 것에 대한 독자층의 흥미를 배가시키기 위해 그 앞부분에서 당태종을 핍박하여 항복문서를 쓰게 할 정도로 당당한 면모를 보여주었던 연개소문을 비참하게 만들었다고 해석해야 할까. 그렇게 보기에는 국립도서관본 계열 「설인귀전」이 아무리 상업적인 목적에 의해 향유되었던 군담소설로 유통되었다 할지라도 개연성이 모자란다. 여기에는 연개소문에 대한 민족의식이나 혹은 군담소설 자체의 흥미 차원이 아닌 제2의 향유의식이 내재해 있다고 보아야 한다. 이 지점에서 우리나라 내부에서 자체적으로 생성, 전승되어 한국의 고·당 전쟁 문학의 하나로 존재한 설인귀 구비전설과의 관련 맥락을 상정하지 않을 수 없다. 국립도서관본 계열 「설인귀전」의 향유방식 속에 내재한 아이러니를 해결하고 그 향유의식의 정체를 밝히기 위해서는 설인귀 구비전설의 향유방식 및 향유의식과의 관계도를 살펴보지 않을 수 없다는 것이다.

> [자료22] - ① 설인귀래는 이가 어디서 낳았느냐 하면은 저기 저 적
> 　　　　　 성 주원군이라는 데에서 낳아가지구 그리구 감악산에서
> 　　　　　 공부를 하다가 중국으로 건너가서 그 중국의 그 장수가
> 　　　　　 된 거야.107)
> 　　　　 ② 설인귀가 그 사람이 주원리서 분명히 태어났어.108)

---

107) 「설인귀비가 감악산으로 옮겨간 까닭(1)」[동두천설화1] 생연2동 한약방, 1999.5.21., 조희웅, 조흥욱, 노영근, 박인희 조사. 이윤형, 남·76, 『경기북부구전자료집(1)』, 조희웅 외, 박이정, 299-301쪽.
108) 「백포소장 설인귀」, [동두천설화2] 생연2동 한약방, 1999.5.21., 조희웅, 조흥욱, 노영근, 박인희 조사. 이윤형, 남·76, 『경기북부구전자료집(1)』, 조희웅 외, 박이정, 2001, 301-303쪽.

③ 그리고 한 유래를 내가 가만히 얘기하자면은 요 아래
주월리라는 동네가 있는데 거기서 설인귀장군이 출생한
자리여.[109]

[자료22]는 현재 경기도 파주군에 전승되고 있는 설인귀 구비
전설이다. 이 설인귀 전설에서 설인귀는 파주군 적성면 주월리에
서 출생한 인물로 형상화 되어 있다. 적성면 주월리 사람으로 그
근처에서 갑주와 용마를 얻고 감악산 설인귀굴에서 훈련을 하여
중국에서 장군으로 성공했다가 다시 감악산신이 되었다고 한다.
설인귀 전설의 향유층이 설인귀를 우리나라 사람으로 인식하고
있는 것이다. 파주군 설인귀 전설에서 고·당 전쟁은 구체적으로
명시되어 있지 않으며, 전쟁의 국적 여부는 애매하게 처리되어
있다. 설인귀가 우리나라 사람이기 때문에 고구려를 멸망시킨다
는 것을 받아들이기 어려웠기 때문이라고 할 수 있다. 우리 민족
출신인 설인귀가 같은 민족인 고구려를 멸망시킨다는 민족의식상
의 딜레마를 해결하기 위해 아예 설인귀를 고구려 장군으로 지칭
하기도 한다.[110] 이는 민족의식과 관련하여 제기되는 아이러니를
해결하기 위해 무의식적으로 이루어진 설화적인 해결책이라고 할
수 있다.

그런데 국립도서관본 계열 「설인귀전」은 설인귀를 우리민족으

---

109) 「설인귀 전설」, [적성면설화5] 율포리 노인정, 1999.2.9., 조흥욱, 박인
희, 조재현 조사. 조팽기, 남·65, 『경기북부구전자료집(1)』, 조희웅 외,
2001, 박이정, 542-543쪽.
110) "이게 설인귀장군이 그러니깐 고구려 장군이더라구 보니까는.", 「설인
귀 전설」, [적성면설화5] 율포리 노인정, 1999.2.9., 조흥욱, 박인희, 조
재현 조사. 조팽기, 남·65, 『경기북부구전자료집(1)』, 경기북부구전자
료집1, 조희웅 외, 2001, 박이정, 542-543쪽.

로 인식한 설인귀 전설과의 교섭 양상이 가장 두드러지는 이본군
이다. 설인귀에 대한 특별한 배려가 나타나는 국립도서관본 계열
「설인귀전」이 하필 그 형성 과정 속에서 설인귀 전설과의 상호
작용이 확인되는 이본군이라는 사실은 그 향유의식 속에 설화적
인 역사인식의 방식이 개입해 있을 가능성을 설정할 수 있게 한
다. 다시 말해서 우리나라의 향유층이 국립도서관본 계열 「설인
귀전」을 중국의 고·당 전쟁 문학으로 인식한 것이 아니라 우리
나라의 고·당 전쟁 문학으로 향유했을 가능성이다. 이러한 가능
성을 입증하기 위해서는 연개소문의 죽음 장면이 아니라 설인귀
를 형상화 한 장면 속에서 그에 대한 국립도서관본 계열 향유층
이 설인귀를 우리민족으로 인식한 증거를 직접적으로 찾아낼 필
요가 있다. 국립도서관본 계열 「설인귀전」에서 설인귀를 우리 민
족화 하는 변개의 구체적인 양상은 다음과 같은 세 가지 국면으
로 정리해 볼 수 있다.

첫째는 설인귀의 캐릭터 변개이다. 중국의 고·당 전쟁 문학으
로서의 「설인귀전」에 등장하는 설인귀는 항상 흰 옷을 입고 빛나
는 투구를 쓰고, 붉은 끈으로 장식한 적토마를 타고 방천극을 휘
두르는 모습으로 나타난다. 특히 무기와 관련한 설인귀 캐릭터는
방천극(方天戟)으로 상징된다. 당나라 군대에 입격하기 위해 장
사귀를 찾아가서도 다짜고짜 강무청(講武廳)에 방천극을 땅에 꽂
는 것으로 의지를 피력하는 모습을 연출한다. 중국 고·당 전쟁
문학 속에서 방천극은 일종의 설인귀의 분신처럼 묘사되고 있는
것이다.

[자료23]－① 馬上一箇少年將軍，素袍瑩鎧，赤馬朱纓，搉轉方
天戟111)
② 捧一員將，素袍瑩鎧，赤馬繫纓，橫方天戟，聲如哮
雷112)

[자료23]－①과 ②는 「설인귀정료사략」의 전투장면에서 설인귀
의 모습이 흰옷을 입고 방천극을 든 형상으로 나타나는 대표적인
장면을 제시한 것이다. 잘 알려져 있다시피 방천극은 『삼국지연
의』속에서 번쾌가 능숙하게 다루었다고 하는 창으로 지극히 중
국적인 무기이다. 방천극을 분신처럼 내세우는 설인귀의 모습은
완연히 당나라 장군으로서의 그것이다. 그런데 의외로 고·당 전
쟁 문학 속에서 설인귀가 연개소문을 제압하는 결정적인 장면을
장식하는 것은 방천극이 아니라 활이다. 방천극은 그저 언제나처
럼 옆에 끼고 있을 뿐이고 연개소문을 사로잡는 도구는 활이다.
연개소문을 활로 제압하는 설인귀의 형상은 한국 고·당 전쟁 문
학에서도 변함이 없다. 연개소문의 제압은 고·당 전쟁을 마무리
하는 결정적인 계기로서 클라이막스에 해당한다. 당나라 장군인
설인귀가 마땅히 이 장면에서 사용해야 할 무기로 기대되는 것은
그의 상징적인 분신인 방천극이다. 게다가 방천극은 은갑주, 천총
마와 함께 하늘로부터 전해 받은 것이다. 하늘이 내린 방천극을
받는다는 설정은 당나라 장수로서의 설인귀가 적국인 고구려 장
수 연개소문을 제압함으로써 고·당 전쟁을 승리로 이끌 주역이
라는 상징이다. 방천극은 중국적인 신물이기 때문이다.

---

111) 『薛仁貴征遼事略』, 상해고전문학출판사, 1957, 5쪽
112) 『薛仁貴征遼事略』, 상해고전문학출판사, 1957, 18쪽

반면 활, 즉 궁전(弓箭)인 다분히 한국적인 상징을 가지고 있
다. 활을 잘 쏘는 '선사(善射)'의 능력은 동이족, 즉 우리 민족
영웅의 전통적인 표징이다. 고구려의 시조인 주몽이 활을 잘 쏘
는 사람을 지칭하는 일반명사인 주몽을 고유명사로 삼았으며, 고
구려의 고분 벽화 속 무사의 모습은 깃털 장식이 달린 모자 혹
은 투구를 쓰고 역시 깃털 장식이 된 화살이 가득든 동개(韀)를
차고 활을 든 모습으로 묘사되어 있다. 고려 신화에서도 왕건의
조상인 작제건은 악룡을 활로 퇴치하여 왕업의 기틀을 마련했다.
뿐만 아니라 조선의 창업주인 이성계도 특히 궁술로 명성이 높았
다. 중국 측 고·당 전쟁 문학인 「설인귀정료사략」에서도 연개소
문을 동개를 찬 모습으로 형상화 해놓고 있다.[113] 우리 신화 체
계 속에서 궁술은 우리 민족의 영웅을 상징하는 지표로 관습화
되어 있는 것이다. 이처럼 활이 중국적인 상징이 아니라 우리 민
족 고유의 상징일진대, 다른 장면도 아니고 하필 고·당 전쟁의
승패를 가름하는 결정적인 장면에서 설인귀가 고·당 전쟁의 승
리의 주역이라는 표징인 방천극이 아닌 활을 사용하고 있다는 것
을 어떻게 이해해야 할까. 애초에 활은 설인귀가 하늘로부터 고·
당 전쟁의 주역으로 지목받으면서 부여받은 신물 속에 들어있지
도 않다. 설인귀가 연개소문을 방천극이 아닌 활로 제압한다는
설정이 중국의 고·당 전쟁 문학 속에서부터 나타난다는 것은 그
의 출신성분이 우리 민족과 관련이 있는 것이 아닌가 하는 의문
을 불러일으킨다. 그런데 고·당 전쟁 문학의 원천적인 기반이 되

---

113) "莫離支出馬 (中略) 左右弓掛二韀, 身背飛刀五口", 「薛仁貴征遼史
    略」, 전게서, 58쪽

는 역사기록물인 『신구당서(新舊唐書)』에는 설인귀의 신물로 알려져 있는 방천극이 아예 등장하지 않는다. 대신 설인귀의 신물은 방천극이 아니라 화살과 활, 동개이다. 다음의 자료 속에서 이를 확인해 보자.

[자료24] 설인귀는 강주 용문 사람이다. 정관 말에 태종이 친히 요동을 정벌할 때에 인귀가 장사귀 장군의 막하에 응모하여 종군할 것을 간청하였다. 안지에 이르러 낭장 유군앙이 적에게 포위되자 인귀가 그를 구출하고 말을 곧장 앞으로 치달려 들어가 적장의 목을 베니 적들이 모두 두려워하여 드디어 인귀의 이름이 알려지게 되었다. 대군이 안지성을 공략하자 고구려의 막리지는 고연수, 고혜진을 보내 군사 25만을 거느리고 대적하게 했다. 산을 등지고 진을 치자 태종은 여러 장수들에게 사면으로 공격하도록 명령을 내렸다. <u>인귀는 자신의 용맹을 믿고 큰 공을 세우려 그 복색을 바꾸어 흰 옷을 입고 손에는 창을 들고 허리에 동개와 화살을 차고 고함을 치며 쳐들어가니 가는 곳마다 당해내는</u> 사람이 없어 적이 초개처럼 쓰러졌다. 그 틈을 타서 대군이 공격하니 적이 대패하였다. 태종이 멀리서 이를 바라보고 선봉에게 흰옷 입은 사람이 누구냐고 물었다. 태종께서 접견하시고 말 두필과 비단 사십 필을 하사하셨다. 유격장군에 발탁하고 운천부 과의에 임명했다.114)

---

114) "薛仁貴, 絳州龍門人, 貞觀末, 太宗親征遼東, 仁貴謁將軍張士貴應募, 請從行, 至安地, 有郞將劉君昂, 爲賊所圍, 仁貴往救之, 躍馬徑前, 手斬賊將, 賊皆慴服, 仁貴遂知名, 及大軍功安地城, 高麗莫離支遣將高延壽·高惠眞, 率兵二十五萬來, 距戰依山結營, 太宗分命諸將四面擊之, 仁貴自恃驍勇, 欲立奇功, 乃異其服色, 著白衣, 握戟腰鞬兩長弓, 大呼先入, 所向無前, 賊盡披靡, 大軍乘之, 賊大潰, 太宗遙望見之, 問先鋒, 白衣者爲誰, 引見, 賜馬兩匹, 絹四十四, 擢

『신구당서』의 열전에 편재되어 있는 「설인귀전(薛仁貴傳)」은
『설인귀정료사략』으로부터 비롯된 고·당 전쟁에 관한 중국 측
소설문학의 원천적인 소스로 활용된 역사의 정사 사료이다. 그런
데 여기에는 어디에도 설인귀가 방천극을 주된 무기로 사용했다
는 기록이 나와 있지 않다. 손에 창을 들고 있다고는 되어 있지
만 설인귀의 특재는 궁술인 것으로 나타나 있다. 뿐만 아니라 허
리에 동개란 활통을 차고 화살과 활을 구비한 설인귀의 모습은
흡사 고구려 벽화에 등장하는 무사의 모습과 비슷하다. 『삼국지
(三國志)』위지(魏志) 동이전(東夷傳)을 위시한 중국의 정사 기
록에서 반복적으로 등장하는 동이족의 모습을 연상시킨다. 어디
를 보아도 중국 사서에서 전하는 중국 무사의 전형적인 모습을
떠올리기란 쉽지 않다. 이런 관점에서 보면 설인귀가 태종의 눈
에 띄기 위해 일부러 흰 옷을 골라 입었다는 기록도 심상치 않
게 보인다. 원래 흰 색은 중국인이 일반적으로 즐겨 입는 옷 색
깔이 아니다. 중국사서가 흔히 동이족을 가리켜 백의민족이라고
하듯이 흰옷은 우리 민족의 고유한 복색으로 일컬어져 왔다. 아
무리 태종의 눈에 들기 위해서라고 하지만 굳이 다른 민족의 고
유한 복색을 갖추어 입을 필요는 없지 않을까. 게다가 남들보다
튀기 위해서 흰 옷을 입었다는 설정 자체도 중국의 일반적인 관
습 속에서 보면 특이하다. 흰 옷이라서 눈에 띈다는 것은 바꿔
말하면 설인귀를 제외한 다른 사람들은 흰 옷을 입지 않았다는
말이 된다. 즉 중국인이 일반적으로 잘 안 입는 옷을 입었기 때
문에 눈에 띈 것이라고 볼 수 있는 측면이 있다. 흰색은 오행에

遊擊將軍, 雲泉府果毅 (後略)”, 「薛仁貴傳」, 『舊唐書』, 列傳

서 동쪽을 상징하는 색으로, 중국에서 보면 한반도가 동쪽이 된
다. 한반도 출신자의 상징색을 굳이 꼽자면 흰색이 되는 것이다.
이 동쪽의 신수(神獸)는 백호인데, 설인귀의 출생 시 태몽도 백
호 꿈으로 되어 있다. 고·당 전쟁 문학 속에서 백호는 바로 설
인귀의 신수로 등장한다.

물론 이 흰 옷과 백호가 설인귀의 출신지인 산서 강주를 상징
하는 것으로 볼 수도 있다. 중국 대륙을 중앙에 놓고 봤을 때,
산동성에 위치한 산서 강주는 동쪽에 해당하기 때문이다. 그런데
이 산동성이라는 지역 자체가 중국 대륙 내부에서도 전통적으로
우리 민족과 관련이 깊다는 점에서 단순히 이렇게 볼 수만도 없
다. 산동성은 신라방이 있던 곳으로 상업과 무역에 종사하는 신
라인들이 대거 거주하던 집장촌이 위치해 있었다. 장보고가 골품
제의 한계를 뛰어넘어 자신의 능력을 실현하기 위한 기회의 땅으
로 당나라를 점찍고 건너간 곳도 바로 이 산동성이었다. 이후 장
보고는 산동성의 신라방과 관음사를 중국 내 기점으로 하여 중
국, 우리나라, 일본을 연결하는 동북아 해상 삼각무역을 구축하기
도 했다.115) 그런데 우리나라 전설 속에서 설인귀는 장보고처럼
골품제의 한계를 극복하고 자신의 능력을 실현하기 위해 당나라
로 떠난 신라인으로 설정되어 있다. 설인귀의 병장기, 복색, 출생
지와 우리민족과의 관련성을 이처럼 세심하게 따져본 이유는 설
인귀 문학을 향유하는 우리의 인식체계와 긴밀하게 연결되어 있
기 때문이다.116)

---

115) 산동성 신라방과 우리 민족과의 관련성에 대해서는 『대외문물교류사
　　연구』, 해상왕장보고기념사업회, 2002를 참조하기 바람.
116) 여기서는 일단 이러한 사실들을 지적하는 것으로 넘어가기로 한다.

정리하자면 중국 측 고·당 전쟁 문학 속에서 나타나는 설인귀의 형상과 병장기의 상징성은 이원화되어 나타난다고 할 수 있다. 중국 측 고·당 전쟁 문학의 한 원류가 되는 『신구당서』의 「설인귀전」에서 그의 상징물을 동개와 화살, 활로 묘사하고 있으며, 이러한 설인귀의 인물형상이 「설인귀정료사략」을 위시한 이후의 「설인귀정동」42회본에서도 그대로 이어지고 있음에도 불구하고, 이원적으로 방천극을 그의 신물로 내세우고자 하는 의식이 확인된다는 것이다. 즉, 한 사람의 영웅적인 무장으로서의 설인귀가 동개, 화살, 활로 상징화 된다는 점은 인정하면서도, 여기에 당나라 장수로서의 전형적인 상징성을 덧씌우고자 한 변개의 결과가 「설인귀정료사략」 이후의 방천극으로 나타난다는 것이다. 설인귀에 대한 이러한 이원적인 형상화 방식으로 인해 표면적으로는 방천극을 특재로 하는 당나라 명장 설인귀라는 캐릭터를 완성하고자 하는 의도는 성공했다고 할 수 있으나, 이면적으로는 오히려 설인귀 캐릭터의 본질이 방천극이 아니라 연개소문을 격파한 도구인 화살, 활, 동개에 있다는 사실을 대비적으로 강조하는 결과를 낳고 있다고 볼 수 있다.

활쏘기의 명장 설인귀라는 인물형상은 국립도서관본 계열 「설인귀전」에서 확실하게 강화되어 나타난다. 다음의 자료를 통해 비교해 보자.

[자료25] ① 馬上一箇少年將軍, 素袍瑩鎧, 赤馬朱纓, 1, 揮轉方天戟, 取弓箭在手, 一箭射, 莫離支墜馬[117]

---

117) 『薛仁貴征遼事略』, 상해고전문학출판사, 1957, 5쪽

② 인귀 크게 불너 왈 노적은 닷지 말나 ᄒ고 2, 활을 다
려 쏘니 시위를 응ᄒ여 합소문이 말긔 써러지거늘118)

[자료25]-①은 「설인귀정료사략」이고, [자료25]-②는 국립도
서관본 계열 「설인귀전」으로, 설인귀가 연개소문을 제압하는 장
면에 해당한다. [자료25]-①의 1.부분에서 확인할 수 있듯이 중
국 측 고·당 전쟁 문학 속에서 설인귀가 연개소문을 제압하는
장면은 방천극과 활의 결합으로 되어 있다. 반면 [자료25]-②의
2.부분에서 확인할 수 있듯이 한국 측 고·당 전쟁 문학 속에서
설인귀가 연개소문을 죽이는 결정적인 수단은 오직 활 한 가지뿐
이다. 애초에 『신구당서』의 「설인귀전」에서 확인할 수 있었던 설
인귀 인물 형상의 본질을 그대로 드러낸 것이다. 이러한 설인귀
형상의 변개 양상은 당나라 장수 설인귀의 모습 속에 우리 민족
영웅의 모습을 새겨놓고자 하는 향유의식의 일단을 전제하지 않
고서는 도저히 설명할 수가 없다.

그런데 설인귀를 우리민족으로 인식하고 이를 인물 형상에 반
영하여 원작을 변개한 국립도서관본 계열 「설인귀전」의 향유의식
은 구활자본에서도 그 유사한 일측면을 확인할 수 있다. 구활자
본은 중국의 고·당 전쟁 문학인 「설인귀정동」42회본을 직역하여
축약하면서 설인귀가 우리나라 사람이라는 인식을 필사기에 피력
해 놓고 있다.

[자료26] 고구려사긔를 상고ᄒ니 쳔홉소문은 고구려 보장왕 씩 ᄉ

---

118) 「설인귀젼단」, 전게서, 440쪽

람이라 잇쩌 당제 리셰민이 흅소문의 시군흔 죄를 빙즈흐
고 딕병을 거느려 요동 안시셩을 칠식 려장 고연슈 말갈병
십오만으로 막다가 당장 셜인귀의게 픽흔 빅 되믹 딕군이
물밀 듯 하야 안시셩을 외우다가 셩쥬 양만츈의게 픽흔 빅
되여 당제가 눈에 살를 마즈믹 당병의 예긔가 최활하믹 만
츈이 경긔를 닉여 좌우로 쳐 크게 파흐얏스며 당제가 쳔흅
소문과 싸홈흔 것슨 조곰 모호흔 사실이며 셜인귀는 본딕
요동 스람이오 신라인 셜계두로 당장이 되야 공을 셰윗스
니 잇쩌도 스름 쓰기를 골픔을 의논흐믹 홍적딕략이 잇셔
도 발신치 못흐는지라 고로 이상 두스름도 당에 도라가 비
상흔 공업을 셰우이라

[자료26]에서는 설인귀를 신라 사람으로, 골품제의 한계를 뛰
어넘어 자신의 능력을 실현하기 위해 당나라를 건너가서 성공한
신라인 설계두라고 설명하고 있다. [자료26]과 같은 내용의 필사
기는 3종의 구활자본 모두에 삽입되어 있다. 작품의 본문에서는
중국의 고·당 전쟁 문학인 「설인귀정동」42 회본을 직역하여 축약
함으로써 원작의 내용을 최대한 그대로 유지하면서, 서사가 종결
되고 난 부분에 첨가하는 필사기를 통해 설인귀가 우리민족 출신
이라는 편집자의 의견을 밝히는 방식이다. 이 점에서 구활자본
계열 「설인귀전」은 번역 양상에서 뿐만 아니라 역사인식과 향유
의식의 측면에서도 중국의 고·당 전쟁 문학으로서의 「설인귀전」
과 국립도서관본 계열 「설인귀전」의 중간에 위치한다고 할 수 있
다.119)

---

119) 기존연구에서는 이를 민족의식의 발로라고 파악하고 말았지만, 단순히
이렇게 볼 수만은 없다는 것이 필자의 관점이다. 구활자본 「설인귀전」
의 필사기에서 설인귀를 우리나라 사람으로 해명한 의식의 이면에는

둘째는 공간의 재배치이다. 문면의 표면에서는 중국 당나라 사
람이라는 점을 서두의 인물 소개 부분에서 명시하고 있다는 점에
서는 중국 고·당 전쟁 문학인「설인귀정동」42회본과 다를 바 없
다. 그러나 '산서 강주 용문'120) 사람이라는 번역본「백포소장
설인귀전」의 인물 소개가 번안본 국립도서관본 계열「설인귀전」
에서는 이미 산서 강주라는 표현이 빠지고 그저 용문현 사람으로
만 되어 있다. '당 정관 초의 용문현'121)사람이라고만 하면 당
나라가 천하를 제패한 시대에 용문현 출생이라고만 해석된다. 고
구려 멸망 이후 중국이 사실상 동북아시아 질서의 패자로 군림하
던 시절에 당나라 정관 시대라는 것은 보편적인 연대표처럼 쓰여
졌다는 점을 고려한다면, 중국 산동의 산서 강주라는 지명의 생
략은 중국색을 희석시키고 공간적 배경을 우리 쪽으로 끌어오기
위한 포석의 작은 일환이라고 할 수 있는 것이다. 명확하게 드러
나지는 않지만 은근하게 공간을 재배치하고 있다는 점에서 일종
의 우회적인 공간적 배경 전환이라고 할 수 있다. 이러한 공간
관념의 우회적인 재배를 통해 설인귀의 우리 민족화는 보다 구체
성을 얻고 있다고 할 수 있다.

세째는 연개소문과의 대결양상의 약화이다.「설인귀정동」42회본
에서는 연개소문과 설인귀의 대결이 다양한 진법전과 단기전으로
확대되어 있는 반면 국립도서관본 계열「설인귀전」에서는 간단
하게 처리되어 있다. 다양한 무술과 용병술, 진법으로 화려하게

설인귀를 우리민족으로 인식하고 그 설화를 전승한 설인귀 전설과의
교섭과정을 설정해야만 그 향유의식이 온전하게 드러날 수 있다.
120)「백포소장 설인귀전」, 동미서시
121)「설인귀젼단」, 전게서, 429쪽

전개되는 「설인귀정동」42회본의 대결이 국립도서관본 계열 「설인
귀전」에서는 설인귀가 연개소문을 단지 활을 한번 쏘아 맞추는 것
으로 종결된다. 이러한 변이의 양상 속에는 설인귀를 자국의 인물
로 인식하는 무의식적인 향유의식이 내재해 있는 것으로 보인다.
설인귀를 그저 당나라의 장수로만 인식한다면 상업소설의 특성상
주인공인 영웅과 적대자인 반영웅 사이의 갈등은 극렬할수록 흥미
가 배가된다. 이 때 반영웅이 비록 사악하지만 그 나름대로 악날
한 독수를 능수능란하게 구사할수록 선악대비구조는 강화되며, 대
중적인 재미도 부각된다. 그럼에도 불구하고 국립도서관 본 계열
「설인귀전」이 원작에 있는 반영웅과의 화려한 대결을 간단명료
하게 축약해 버렸다는 것은 연개소문과 설인귀를 영웅과 반영웅의
대결구도 속에 놓기를 거부하는 의식의 발로라고 할 수 있다.

　　물론 국립도서관본 계열 「설인귀전」이 원작인 「설인귀정동」42
회본 보다 축소되어 전반적으로 그 내용 형상화의 구체적인 디테
일이 떨어지기 때문에 대결의 양상이 축소되었다고도 할 수 있겠
지만 백번 양보하여 그렇다 하더라도 설인귀와 연개소문, 이 두
사람을 모두 우리민족으로 인식하는 향유의식의 체계가 전제되어
있는 독자의 독서과정 속에서 이러한 양상은 단순히 내용상의 축
약으로 받아들여지지 않는 측면이 있음을 간과할 수 없다. 설인
귀가 중국 사람이 아니라 우리민족이라는 인식체계 속에서 볼 때
같은 민족 출신의 영웅 사이에 죽고 죽이는 대결이 확대되는 것
을 바라지 않는 독자층의 향유의식이 분명히 존재했을 것이며,
대중성을 염두에 둔 작가로서는 이 점을 의식하지 않을 수 없었
을 것으로 보인다. 독자의 구미를 염두에 둔 대중적 작가의 존재

를 상정하지 않고 작가가 단순히 원작을 번역하는 과정 속에서 설인귀를 우리민족으로 생각하는 자신의 인식을 반영했다고 하더라도 그 저변에 내재한 향유의식에는 차이가 없다.

설인귀가 우리민족이라는 인식이 설인귀 전설을 중심으로 존재했으며, 이러한 인식이 국립도서관본 계열 「설인귀전」의 형성 과정 속에 반영되었다는 관점에 서게 되면, 왜 하필 우리 민족인 고구려를 멸망시키고 민족의 영웅인 연개소문을 죽인 설인귀에 관한 중국의 작품을 그토록 인기리에 향유했을까 하는 딜레마가 해결이 된다. 신라가 삼국을 통일하고 그 기반 위에서 고려, 조선의 왕조가 이어져 왔기 때문에 한반도 남부를 중심으로 한 통일 왕조의 역사 속에서 살아온 민중 속에서는 고구려나 연개소문을 적극적으로 우리민족사의 일부로 편입시키는 민족의식은 존재하지 않았을 것으로 생각된다. 우리나라 전설 속에서 연개소문 인물 전설이 강화도를 중심으로 한 극히 일부 지역에서만 확인된다는 사실이 그 근거가 된다. 민중이 만들고 전승한 구비 전설 속에서 연개소문 혹은 고구려의 역사는 친숙한 소재가 아니었던 것이다.

고구려와 연개소문, 을지문덕, 양만춘, 고·당 전쟁을 회고하고 북방고토 회복이나 북방역사를 거론하는 것은 어디까지나 지식인의 문학 작품으로 한정되어 나타난다. 이러한 지식인 창작은 한문을 아는 식자층으로 그 향유층이 한정되어 있었기 때문에 민중층의 문학과는 동떨어진 것이었다. 민중에게 있어서는 연개소문이나 고구려의 역사 보다는 파주 적성면 출신으로서 당나라라는 대국으로 진출하여 큰 공을 세우고 그 역사에 길이 남은 설인귀가 훨

씬 피부에 가깝게 와 닿았을 것이다. 통일신라가 진평왕 때 고구려로부터 파주 일대를 빼앗은 이후로 이 지역은 한반도 남부에 위치한 국가의 역사 속에 완전히 편입되었다. 이 점에서 파주 적성면 출신인 설인귀는 통일신라 이후로 이어져온 한반도 남부를 중심으로 한 민족사가 낳은 걸출한 인물이자, 국제적인 성공을 이룬 위대한 지역 출신의 역사적인 인물로 인식되어 왔을 것으로 생각된다. 다시 말해서 설인귀를 소재로 한 고·당 전쟁 문학을 향유하는 우리 민족의 인식은 같은 민족 출신의 역사적 인물의 이야기이자 국제적인 성공 스토리로서 향유되었다고 할 수 있다.

IV. 결 론

본 연구는 한·중 고·당 전쟁 문학의 대표작인 「설인귀전」의 존재양상과 그 향유인식을 살펴봄으로써 고·당 전쟁에 관한 한국과 중국의 역사인식을 비교 고찰하는 것을 목적으로 하였다. 본 연구는 크게 두 가지 측면에서 진행되었다. 첫째는 설인귀 전설의 서사구조적 특징과 한중 고·당 전쟁 문학 존재양상의 한 국면을 구체적으로 살펴보는 연구이다. 두번째는 「설인귀전」 성립과정에 나타난 한중 고·당 전쟁 문학의 교섭양상과 역사인식에 관한 연구이다. 이를 통해 중국 고·당 전쟁 문학으로서의 「설인귀전」이 한국에 수입되어 향유되는 과정에서 한국의 민족의식 차원에서 중국의 역사인식에 대한 비판이 이루어졌으며, 그 비판적 담론의 결과물이 바로 한국 고·당 전쟁 문학으로서의 「설인귀전」이라는 사실을 확인할 수 있었다. 중국 고·당 전쟁 문학으로서의 「설인귀전」은 역사적 사실의 허구적 왜곡을 통해 고구려 원정의 합리화와 정당화, 패배한 전쟁에 대한 보상의식, 제국주의적 패권의식, 민족적 자부심 고양 등으로 정리될 수 있는 역사인식을 표출하고 있는데, 한국 고·당 전쟁 문학으로서의 「설인귀전」은 설인귀 전설의 수용을 통해 중국측의 사실 왜곡에 대한 비판적인 문제제기와 고구려 역사에 대한 복권의식 및 대항적 민족주의와 민족적 외연 확대의 차원에서 고·당 전쟁에 대한 민족의식을 구체적으로 형상화 하고 있다.

1. 중국 고·당 전쟁 문학으로서의 「설인귀전」과 설인귀라는 주인공 캐릭터를 공유하고 있는 한국 고·당 전쟁 문학으로서의 설인귀 전설의 서사구조적 특징을 세 가지 측면으로 분석해 보았다. 첫째, 거인신화의 대식(大食) 모티프 및 인간과의 갈등구조이다. 대식 화소는 거인전설의 신화적인 연원에 기반한 것으로, 일상적 세계 속에 떨어진 초월적 인간으로서의 설인귀의 비범성과 그로 인한 일상적 인간과의 갈등을 형상화 하고 있다.

둘째, 아기장수 전설 유형의 자아와 세계의 대결 구조이다. 자식과 식량 다툼을 벌이는 설인귀의 부모는, 자신의 안위보신을 위해 자식을 죽이는 아기장수의 부모에, 대식이라는 설인귀의 초월적인 능력의 징표는 날개라는 아기장수의 신화적인 능력의 신표에, 설인귀가 훈련을 하는 석굴은 아기장수의 암굴에, 설인귀의 용마는 아기장수의 용마에 각각 대응된다. 설인귀는 고·당 전쟁이라는 국제전쟁을 현실세계의 배경으로 한다는 점에서 아기장수전설의 하위 유형 중에서도 그 갈등의 대상이 가족으로부터 국가로 확대되는 우투리 유형에 해당되며, 현실세계와의 대결 속에서 승리한다는 점에서 아기장수 전설 중에서도 드물게 보이는 성공형에 해당한다. 역사족에 실재한 설인귀의 실존이 아기장수 전설의 원형적인 구조와 세계관에 영향을 미친 결과라 할 수 있다.

셋째, 풍속신앙 전설의 금기구조이다. 설인귀 풍속신앙 전설은 감악산 설인귀비 유래담으로 존재하며, 그 서사구조는 두 가지 패턴으로 나타난다. 하나는 제향의 요구와 징치의 패턴이다. 제의와 희생공양을 요구하고 이를 어길 시에 징벌을 내리는 구조로 되어 있다. 다른 하나는 접촉 금기와 징벌의 패턴이다. 신격의 신체(神體)와 동격으로 인식되는 사당, 비석, 공물 등에 무단으로 손을 댔을 때 인간을 징치하는 구조로 되어 있다. 제향과 공양을 요구하는 패턴이든 사당·비석·공물에 접촉을 금지하는 패턴이든 모두 신격이 인간과의 상호작용 속에서 일정하게 제한하는 전제사항이 있고, 이를 어겼을 경우에 징벌을 내리는 금기의 서사로 구조화 되어 있다는 점이 특징이다. 이러한 설인귀 전설의 서사구조적 특징은 중국 고·당 전쟁 문학으로서의 「설인귀전」에서는 찾아볼 수 없는 것으로 한국 문학의 고유한 세계관에 근거한 것이다.

한편, 설인귀 풍속신앙 전설의 금기구조는 대외적으로는 고·당 전쟁을 중심으로 한 고구려, 당나라, 신라의 역학관계와 대내적으로는 한반도 내부의 왕조 교체에 따른 중앙정부의 정치·행정·종교적인 지배구조의 변동에 따라 일정한 변이과정을 보여준다. 그 역사적인 변동은 세 단계로 나타난다. 제1단계는 설인귀 신앙이 감악산 신앙과 결합하는 단계이다. 통일신라의 성립과 발해와의 대치라는 정치적 상황을 배경으로 설인귀 신앙을 빌어 고구려의 영향을 타파함으로써 통일신라의 정치적 지분을 확대하고 민족의 정신적인 통합을 이루어내고자 하는 목적에 의해 이루어졌다. 제2단계는 감악산 신앙이 설인귀 신앙과 분리되는 단계이다. 고구려의 적자임을 선포한 고려의 성립과 북방 고토 회복을 중심으로 한 정치적인 상황 변화를 배경으로 한다. 제3단계는 감악산 신앙이 유교적 합리주의와 대립하는 단계이다. 고려 충선왕조에 유교가 도입됨에 따라 유교적 교화 확대를 위해 토착신앙을 타파하고, 동시에 지방에 대한 중앙정부의 행정적인 지배를 강화하기 위해 토착세력을 일소하려는 정치적인 목적에 의해 이루어졌다.

2. 「설인귀전」 성립과정에 나타난 한중 고·당 전쟁 문학의 교섭양상과 역사인식에 대해 살펴보았다. 「설인귀전」은 한국과 중국에 걸쳐있는 대표적인 고·당 전쟁 문학으로 존재한다. 지금까지 이루어진 기존연구에서는 한국의 「설인귀전」이 중국의 그것을 번역한 작품에 불과하다고 알려져 왔지만 구체적으로 탐구해 보면 보다 그 형성과정에 있어서 복잡한 측위의 맥락이 드러난다. 한국의 고·당 전쟁 문학인 「설인귀전」이본군 중에서 국립도서관본 계열에서는 중국 고·당 전쟁 문학으로서의 「설인귀전」에는 존재하지 않는 내용과 역사인식이 나타나는데, 이와 동일한 양상이 역시 한국의 고·당 전쟁 문학으로 존재하는 설인귀 전설에서

확인된다. 이는 중국의 고·당 전쟁문학인 「설인귀정동」과 변별되
는 한국의 고·당 전쟁문학인 국립도서관본 계열 「설인귀전」의
성립 및 형성 과정 속에 설인귀 전설이 구조적으로 개입되어 있
다는 사실을 의미한다. 본 연구에서는 다음과 같은 세 가지 측면
을 중점적으로 고찰해 보았다.

첫째, 국립도서관본 계열 「설인귀전」과 설인귀 전설에 나타난
모티프 상의 유사성과 그 내용적 특징에 관한 고찰이다. 국립도
서관본 계열 「설인귀전」과 설인귀 전설에서 동일하게 나타나는
모티프는 대식 모티프, 외삼촌의 박대 모티프, 병기 획득 모티프,
용마 획득 모티프로 정리할 수 있다. 이 중에서도 대식 모티프,
외삼촌 박대 모티프, 용마 획득 모티프는 중국 고·당 전쟁 문학
으로서의 「설인귀전」에는 나타나지 않는 것으로, 한국 고·당 전
쟁 문학으로서의 설인귀 전설을 수용한 결과이다. 한편 병기 획
득 모티프는 중국 고·당 전쟁 문학으로서의 「설인귀전」과는 달
리 소를 몰아 밭을 가는 화소를 강조함으로써 농경신이자 마을
신, 우경신이자 산신으로 존재하면서 특히 소의 노동력을 관장하
는 권능과 직능을 소유한 설인귀 풍속신앙 전설과의 교섭 양상을
보여주고 있다.

둘째, 국립도서관본 계열 「설인귀전」이 그 성립 및 형성 과정
에 있어서 설인귀 전설과 상호작용하는 과정 및 방식에 관한 고
찰이다. 한국 고·당 전쟁 문학으로서의 국립도서관본 계열 「설인
귀전」의 형성과정에 있어서 설인귀 전설과의 교섭과정은 다음과
같이 이루어진 것으로 보인다. 독자적으로 형성된 설인귀 전설이

「설인귀정동」42회본의 번안과정에 유입되어 국립도서관본 계열 「설인귀전」 계열처럼 「설인귀정동」42회본과 전혀 다른 내용을 포함한 계통도를 확립하는 패턴이다. 국내의 초기 국문 영웅소설과 함께 향유된 「설인귀전」에 관한 기록이 소설의 형태가 아니라 이야기, 즉 설인귀 이야기의 형태를 보여주고 있다는 점으로 미루어볼 때, 한국 고·당 전쟁 문학으로서의 「설인귀전」이 한국 내에서 독자적으로 형성된 설인귀 전설의 수용 및 교섭을 통해 형성되었다는 사실을 확인할 수 있다.

셋째, 「설인귀전」의 형성과정과 향유방식에 나타난 고·당 전쟁 문학에 대한 한·중 역사인식에 관한 고찰이다. 중국 고·당 전쟁 문학으로서의 「설인귀전」을 번역한 한국 고·당 전쟁 문학으로서의 「설인귀전」을 향유하는 방식과 그 속에 내포된 역사인식은 다음과 같이 정리된다. 하나는 당태종을 압도하는 연개소문의 영웅적인 면모를 부각시키는 변개를 통해 우리나라의 민족주의적인 역사인식에 부응함으로써 자국의 패배를 부정하고 압도적인 승리로 윤색하고자 하는 중국의 역사인식을 비판하는 향유방식이다. 다른 하나는 한국 고·당 전쟁 문학으로 존재하는 설인귀 전설과의 교섭을 통해 설인귀 캐릭터를 변개함으로써 우리민족의 외연을 확대하는 향유방식이다. 중국의 구체적인 지명을 생략하는 방식으로 설인귀의 출신지를 변경하고, 방천극이라는 중국 고유의 무기가 아닌 동이족 특유의 활로 결정적인 대결을 마무리 짓는 방향으로 인물 형상을 변개함으로써 중국색을 약화하거나 소거시키는 대신 우리민족 특유의 고유색을 강화함으로써 설인귀를 우리민족으로 인식하는 설인귀 전설의 속지주의적인 역사인식을 보여주고 있다.

참고 문헌

『京劇劇目初探』, 北京: 中國戲劇出版社, 1980

『舊唐書』, 北京: 中華書局, 1975

『新唐書』, 北京: 中華書局, 1975

『新編京劇大觀』, 北京出版社編, 北京: 北京出版社, 1989

『征東·征西·掃北』, 臺北: 文化圖書出版社, 1979

『戲學全書』, 上海書店, 1959

祁慶富, 申敬燮, 「俗文學中薛仁貴, 盖蘇文故事的由來及流變」,
      『社會科學戰線』第二期, 長春: 社會科學戰線, 잡지사, 1998

徐培均, 范民聲, 『中國古典名劇鑑賞辭典』, 上海: 上海古籍出版社,
      1990, 116-117

莊一拂 編著, 『古典戲曲存目匯考』, 上海: 古籍出版社

張忠良, 『薛仁貴故事硏究』, 國立臺灣師範大學, 碩士學位論文, 1983

程毅中, 「宋元講史簡論」, 『文學遺産 增刊』

趙萬里, 『薛仁貴征遼史略』, 臺北: 河洛圖書出版社, 1967

中國戲曲志編輯委員會, 「關于禁演和勸告停演劇目的請示報告」, 『中
      國戲曲志·湖北卷』, 北京: 文化藝術出版社, 1993

胡士瑩, 『話本小說槪論』下, 北京: 中華書局, 1980

강진옥, 「마고할미설화에 나타난 여성신 관념」, 『한국민속학』25, 1993

경기도 박물관 홈페이지, http://www.musent.or.kr/resources/river,
      제4장 임진강 유역의 민속문화, 제7절 구비전승

경철화 저, 박창배 번역, 『중국인이 쓴 고구려사』, 고구려연구재단, 2004

김두진 편저,『경기북부지역의 신당과 제장』, 국민대학교 한국학연구
　　소, 2002

김윤우, 「감악산비와 철원고석정」,『경주사학』9, 1990

김일렬, 「소대성전」,『한국고전소설작품론』, 집문당, 1990

김한규,『한중관계사』, 아르케, 1999

나희라,『신라의 국가제사』, 일조각, 2003

민두기 편,『중국의 역사의식』, 창작과비평사, 1985

민혜란, 「설인귀설화 연구」, 전남대학교 석사학위논문, 1988

박일용, 「영웅소설의 유형 변이와 그 소설사적 의의」, 서울대학교 석
　　사학위논문, 1983

박재연, 「설인귀정료사략 소고」,『중국학연구』1, 1984

백종오, 신영문,『고구려유적의 보고 경기도』, 경기도박물관, 2005

변태섭, 「고려전기의 외관제」,『고려정치제도사연구』, 1971

사마광 저, 권중달 역,『資治通鑑』, 푸른역사, 2002

서대석, 「이조 번안소설고-설인귀전을 중심으로」,『국어국문학』52, 1971

서병국,『고구려제국사』, 혜안, 1997

서선덕, 「고려 충선왕의 유불정책에 대한 연구」, 동국대학교 석사
　　학위논문, 2001

서영대,『한국고대 신 관념의 사회적 의미』, 서울대 박사학위논문, 1991

성현경, 「여걸소설과『설인귀전』.-그 저작연대·수용과 변용」,『국어
　　국문학』62, 63, 2005

송영우,『韓中關係論』, 지영사, 1994

신경섭, 「경극 <독목관>의 연개소문 무대의상 디자인 연구」, 이화여
　　대 박사학위논문, 1998

윤병석, 「박은식의 민족운동과 한국사 저술」,『한국사학사학보』6, 2002

이금재, 「<설인귀전>의 <설인귀정동> 수용과 그 의미」, 부산대학교

석사학위논문, 1990

이명규, 『서울 경기지역 지명 및 방언 연구』, 한국문화사, 2000

이변근·박정래, 「경기도 방언의 연구와 특징」, 『국어생활』12, 1988

이윤석, 「<설인귀전>의 원천에 대하여」, 『연민학지』9, 2001

임석재 편, 『임석재전집』2, 평안북도편, 평민사, 1987

장주근, 『한국의 신화』, 성문각, 1961

전해종, 「韓中關係史硏究」, 일조각, 1970

정우영, 「운계사 고석비와 감악산 무속신앙의 시원」, 『경기향토사학』 6, 2001

조동일, 「한문학권 역사서 개작의 문학사적 의의」, 『한국문학과 세계 문학』, 지식산업사, 1991

조동일, 『문명권의 동질성과 이질성』, 지식산업사, 1999

조동일, 『하나이면서 여럿인 동아시아문학』, 지식산업사, 1999

조동일, 『공동어문학과 민족어문학』, 지식산업사, 1999

조희웅 편, 『경기북부구전자료집(1)』, 조희웅 외, 박이정, 2001

조희웅 편, 『경기북부 구전자료집(2)』, 박이정, 2001

천혜숙, 「전설의 신화적 성격에 관한 연구」, 계명대학교 박사학위논 문, 1987

최건승, 『한국어 방언의 공시적 구조와 통시적 변화』, 역락, 2004

크리스 피어스 지음, 황보종우 옮김, 『(전쟁으로 보는) 중국사』, 수막 새, 2005

한국사연구회 편, 『古代韓中關係史의 硏究』, 삼지원, 1987

한상수, 『한국인의 신화』, 문음사, 1986, 188-90쪽

현용준, 『제주도전설』, 서문문고, 1976

파주군지편찬위원회, 『파주군지』상, 파주군, 1995

Part 3

자료의 데이터베이스

자료의 데이터베이스

Ⅰ. 중국 고·당 전쟁문학 자료

(01) 「설인귀정료사략(薛仁貴征遼事略)」, 趙萬里 編注, 北京: 古典文學出版社, 1957

가장 최초로 연개소문과 설인귀의 이야기를 다룬 희곡 문학이다. 역사적 사건과 인물에 근거하고 있지만 완전히 허구적으로 만들어진 것이다. 지엽적인 줄거리도 많지만 연개소문과 설인귀를 중심으로 생동감있게 구성되어 있으며 이후의 같은 소재 희곡 문학에 영향을 주었다. 줄거리는 다음과 같다.

정관 18년(645년) 연개소문이 당태종에게 도전을 하자, 당태종이 친히 출전한다. 그는 출전 전날 밤 흰색 포를 입은 소년(白袍少年)

이 자신을 구하는 꿈을 꾸게 된다. 당태종은 어명을 내려 의군을 모집하고 설인귀는 부인의 권유로 군에 지원한다. 이후 설인귀는 많은 전투에서 큰 공을 세우게 되고, 마지막으로 연개소문과 대적하여 연개소문을 참수한다.

산장시(散場詩)의 내용을 제시하면 다음과 같다.

신이 듣건데, 황제께서 나라를 다스릴 적에 치우(蚩尤)가 난을 일으켰고 우임금이 재위하실 적에 변방의 삼묘(三苗)가 임금을 섬기지 않았습니다. 헌원씨가 어찌 덕이 없다고 하겠으며 순임금이 어찌 어질지 않아 그렇다고 하겠습니까? 다 난신적자들이 무력을 휘두른 까닭입니다. 이제 고구려는 해동의 미개하고 난폭한 무리로써 오랑캐나 진배없습니다. 황상께 조공을 바치지 않으니 군대를 일으켜 그 죄를 물어 마땅하옵니다. 게다가 갈소문은 임금을 시해하고 정권을 탈취하는 등 온갖 포악한 짓을 자행했습니다. 백제국의 조공을 가로챘을 뿐만 아니라 창흑비의 얼굴에 수를 놓아 대국을 업신여기고 황상을 희롱했습니다. 만약 장수를 보내 징벌하지 않으면 우리 중원을 어떻게 보겠습니까? (중략) 이제 고구려를 정벌함에 있어 군대를 세 길로 나누어 남으로 명월(明越)에 이르고, 가운데로는 청구도(靑丘道)에 이르며, 북으로 진격하여 유림(楡林)을 함락해야 합니다. 이같이 세 길로 파병하면 신속하게 공을 세울 수 있을 것입니다.

(02) 「막리지비도대전(莫離支飛刀對箭)」, 『孤本元明雜劇』
一, 北京: 中國戲劇出版社, 影印本, 1958

연개소문, 설인귀 고사를 다룬 가장 최초의 잡극으로 연개소문과 설인귀가 전쟁터에서 싸우는 장면을 집중 묘사하고 있다.

(03) 「현달부용문은수(賢達婦龍門隱秀)」, 『孤本元明雜劇』
二, 北京: 中國戱劇出版社, 影印本, 1958

설인귀가 연개소문을 죽이고 장사귀가 그 공을 가로채려는 이
야기가 있기는 하지만 설인귀의 처 유영춘(柳迎春)이 주요 인물
로 등장한다.

(04) 「신간전상당설인귀과해정료고사(新刊全相唐薛仁貴跨
海征遼故事)」, 『明成化說唱詞話叢刊十六種附白兎記傳
奇一種』, 三册, 北京: 文物出版社, 影印本, 1979

명나라 성화(成化) 7-14년(1471-1478년) 사이에 북경 영순당에
서 간행된 장편 설창사화(說唱詞話)로 내용은 「사략」을 개편하여
만든 것이 확실하나, 「고사」의 마지막 부분은 설인귀가 정료대장군
(征遼大將軍)에 봉해진 이후에야 연개소문과 대진하게 되고 연개소
문의 마지막에 대해서는 언급하고 있지 않은 점이 「사략」과 다르다.

(05) 「설인귀과해정동백포기(薛仁貴跨海征東白袍記)」, 『古
本戱曲叢刊初集』, 上海: 商務印書館, 影印本, 1954

「막리지비도대전」과 「현달부룡문은수(賢達婦龍門隱秀)」 등의
원 잡극에서 내용을 빌려와 만든 것으로 설인귀가 공을 세우기
위해 백포를 입은 『당서』의 기록에 근거하여 백포기라 칭하였다.
청 나라 이후의 연개소문, 설인귀 고사와 관련된 연의, 지방희곡
및 경극에 가장 많은 영향을 미친 희곡 작품이다.

(06) 「설인귀동정(薛仁貴征東)」, 北京: 華夏出版社, 1995

청나라 건륭(乾隆) 연간에 출간되었다. 「설당후전(說唐后傳)」이라고 부르기도 한다. 주요 내용은 연개소문, 설인귀 고사에 관한 이야기이며, 모두 42회로 구성되어 있다. 민간에 널리 퍼져 연개소문, 설인귀 고사의 전래에 중요한 역할을 하였다. 특히 청 나라 후기 이후의 연개소문, 설인귀 관련 지방희곡의 줄거리와 인명, 지명 등에 구체적인 영향을 주었다.

(07) 「독목관(獨木關)」

당태종 이세민(李世民)이 봉황산에서 연개소문에게 쫓겨 도망가고 있을 때 백포를 입은 설인귀(薛仁貴)는 당태종을 구하기 위해 연개소문과 싸움을 하게 된다. 연개소문은 그의 병기인 비도로 설인귀를 대적하나 설인귀의 창에 맞아 죽고 만다. 이후 당태종은 설인귀가 자신을 구해준 공을 높이 사서 위지공(尉遲恭)에게 그를 찾게 하나 위지공은 설인귀의 상관인 장사귀(張士貴)의 꾀에 빠져 실패한다. 설인귀가 산신묘에서 달을 보며 때를 제대로 만나지 못한 자신의 신세를 한탄하고 있을 때, 위지공이 몰래 와 그를 끌어안자 놀라서 도망가다가 그만 병을 얻고 만다. 후에 당나라 병사들이 진군하여 독목관에 이르게 되었을 때, 고구려 장군 안전보(安殿寶)에게 출전 명령을 내린다. 먼저 설인귀의 부하 주청(周靑) 등이 고구려 장군 안전보와 대적하나 적수가 되지 않자, 그는 병든 몸을 이끌고 출전하여 안전보를 죽이고 독목관을 탈환한다는 내용이다.

위의 내용은 실제 공연되었을 때는 다시 3개의 단막극으로 나

뉘어져 설인귀가 봉황산에서 연개소문에게 쫓기는 당태종을 구해
주는 「봉황산(鳳凰山)」(일명 「설례구가(薛禮救駕)」), 설인귀가
산신묘에서 달을 보며 자신의 신세를 한탄하는 「설례탄월(薛禮嘆
月)」, 설인귀가 장사귀의 명령을 받고 병든 몸을 이끌고 출전하
여 고구려 장군 안전보를 죽이고 독목관을 탈환하는 「독목관」으
로 공연되기도 하였다.

(08) 「살사문(殺四門)」

일명 「삼강월호성(三江越虎城)」이라고도 한다. 줄거리는 다음과
같다. 당태종이 월호성(越虎城)에서 연개소문에게 포위당하자 정교
금(程咬金)은 포위망을 뚫고 조정으로 돌아가 구원을 요청한다. 이
때 당나라 원수인 진숙보(秦叔寶)가 이미 병들어 죽어, 그의 아들
진회옥(秦懷玉)이 상복을 입고 출정하여 당태종을 구한다. 이후 진
회옥이 적군을 피하여 성으로 들어가려 하자 월호성을 지키고 있던
위지공은 이전에 진숙보에게 가 원수의 인장을 받으려 했을 때, 진
회옥이 자신에게 나쁘게 대한 것에 대해 원한을 품고 그로 하여금
동서남북 네 문의 고구려 군사를 물리치게 한다. 진회옥은 나통(羅
通)과 힘을 합하여 사문(四門)의 적군을 죽이고, 마지막으로 연개
소문을 굴복시켜 월호성을 위기에서 구한다는 내용이다.

(09) 「어니하(淤泥河)」

일명 「일간창도기양반용(一杆槍挑起兩盤龍)」이라고도 한다.

줄거리는 다음과 같다. 당태종 이세민은 사냥을 하러 나갔다가 연개소문을 만나자 놀라 도망을 간다. 도망치다 어니하(於泥河)에 이르러 말이 강에 빠지자 당태종은 당황하여 어쩔 줄을 모른다. 연개소문은 당태종에게 항복 문서를 쓰도록 강요하고, 이때 설인귀가 돌연 나타나 연개소문을 죽이고 이세민을 구하는 내용이다.

(10) 「분하만(汾河灣)」

일명 「타안진요(打雁進窯)」라고도 한다. 줄거리는 다음과 같다. 설인귀가 전쟁에서 공을 세우고 집으로 돌아가는 중에 일어난 일을 다루고 있다. 극본에서 연개소문은 설인귀의 이전의 행적을 관중에게 알리기 위해 잠시 죽은 영혼으로 등장하여, 자신은 본래 청룡으로 하늘에서 잠시 내려왔었다는 이야기를 한 후 퇴장한다.

(11) 「의용군연의(義勇軍演義)」, 요동성(遼東省) 해성역사소설(海城歷史小說), 第3回: 日本强盗屠杀百姓 义勇神侠血战海城, 작가: 戴尔宝(1955-?)

당 태종의 동정(東征)시 이 곳(해성, 海城)의 서남쪽에 다다렸을 때 고려대장 연개소문은 10만의 병사를 거느리고 당태종을 잡으러 오고 있었다. 이세민이 당황하여 말고삐를 당겨 달아나는데 연개소문이 긴창을 곧추 세우고 뒤에서 추격을 해왔다. 어느 순간 말이 멈춰서서 보니 앞에는 길고 넓고 깊은 진흙뻘강인 어니하(淤泥河)이 있었는데 당태종은 우습게 생각하고, 설마 당나라가 운세가 다해 고구려에 물려주고 고구려의 신하가 되겠는가 라고 생각하고 있는데, 고구려 장군은 점점 가까이 다가오고 있 어 말고삐를 당겨 달아나려는데, "이세민이다"라는 함성과 함께 들리면서 쫓아 오니 말의 네 다리가 세자도 넘는 진흙뻘강으로 빠져들어, 빠져 나올려고 발버둥을 칠수록 더욱 깊게 진흙수렁속 으로 빠지게 되어 연개소문에게 붙잡히게 되었다.

연개소문이 "당나라 왕아! 네가 항복을 하면 내 너에게 큰 상 을 내릴 것이노라." 하자, 당태종은 이 말을 듣고 "당나라의 땅 은 넓고 물자는 풍부하고 진귀한 보물은 황실에 가득가득한데 상 은 무슨 상을 준단 말이냐? 내 비록 오늘 지형을 잘 살피고 준 비를 못하고 추격을 당해 이 곳까지 와 진흙구덩이에 빠졌지만 백만당병을 거느리고 남김없이 슬어버릴 것이다." 라고 생각하고 있는데 연개소문은 활과 화살을 잡고 당태종을 조준하고 수하에 게 종이와 붓을 가져오라 명한 뒤 당왕에게 항복문서를 쓰라고 명령했다. 만약 항복문서를 쓰지 않는다면 화살 한 방에 죽을 것 이다. 당왕은 항복문서를 앞에 놓고 통곡을 하였다.

이 때 갑자기 가까운 곳에서 벽력과 같은 함성이 들리는데 "왕께서는 마음 놓으시오, 신(臣) 설인귀가 구하러 왔습니다. 연 개소문 너 어디에 있느냐?" 라고 하여, 보니 흰 옷과 흰 갑옷을 입고 손에는 긴 창을 꼬나들고 젊은 장수가 산 위에서 말을 달 려 나는 듯이 달려 와서 연개소문의 10만대군을 물리쳤다. 연개 소문은 옷을 붙잡고 혼비백산하여 멀리 도망을 쳤다. 설인귀는 왕을 구하려고 장창으로 말의 배 밑을 푹 찔러 양 어깨로 힘을 써서 사람과 말을 강 위로 끌어 올렸다. 당왕은 기뻐하며 젊은 장수에게 유격장군으로 삼고 훗날 안동도호부에 봉하고 요동을 다스리도록 했다. 이 이야기는 「어니허(淤泥河)에서 왕을 구한 설인귀」라는 고사에서 유래된 것이다.

……却說唐王征東來到了城西南的一个小山頭了望，　高麗大兵十万人馬一齊向這邊掩殺過來.

唐王心里發慌, 撥馬就跑. 高麗大將盖蘇文擧起長矛在后面緊追. 唐王李世民所騎戰馬飛奔着, '呱達達……'一下, 這馬就停住了. 你猜怎么着? 原來前面是一條長長的, 寬寬的, 深深的, 泥泞巴唧的淤泥河. 唐王這一看可傻了眼嘍. 難道大唐江山气數已盡?　難道我大唐帝國就這么斷送給你們?　難道我大唐的國君要向你們俯首称臣? 想到這, 面對高麗大將步步逼近的槍尖,　他一抖馬繮繩,　喊了聲'駕',　匹戰馬四蹄揚空猛然一躍, 怎么了? 沒過去.這河啊, 太寬了. 戰馬的四條腿全挿進三尺多深的淤泥里.

戰馬使勁地往上抬腿想從泥坑里蹦出去,　心想,　這里哪是我馳騁之地?　我得出來駄唐王上疆場殺敵呀?　可是這匹戰馬越陷越深. 這可樂坏了盖蘇文. 只听盖蘇文說: '唐王, 你的大大的投降, 我的大大的有賞.'

唐王一听, 我大唐江山疆域遼闊, 物産丰饒, 歷代瑰宝在我皇宮里應有盡有,　怎么還要你來賞我? 只是我今天察看地形, 太无戒備之心, 被爾追赶至此. 待我冲出淤泥河, 我要率百万唐兵, 傾國之師, 无數儿郎殺你个片甲不留. 正在唐王想着事儿的当儿, 盖蘇文把弓箭對准唐王, 命手下扔過去紙筆, 命唐

王寫降書, 說道不寫降書就把唐王一箭射死. 唐王面對降書掩面痛哭, 心下一想, 這回是徹底失敗, 大唐江山是沒个救了. 忽然不遠的山頭上霹靂一聲, 有人大喊: '我主休慌, 臣薛仁貴救駕來也! 蓋蘇文你哪里逃?'

只見一員身穿白衣白甲手持長槍的白袍小將從山上騎馬飛奔而來, 說事遲, 那時快, 三槍兩槍殺退蓋蘇文的十万大兵, 而那蓋蘇文早被白袍嚇得魂飛魄散, 逃出老遠.薛仁貴救主心切, 用長槍往馬肚子底下一穿, 双膀一用力, 唐王連人帶馬被挑了上岸. 唐王大喜, 封這員小將爲游擊將軍, 后來加封安東都護, 鎭守遼東, 至此无人敢犯. 此是后話. 方才講的這段故事叫淤泥河救駕多亏薛礼.

II. 한국 측 자료

① 구비 전설 자료

(01) 「연개소문」, 『한국구비문학대계』1-7, 강화군 편, 한국정신문화연구원, 1982, 690-691쪽

에 이렇게 교동도 얘기가 아니드래두 괜찮죠? 에 이 현재 하전면 부금리 서쪽에 이 고려산이 있죠. 고려산 북편 그 시루미산

상봉에 그 연개소문의 그 집터가 있었다고 허는 것이 지금 흔적
이 남아 있다고 합니다. 에 그리고 거기 또 고려산 상봉에 가면
그 이마대라고 해서 그 말을 타고 달리던 그 터가 있고, 그리구
그 상봉에는 그 다섯 개의 우물이 오정(五井)이라구 그러는데요.
우물이 있구 당시 그 말에게 그 물 먹이던 샘이라구 허는데 지
금은 다 없어졌겠죠, 뭐. 근데 이 연개소문이가 인제 그 고려산
북편 그 시루미산에서 인제 출생을 했는데 항상 그 자기가 말하
기를, "나는 물 속에서 태어났다."고 이러면서 하 여러 사람들을
현혹시키고 성질이 아주 잔인하고 난폭했다고 하죠. 근데 그 아
버지두 참 큰 벼슬을 했는데 제 아버지가 죽고 난 뒤에 그 자리
를 연개소문이 인제 이어 받아 가지구, 어찌나 너무 잔학, 잔학
하구 나니까 고만 그 대신들이 고구려 영류왕이라 그리죠. 아마
영류왕, 거 인제 그 의논을 해 가지구 연개소문을 인제 죽일라구
모의를 했든 것 같애요. 또 그, 그전에, 사전에 발각이 돼 가지구
꺼꾸루 연개소문이 그 많은 그 부활 끌구 가 가지군 그 백여 명
의 대신을 전부 죽이구 궁으로 데리구 들어가서 영류왕도 죽이
구, 그 시체를 뭐 시궁창에다가 장사지냈다구 그리구 허죠. 그리
구 나선 인제 스스로 자기가 인제 '장군이다' 그리구서는 인제
나라를 맘대루 다스렸다는 거죠. 게 그 형모는 참 크구 우람해서
정말 참 위엄이 있는 수염을 가졌고 관복을 참 모두 금으루다
장식을 하고 언제든지 그 다섯 개의 칼을 차고 다녔다고 하는데
누가 압니까? 아무튼 게 사람들이 감히 쳐다보질 못하구 출입할
때마다 병마들을 거느리고 크게 외치고 다녔으니 거 좀 했겠어
요? 게 행인도 감히 그 맞보질 못하구 쳐다보질 못하구 모두 숨

어버렸다구 합니다. 그 아들 이름이 남생이래든가, 뭐.

(02)「합수문 이야기」,『한국구비문학대계』1-7, 강화군 편, 한국정신문화연구원, 1982, 918-919쪽

합수문이가 삽수문이가 어디서 났는고 하니 고려산에서 났어. 고려산. 게 그 고려산이 합수문이 거기 올라가 그저 말달리기 시작한 곳이다. 그 위 연못이 있구 고려산이라는데 연못이 둘이 있는데 말랐어. 그 전에는 물이 펑펑 났는데, 그 저 누가 막았는고 하니 에-중국에서 당나라에서 와서 그 산혈 줄길 뭐 쇠말둑을 쳐서 막았느니 어쨌느니 그랬는데. 뭐 그랬는진 몰라. 맥을 못 춰. 그래 합수문이 거기서 났어. 그 산줄기에서 났어.

그 장군은 무선 장군이지. 당나라 하구 싸움 했으니까. 당나라 때니까 그게 아마 고려초 될 거야. 고려, 고구려.

(03)「연개소문 터」, 강화사10,『강화사』, 재단법인 강화문화원, 1976, 920-921쪽

하점면 부근리(富近面)에 고려산녹 서편 시루미 봉우리에 그의 옛터가 아직 남아 있다. 또 또 고려산 위에는 치마대(馳馬臺)라 하여 말타기 하는 축대가 있고 말에게 물 먹이던 다섯 우물이 있다. 소문은 고려산 아래에서 탄생하였다고 하며 항상 스스로 물 가운데서 낳았다고 하였다. 이는 대단히 성품이 폭악 잔인하였다. 그의 아버지는 동군대인(東郡大人) 대대로(大對盧)라

하였는데, 죽은 후 소문이 이를 이어받아 잔학하기 한이 없었다. 이를 알고 있는 고구려 영류왕은 여러 대신들과 죽이려고 모의하였다는 소문을 알고서 여러 중신 100여명을 죽이고 궁에 뛰여들어 왕을 죽여 시궁창에 던져버렸다 한다. 스스로 막리지라고 부르며 나라 일을 전횡하였다. 소문은 괴상한 모습에 기나긴 수염이 아름답고 관복에다 금으로 장식한 것을 입었으며 항상 칼 다섯 개를 차고 있어 말에서 나릴 때는 사병이 엎드리면 그 등을 밟고 내렸다고 하니 사람이 감히 쳐다보지 못하였으니, 또 매양 출입할 때엔 크게 호령하니 행인이 모두 숨어버릴 정도였다 한다. 그의 아들 남생과 손자 헌성(獻誠) 역시 용맹스럽기에 당대 명장으로 이름을 떨쳤다.

(04)「고려산 치마대」, 강화사11, 『강화사』, 재단법인 강화문화원, 1976, 921-923쪽

거기 아무도 없느냐? 벼락 치듯 큰 소리가 찌렁하고 울린다. 뜰 앞에서 마당을 쓸고 있던 돌쇠가 깜짝 놀라 쓸고 있던 빗자루도 챙기지 못한 채 뛰어가 허리를 굽신하고 도련님 부르셨아와요? 하고 고개를 들어 다음 말을 기다린다. 지금 곧 동자동 낭도를 전원 완전 무장을 하고 하음뜰로 모이도록 일러라. 명령을 내려지니 종종 걸음으로 내실을 향하여 들어간다. 이도령의 나이는 이제 겨우 9살 된 어린 소년! 두 눈은 샛별 같이 반짝이고 한 일자로 꼭 다문 입은 넘겨다 볼 수 없는 위엄이 풍긴다. 더욱이 성격은 호랑이 같이 억세고 한번 호령을 하면 10리나 찌르릉 울

릴 정도요. 지나가던 짐승들까지도 움찔한다. 이가 바로 커서 고
구려의 대막리지가 되었던 연개소문이다.

연개소문은 고구려 영양왕 초년(603년)에 강화 북부 지방에 동
나음현(하음현이라고도 함. 현하점면) 대인(大人: 현재 군수) 태
조(대태로)의 아들로 태어났으며 어릴 때 이름은 "개금"이라 하
였으며 커서 연개소문이라 불렸다. 비록 나이는 아홉 살의 어린
나이나 어린이 답지 않게 키가 크고 힘이 장사인데다가 기상이
늠름하고 의지가 곧고 강하며 한번 마음 먹은 일은 기어코 실천
하고야 마는 성격일 뿐만 아니라 더욱이 무예가 출중하여 어른들
도 그 앞에서는 쩔쩔 맬 정도였다. 그는 매일 같이 고려산 오정
(五井)에 올라 말타기, 활쏘기, 칼쓰기를 수련하였다. 지금도 고
려산 서쪽 봉우리에는 그 당시의 유적 연개소문이 살던 집터가
있다. 이윽고 "연개소문"은 갑옷을 챙겨입고 머리에는 투구, 어깨
에는 활, 허리에는 다섯 개의 칼을 차고 천천히 앞뜰로 나가며
무엇인가 생각에 잠겼다가 두 손을 불끈 크게 쥐어 허공을 후리
치며 "힘은 힘으로"라고 입을 한 일자로 꼭 다문다. 모이라는 전
갈을 받은 낭도들은 이곳 저 곳에서 나무칼과 대창, 활을 둘러메
고 앞을 다투어 모여들기 시작한다. 얼마 안 있어 200여명의 낭
도가 줄지어 서서 어린 소년 대장의 명을 기다린다.

연개소문은 천천히 높은 단위로 올라서서 여러 낭도들을 향하
여 주먹을 불끈 쥐고,

"여러 낭도들은 들어라. 오늘 파발에 의하면 수나라 수양제가
100만 대군을 이끌고 우리 나라에 침략하여 왔다고 한다. 벌써
저 만주의 요동성을 함락하고 압록강을 넘어 물밀 듯이 몰려오고

있다 하며 남쪽에서는 신라가 이 때를 놓칠세라 북진을 도모하고 백제 또한 우리의 변경을 어지럽히고 있다. 나를 따르는 동나음 낭도들이여, 우리는 이대로 앉아서 죽을 수는 없다. 더욱이 우리의 강토는 한 치도 남의 나라에 넘겨줄 수 없다. 저 기름진 만주 벌판도 우리 조상의 피와 땀이 엉켜있는 우리 선조 부여의 옛땅이요, 이 한반도는 우리 배달겨레 고조선의 강토가 아니더냐? 국가는 곧 나의 어머니요, 방파제다. 국가의 운명은 나의 운명과 같은 것이니 국가의 안위는 나의 삶의 안전과 행복을 좌우하는 것이다. 낭도 여러분! 우리는 모름지기 국가를 생각하기를 내 몸과 같이 생각하고 어떠한 어려운 경우나 어떠한 도전이라도 국가를 수호하여야 겠다는 굳은 각오를 가다듬을 때가 온 것이다."

하고는 잠깐 말을 멈춘다. 긴장된 순간이 잠시 흐르고 있었다. 대장 여러 낭도들의 동정을 살피다가 이윽고 우리의 작전 계획을 다시 지시한다.

"여러 낭도들이여, 오늘의 계획을 말하겠다. 우리 고구려 무사도 정신에 어긋난는 행위가 있을 때에는 엄히 군법으로 다스리리라. 그러하니 갑네의 동나음 낭도답게 떳떳이 싸우자! 우선 백호부대 기마대는 봉천산 능선을 타고 인화포로 하여 정포망산에 올라달려가 혈구산 산봉을 점령하고 모일 것이며 황용부대 보병대는 승천포(지금의 송해면 당산리)를 점령하고 호박골 능선을 타고 진격하여 고려산 오정으로 모여 백호부대와 합류한다. 고려산 오정(五井)에 모이는 시각은 정오를 넘으면 안 된다. 알겠나?"

명령이 추상 같다. 여러 낭도들은 손을 흔들어 군례를 하며 허리를 굽혀 충실히 명령에 따를 것을 맹세한다. 자! 지금부터 앞으로 전진! 대장의 명이 떨어지자 "와야" 하고 칼을 뽑아 높이 추켜들고 큰 소리로 외치며 남에게 뒤질세라. 백호부대는 말을 타고 황룡부대는 도보로 목표를 향하여 돌진한다. 대장인 연개소문은 비록 나이는 어리나 말타기에 명수라 말에 채찍을 가해 달리니 단숨에 봉천산 산봉을 향하여 치닫는다. 뒤따르는 낭도들은 대장에게 뒤질세라 힘을 다하여 뒤쫓으니 험준한 산등성이니 그들 앞에는 무인지경이라. 그들이 지나가는 자리에는 먼지만 자욱하게 줄지어 있을 뿐이었다. 이윽고 험준한 혈구산까지 정복하고 고려산 오정에 도달하였다. 백호부대가 오정에 다다를 무렵 황룡부대도 승천포를 점령하고 고려산 오정에 도달하였다. 백호부대와 황룡부대는 다같이 "와" 하고 환성을 울리고 침착하게 만세를 부른다. 아직도 정오가 되려면 한 시간이나 남아있다. 그 간에 낙오된 사람은 한 사람도 없다. 그들은 준비하여 온 점심을 나누어 먹고 잠시 오락을 즐기고 휴식을 취하였다. 그로부터 한 시 경이 지나자 대장 연개소문이 또 앞으로 나아가 다음 계획을 시달한다. 다음은 무술의 수련시간으로 한다. 멀리 활쏘기를 하고 다음은 힘 다루기로 씨름을 하고 그 다음은 말타기 수련 그 다음은 칼쓰기 수련을 한다. 그리고 그 다음은 잠시 휴식을 취하고 사냥을 하기로 한다. 사냥은 때와 곳을 가릴 것이며 특히 어린 짐승은 잡지 말 것! 시간을 끝마치는 시간은 해지기까지로 하고 모이는 장소는 치마대로 한다. 오늘의 저녁 식사는 사냥한 짐승 요리로 하기로 하자! 오늘은 저녁 식사를 마치고 야영 훈련을 하기로 하는데 그 계획을 거듭하며 몸을 단련하고 무예를 익혔음으로 그를 따를 만한 사람이 없을 정도까지 이르게 되었다. 연개소문은 15세에 아버지 태조(대대로)가 죽으니 그의 뒤를 이어 동나음현의 대인이 되고 그 후에 그의 용맹과 무예가 인정되어 동대부인으로 선발되어 고구려 북쪽 변경으로 가서 1000여리나 되는 장성을 쌓아 당나라의 침략을 막아내고 고구려 최고 지위인 대막리지가 되었다. 그 이름만 들어도 당나라에서까지 벌벌 떨었던 연개소문은 고려산 밑에서 무예를 익혀 우리 고장의 자랑이 되었고 이러한 명장의 피가 우리들 후세의 강화인들에게 애국충정의 바탕이 되어 면면히 흐르고 있는 것이다.

(05) 「고려산 오정」, 강화사13, 『강화사』, 재단법인 강화문화원, 1976, 924쪽

고려산 정상에 있으니 비록 우물은 다소 얕은 곳에 있다. 언제 파놓았는지 알 길이 없으나 전하는 말로 연개소문이 말에게 물 먹이던 우물이라 하여 온다. 항상 마르지 않고 있어 장수가 많이 탄생할 수 있는 산세라 하여 옛날 몽고의 산신이 이 우물에 올라가 보고 이를 눌러 버리려고 무쇠솟을 우물 속 깊히 박아놓았더니 샘물이 막혀버리고 재주 있는 사람이 드물게 생겼다는 것이다. 하나의 전설이로되 영제(寧齊) 이건창(李建昌) 선생도 이와 같은 전설을 말 하고 있었으니 신기한 이야기인가 한다.

(06) 「마지리(馬智里)」, 『지명유래집』, 경기도 문화공보담당관실편, 1987

조선시대 적성군 서면 지역으로, 지형이 마디처럼 생겼으므로 마디라 하였는데 발음이 변하여 마지로 되었다. 또 다른 설은 당의 장수 설인귀가 주월리에서 태어나 장성하여 용마와 갑옷, 투구, 칼을 얻은 뒤 적성 일 대에서 훈련하였다 하는데, 그의 말발굽이 이곳 마지리를 가장 많이 지나갔다고 하여 마제리(馬蹄里)라 하였는데 발음이 변하여 마지리가 되었다.

1914년 행정구역 폐합에 따라 마지리에 동면의 읍내 리·검상리의 각 일부 지역을 편입하여 그대로 마지리라 해서 연천군 적성면에 소속되었다. 그 후 1945 년 11월 파주군에 편입되었다.

(07) 「무건리(武建里)」, 『지명유래집』, 경기도 문화공보담당 관실편, 1987

조선시대 적성군 서면 지역이다. 옛날 설인귀가 이곳 산골짜기에서 무술을 연마한 곳이라 한다. 1914년 행정구역 폐합 때 그대로 무건리 라 해서 연천군 적성면에 소속되었다. 1945년 11월 파주군에 편입되었다.

(08) 「설마리(雪馬里)」, 『지명유래집』, 경기도 문화공보담당 관실편, 1987

조선시대 적성군 동면 지역으로, 당나라 장수 설인귀가 칠중성에서 태어나 이곳에서 말을 타 고 훈련했다 하여 설마치(薛馬馳), 또는 설인귀가 겨울에 눈이 쌓인 상봉을 거쳐 감악산봉으로 말을 달 려 무예를 쌓았다고 하여 설마리(雪馬里)라고도 하였다.

1914년 행정구역 폐합에 따라 설마동을 설마리 라 해서 연천군 적성면에 소속되었다가 1945년 11월 파주군에 편입되었다.

(09) 『고려사(高麗史)』, 권56, 地理志, 積城條

감악(紺岳)은 신라 때부터 소사(小祀)를 지내는 곳으로 삼았다. 산 위에 사우(祠宇)가 있어 봄·가을로 향과 축문을 내려 제사를 행하였다. 현종(顯宗) 2년에 거란병이 장단악(長湍岳)에 이르매 신사에 기치와 토마(土馬)가 있는 것 같아 거란병이 두려워하며 감히 앞으로 나아가지 못하였다. 이에 (사우)의 수리를 명하여 신사에 보답하였다. 민간에 전하는 말로 신라 사람이 당나라 장수 설인귀(薛仁貴)를 제사하여 산신으로 삼았다고 한다.

(10) 『고려사(高麗史)』, 권63, 禮志, 雜祀條

현종 2년 2월에 거란병이 장단에 이르렀을 때 눈보라가 사납게 일어나 감악산사(紺岳神祀)에 기치와 토마가 있는 것 같았다. 거란병이 두려워하여 감히 앞으로 나아가지 못하였으므로 소사(所司)로 하여금 이에 보답하는 제사를 지내도록 하였다.

(11) 『고려사(高麗史)』, 권58, 刑法志, 禁令條

충선왕 3년 4월, 감악산에서 제사지내는 것을 금지하였다. 이 때 귀신을 숭상하여 공경사서(公卿士庶)가 모두 친히 감악산에에서 제사를 지내고 간혹 장단을 지나가다가 익사하는 자가 있었다. 이에 헌사(憲司)가 상소하여 이를 금지시킨 것이다.

(12) 『동국여지승람』, 적성현조

감악사는 사람들이 말하기를 당의 설인귀가 산신이 되었다고 하는데 본조에서도 제사를 지내는 명산으로 기록되어 봄, 가을로 향축을 내려 제사지낸다.

(13) 『筆苑雜記』2, 徐居正, 『大東野乘』

문정공(文靖公) 이색(李穡)의 「정관음(貞觀吟)」 시에 다음과 같이 읊고 있다. '주머니 속의 미물이라 하잘 것 없다더니, 화살 맞아 눈이 빠질 줄 어찌 알았으리오.' 여기서 현화(玄花)는 눈을 말한 것이요, 백우(白羽)는 화살을 말한 것이다. 당태종이 고구려를 칠 때 안시성에 이르러 눈에 화살을 맞고 돌아갔다고 세상에 전하나 『당서』『통감』에 그런 사실이 실려있지 않고, 다만 유공권(柳公權)의 「소설」에 태종이 처음에 태종이 처음에 고연수(高延壽), 고혜진(高惠眞)이 발해(渤海)의 군대를 이끌고 40리에 걸쳐 진을 친 것을 보고 두려워 하는 기색이 있었다고 했으나 당태종이 눈을 다쳤다고 말한 적은 없다. 서거정은 이렇게 생각했다. 당시에 설사 그런 일이 있었다 하더라도 사관이 중국을 위해 사실을 숨겼을 것이니 기록하지 않았다 하녀라도 사관이 중국을 위해 사실을 숨겼을 것이니 기록하지 않았다 해서 이상할 것은 없다. 다만 김부식의 『삼국사기』에도 그런 기록이 없으니 목은(牧隱)은 어디서 이 이야기를 얻었는지 알 수 없는 노릇이다.

(14) 『世祖實錄』卷34, 10년 9월 2일 壬子條

권람(權擥)이 병들면서부터 오랫동안 나오지 않다가 이 때에 이르러 송악에 기도하러 집을 다 비우고 가서 수일 동안 머물렀다. 드디어 감악에서 기도하는데, 마침 풍우가 있었다. 세상에서 전하기를, "감악산신은 곧 당나라 장수 설인귀(薛仁貴)이다."라고 함으로 권람이 신에게 말하기를, "신은 당나라 장수이고, 나는 일국의 재상이니, 비록 선후가 같지 않더라도 세는 서로 비슷한데, 어찌 서로 궁박하게 굴기를 이와 같이 하는가?"라고 하였다. 무당이 신어(神語)를 말하는데, 노해서 "그대가 감히 나와 서로 버티는데 돌아가면 병이 날 것이다."라고 하니, 그 때 사람들이 이상하게 여기었다.

(15) 『星湖僿說』萬物編, 木弩干步, 李瀷

안시성·평양·패수 등지를 회고하면서 쓴 글에서 당태종이 안시성 싸움에서 눈에 화살을 맞았다는 고사

(16) 『關西樂府』, 申光洙

안시성·평양·패수 등지를 회고하면서 쓴 글에서 당태종이 안

시성 싸움에서 눈에 화살을 맞았다는 고사

(17)「天山詩」, 金昌翕

안시성·평양·패수 등지를 회고하면서 쓴 글에서 당태종이 안시성 싸움에서 눈에 화살을 맞았다는 고사

(18)『熱河日記』,「渡江錄」, 朴趾源

안시성·평양·패수 등지를 회고하면서 쓴 글에서 당태종이 안시성 싸움에서 눈에 화살을 맞았다는 고사

(19)「月汀漫筆」, 尹根壽,『大東野乘』권57, 민족문화추진회, 1982

안시성주가 당태종의 정예병에 대항하여 마침내 외딴 성을 보전하였으니 그 공이 크다 하겠다. 그러나 그의 이름이 전하지 않는다. 우리나라의 서적이 드물어서 그런 것인가? 아니면 고구려 때 사적이 없어서 그런 것인가? 임진왜란 뒤에 중국의 장관(將官)으로 우리나라에 원병나온 오종도(吳宗道)란 사람이 나에게 이렇게 말했다. "안시성주의 이름은 양만춘으로『당태종동정기(唐太宗東征記)』에 보입니다." 얼마 전엔 감사 이시발(李時發)을 만났더니 이렇게 말했다. "일찍이「당서연의(唐書衍義)」를 보니 안시성주는 과연 양만춘이었으며 그 밖에 안시성을 지킨 장수가 두 사람이나 있었다."

(20) 『涪溪記聞』

안시성주는 조그마한 외딴 성으로 능히 천자의 군대를 막아냈으니 세상에 보기드문 주략(籌略)일 뿐만 아니라 성에 올라 작별 인사 하는데 말에 여유가 있고 예의가 발랐으니 참으로 도를 아는 군자이다. 아깝게도 사서에 그의 이름이 전하지 않더니 명나라 때에 이르러 「당서연의(唐書衍義)」에 그의 이름을 양만춘이라 하였다. 어느 책에서 찾아냈는지 알 수 없으나 안시성의 공이 책에 빛나고 있다. 이름이 유실되지 않고 전해졌더라면 『통감강목(通鑑綱目)』이나 『동국사기(東國史記)』에 응당 실려 있어야 할 것이다. 어찌 수백년이 지난 후 『연의』에 나오겠는가? 믿을 수 없는 일이다.

(21) 「설인귀비가 감악산으로 옮겨간 까닭(1)」, [동두천설화1] 생연2 동 한약방, 1999.5.21., 조희웅, 조흥욱, 노영근, 박인희 조사. 이윤형, 남·76, 경기북부구전자료집1, 조희웅 외, 박이정, 299-301쪽

산은 저 건너 마차산이라고 있지. 왜 마차산이냐 하면은 저 아래가 끄트머리 가며은 거기가 그 말터고개라구 있어. 말터고개라구 있는데 거기다가 말을 타고 내리는 그 말턱을 맨들어났어. 하마석을 해났단 마량. 그 고개에서 내려오믄 그 여기 마차산에서 보인단 말야. 원래는 그 산이 마차산이 아니야. 그때는 무슨 산이라고 그랬는지 그저 높은 산이라고만 그랬는데 왜 마차산이 되었느냐 하면은 거기서 마차산에다가 어떻게 되었느냐 하면 설인

귀, 그래 설인귀래는 이가 어디서 낳았느냐 하면은 저기 저 적성 주원군이라는 데에서 낳아가지구 그리구 감악산에서 공부를 하다가 중국으로 건너가서 그 중국의 그 장수가 된 거야. 그 장수가 되어서 나중에 모국을 쳤어요. 그래 조선에서는 알아주지 않지. 그런데 원체 명장이다 보니까는 감악산에서 공부를 했으니까는 비석을 세우는데 감악산에다 안세우고 마차산에다 세웠단말야. 그랬는데 자기가 지위가 말하자면 청국이 대국인데 대국의 대장인데 소국의 장수들이 말타고 지나가는 거를 아니꼬아서 못봐. 그래서 말이 못간단 말야. 끌고는 가는데. 그래서 끌고 가다가 그게 마차산 비가 안보이는 데에서 말을 타고서는 간단 말야. 그래서 그게 습관이 되었단 말야.

그런데 함경도에서 무관이 말하자면 무과를 보러 오는데 날짜가 없단말야. 그래 인제 급해 가지구 말을 올라오는데, 내일이면 무과를 볼 텐데 오늘 저녁에 부지런히 이제 말을 타고 서울에 댈려구 가는데 말이 안간단 말야. 그래 왜일인지 모르고 이제 말을 때리고 성격이 괄괄하니까는 화가 잔뜩 났는데 해를 보니까는 해가 다 넘어갔단 말이지. 에 지나가다가 어떤 사람이, "아이 말을 내려서 가지 그걸 타구서 어떻게 가우?" 왜 말을 타구서 가느냐 말야 시간이 바쁜데. 말을 내려서 가라구. 여기 하마비가 있지 않느냐구, 그래. 그 이야기를 하니까 그 사람이 '왜 그러냐, 그 저기 설인귀비가 있는데 그 중국에서 장수 노릇을 한 사람의 비다. 근데 그 비석이 되이는 데에서는 말 타고 못간다.' 왜 그러냐구 그래. 그걸 알구서 화가 나니까는 가만히 보니까는 과거 하기도 틀렸구. 그래 가지구서 약이 바짝 올랐지. 그래 가지구서 그냥 칼을 가지구서 말 모가지를 댕경 짤랐어.(조사자: 자기가 타고 오던 거를?) 그럼. 댕경 짤라가지구 아 죽은 장수가 산 장수를 이길 수가 있느냐 말야. 거기가 어디냐구. 그래 이거를 밤이 어두워가지구서는 거기를 찾아 갔어. 쫓아 가가지구선 그 말피는 귀신이 싫어하거든. 그래 가지구 말 머리를 둘러메가지구선 거기를 올라갔어. 그래서 거기 올라가가지구 하는 얘기가. "그 죽은 장수가 산 장수를 못견디게 만드니 욕심이 너무 많아 이 말피나 실컷 먹어." 그래가지구선 말피를 비석에다가 실컷 발라줬단 말야. 그리구서 그냥 돌아갔어.

그런데 이제 그때 고 앞에 동네에 하봉암이라고 있어요. 거기 그때의 정승하는 사람이 있어요. 그 거이 그 사람에게 가서 그 지방에서는 벼슬 높이 하는 사람이 왕이야. 에 그 냥반에게 가서 현몽을 했는데, "내가 이렇게 욕을 많이 봤는데, 그걸 좀 어떻게 면해달라." 그러니까 "그 무슨 이야기냐?" 그러니까는 "말 피를 이렇게 갖다 발라났다구." 이에 되느냐구. 그래 가지구서 그 다음날 이제 종을 데리구서 거기를 올라가 보니까는 말 피를 갖다 비석에다 문질러 났단 말야. 그래 물을 길어다가 그걸 다 씻어줬어. 씻어주고 내려왔는데 한 이틀 있다가 또 이제 올라오래. 그래 와서는 이게, '아무래도 여기서는 있을 수가 없으니까 내가 얼른 피신을 해서 가야 할 테니 소를 좀 빌려달라구 하루만 쓰구서 돌려줄테니까 빌려달라구.' '그럼 그러라구.' 그랬는데 그 이튿날 안개가 꽉 껴가지구서는 날이 밝지 않는단 말야. 그 밖에 나가서는 왠일인가 하고 있었는데, 외양간에서 소가 끙끙하고 앓는 소리를 하고 그러더란 말야. 그런데 나중에 밖이 벍게 지는데 보니까는 해가 이만큼 올라왔어. 그래 소가 왜 그런가 하고 가서 보니까는 소가 그냥 땀을 쭉 흘렸더란 말야. 요 부근의 소가 다. 그래 이 말을 뿐 아니라 한 이 오리 안이 소들이. 그래서 이상하다구 이상하다구 그랬는데 나중에 여기서 보니까는 여기 서 있던 마차산 비가 감악산으로 갔다는 이야기야. (조사자: 제 발로 걸어서?) 그러니까 제발로 걸어갔다는 것이 아니라 소의 힘을 빌어서 끌고 갔다는 거지. 그래 소가 끌고 갔다고 해서 이제 마차산이 되었다는 거지.

(22) 「백포소장 설인귀」, [동두천설화2] 생연2동 한약방, 1999.5.21., 조희웅, 조흥욱, 노영근, 박인희 조사. 이윤형, 남·76, 경기북부구전자료집1, 조희웅 외, 박이정, 2001, 301-303쪽

(조사자: 설인귀는 태어날 때 어땠때요? 왜 옛날에는 장수가 태어나면 겨드랑이에 날개가 있네 그러잖아요) 글세 그런 걸 모르는데 설인귀가 그 사람이 주원리서 분명히 태어났어. 주원리 가면 설인귀 태어난 터가 있어. 그래 설인귀가 부잣집 아들인데, 그 노복 해서 한 백명 살던 큰 부잣집이란 말야. 근데 그 집에서 살다가 저, 말하자면 망조가 드니까 그게 불이 삼 년 동안 났어. 매해마다 집에 불이 나서 삼 년 동안 탔단 말야. 그런 다음에는 염병을 삼 년 동안 했단 말야. 그리구는 흉년이 들구 그 집 일이 모두 망그라지기 시작을 하는데 그래 그니까 부자가 다 망했어. 사람은 죽구 집은 타구 뭐 하는 바람에 다 망했단 말야. 그래 설

인귀 하나만 남았거든. (조사자: 다른 사람은 다 죽구?) 어 다 죽
구 노복들은 달아나고 그랬겠지. 다 죽은 것은 아니구. 그니까
할 수가 없어서 감악산 뒤에 갈 것 같으면 배우니래는 데가 있
어. (조사자: 배우니요?) 응 배우니. 배우니라는 데에서 자기 누
이가 시집을 가서 살아. 그래서 집이 없으니까 자기 누이네 집으
로 갔어. 그니깐 동생이 왔으니깐 멕여살여야 되지 않아. 그래
같이 있는데 아무것도 말두 않하구 일도 않하구 밥만 먹어대. 그
러니깐 이게 답답하기 짝이 없지 뭐야. 그리구 밥을 보통 많이
먹나. 장수니까 그러니깐 주는 대루지. 뭐 온전히 배가 고파서
못살지. 허허허. 그러니깐 밥 많이 먹구 일은 않하구 그러니깐
밉지 뭐야, 사람이. 미워서, '그 놈의 자식 어디 갔으면 좋겠다.'
그러고 있는데 어디 갈데가 있어야지. 그래도 이거 뭐 동생이니
까 어떻게 내쫓아도 가지도 않구. 밥만 먹고 잠만 자는 거야. 그
러니까 기운은 시니까 게 저그 감악산의 올라가니까 감악산 밑이
니까 감악산에 올라가서 밭을 갈라구 그랬어. 그래 밭을 갈라면
이제 소를 두 마리를 가지구 가서 인제 가는 거거든. 뭐 기운이
세니까 그 까짓 거 갈지 뭐. 그래서 이제 뭐 벼리르 해서 그게
보통 벼리를 지면 크지 보통 우리가 들어도 이렇게 크니까 그래
서 벼리를 해서 소 두 마리를 끌고 이제 올라가서 이제 멍에를
지구서 하는 것은 봤으니까 이제 밭을 가는 거야. 그런데 이제
호랭이가 득실득실 해 그 산에. 그래 호랑이가 으르렁대구 그 근
처에 댕기니까 아 소가 무서워서 밭을 제대로 갈아야지. 그냥 그
눈이 휘둥그래 해져서 그러거든? 그니까 밭도 갈 수가 없지. 그
래 호랭이가 으르렁 거리니까는. 그래 화가 나서 벼리를 내팽치

구서는 그 성에라구 그 길다래가지구서 굵은 나무에다가 한 두발 즘 한 서너 발 되겠다 그만한게 있어요, 그거를 벼리에서 쑥 빼가지구서 호랭이 때려잡으러 뒤쫓아갔단말야. 그래서 호랑이는 도망갔구 소는 호랑이가 으르렁거리니까는 다 도망갔구. 누이한테 가서 뭐라 그래. 호랑이는 도망갔구 소도 도망갔구.

그래 화가 나서 에이 이까짓거, 산에 올라가서 굶어죽던지 한다구 감악산에 올라갔는데 그때 그 나중의 도인이라구 그러지? 그래서 그 니가 인제야 일할 장소를 만났다구 그 도인이 데리고 가서 무술을 가리켰대는 거야. 게 무술을 가르켜가지구서 그냥 거지가 되가지구 중국에 들어갔는데 그때 마침 중국의 장수가 훌륭한 사람이 없어서 등용을 해가지구서 그 사람이 백포소장 설인귀가 된 거야.(조사자: 백포소장이요?) 응, 백포소장이란게 흰 옷을 입고 이제 전쟁을 했다 그래가지구서 백포소장이지.

(23) 「설인귀비가 감악산으로 옮겨진 까닭(2)」[동두천설화13]
    생연2동 한약방, 1999.5.21., 조희웅, 조홍욱, 노영근,
    박인희 조사. 홍성연, 남·69, 경기북부구전자료집1, 조
    희웅 외, 박이정, 2001, 316-318쪽

제가요 이제 감악산 밑에 숨박골이라는 데에서 살았는데 그 전설이래는게 뭐냐 하믄 감악산에 그 설인귀라고 하는 그 비가 하나 있었습니다. 설인귀라는 사람은 그대 그 장수였어요, 장수. 장사 그 옛날에는 그 대장이라고 하지 그 장사였는데 그래 그 사람이, 에이 얘기를 하면 긴데 길어두 되겠소? (조사자: 아유

괜찮습니다.) 그 인저 설인귀래는 사람의 비가 신적골 마을 부락 앞에 길 옆에 비가 서 있었는데, 일본 사람들이 저이 와가지구서 일본놈들이 그때 말으 타고 지나다니지 않았소? 그 말을 타고 그 앞을 지나가니까 말굽이 그 비 앞에 와가지구 네 굽이 이렇게 확 붙은 거야. (조사자: 땅에?) 어. 땅에 붙은 거야. 거 왜그러냐. 그 설인귀래는 비가 그 대장을, 그 내려서 가야 하는데 그게 그냥 그 앞을 그냥 가니까는 그 대장, 장수가 어른을 그냥 가니까는 괘씸하다 해서 말굽이 확붙으니까 그 일본놈은 어떻게 할 수가 없는 거지. 그게 안움직이니까 그 일본놈은 옛날에 칼을 차고 댕겼거든? 그러니까 일본놈들이 칼을 꺼내가지구서, "에이 괘씸하다." 하구서 말 네 굽을 짤라가지구서 에이 그 말이 꼼짝을 못하니까 그걸 잘라가지구서 비에다 걸어놓구서 꼼짝을 못하니까는 넘었는데, 그 설인귀래는 비가 피투성이가 되니깐 그 뭐야 챙피를 당한 것이 아니겠소?

그래서 그날 저녁에 부락 주민의 소 있는 사람의 꿈에 해몽하기를, "소를, 너 이 소 좀 빌려주라. 나좀 빌려다오." 그러니까 그럼 주인이, "갖다 쓰세요." 그러구선 아침에 나와보니까 소는 그 대루 있구 외양간에 있는 소가 그냥 땀을 쪽 흘리고 있는 거야. 그게 이상해서 이웃집의 소 있는 집에 가서 물어보니깐 거기두 그렇단말야. 거기두 소가 땀을 흘리구 꿈을 꿨대는 얘기야. 어 그리구 그 비는 감악산 상단으로 올라갔어요. 지 혼자 소의 힘을 빌어서. 어? 그래 그러니깐 전설 이야기를 하래니깐 하는 거야.

지 혼자 올라가가지구서 그 설인귀래는 비를 세워놓구선 감악산에서 결과적으로 유명해가지구서 서울에서두 어린애 못낳는 사람 기도를 하지 않습니까? 아이 글세 그때 당시에. 지금은 군부대 때문에 출입금지 지역이 되어서 출입을 못해요. 그렇지만 그때 당시의 서울에 애기 못낳는 사람이 설인귀 앞에서 얼마 기도를 드리구 참 옥동자를 얻었어요. 그리구 그 고마움을 어떻게 표시를 했느냐 하면은 그 설인귀라는 비가 그 비석의 갓이 없어요. 그래서 이제 갓을 참 깍아가지구 와서 거기꺼저는 거기서부터는 마차가 들어가지만 거기부텀은 들고 가야 하지 않습니까. 근데 둘이 들어도 꼼짝을 안하구 둘이 해도 꼼짝을 안하구 넷이 해두 꼼짝을 안하구 열이 해도 꼼짝을 안하는 거야. 이 갓이. 어 무거워서 땅에서 떨어지지두 않아. 그게 그날 저녁의 꿈에 해몽을 하기를 그거 산에 갈려면 지금도 그렇게 힘든데 여럿이 올라갈려면 길을 넓히구 이만큼 낭구를 치워야 올라 갈 것 아니요? 그런데 그렇게 복잡하게 올라갈 것 없다. 앞 뒤서 둘이만 목도를 해도 올라갈 것인데 그렇게 복잡할 것이 없지 않느냐? 그래 잠을 자구서 그 이튿날 둘이 목도를 하니까 그게 번쩍 들리더라 이거야. 그래서 그 어린애 못낳는 사람이 설인귀의 비를 그 갓을 해서 씌웠어요.

(24) 「이사 간 설인귀 비」, [적성면 설화3] 어유지리 노인정,
    1999.8.9., 조흥욱, 박인희, 조재현 조사. 정규운, 남·84,
    경기북부구전자료집1, 조희웅 외, 2001, 박이정, 540-541쪽

거 설인귀비가 어디에 서 있냐면은 저 설모치인가에 있었대요. 그런데 그 전 장수가, 그게 장수비거든, 그게. 그런데 한 장수가

그냥 그전 장수라면 지금 장수하고는 좀 다르겠죠. 그 장수가말을 몰고 지나가는데 그 비를 지나가려면 어느 장수든지 말을 내려서 걸어가는데, 이 장수는 채찍질하면서 지나가는데 거기서 말굽이 척 달라붙었다는 거야. 말이 뛰지를 못하고. 그래 칼로다 말을 목을 뽑아다 뿌리고 간거예요. 그 비가 욕을 먹었다고 해가지고, 거 뭐 노인제의 얘기지 뭐. 그래서 그 비가 내가 여기 있을 자리가 못 되겠다 아주 멀리 이사를 해야 겠다 그래서 거 감악산으로 올라갔대. 감악산 꼭대기 상산봉우리에 있습니다. 그 비가, 설인귀비라고요. 그런데 이 감악산 일대에 삼개 군 육개면이 있어요. 거 면에 소를 전부 끌어설랑은 밤에 신령이 뜰어설랑은 그 소힘으로 설인귀비가 저 설모치에 있던 게 그리 올라갔다는거예요. 그러니까는 혼을 빼서, 소의 혼을 빼서 그 소힘으로 올라간거예요. 소가 뭐야 이렇게 확실히 내가 가서 한 게 아니라 내 혼이 가서 그걸 끌어올린거야. 그 키도 보통 키가 아니야. 폭이 아마 이만은 할 거예요. 길이는 우리 길보다 손을 번쩍들어도 달 듯 말 듯 할거예요.

(25) 「영험한 설인귀비」, [적성면설화4] 어유지리 노인정, 1999.8.9., 조홍욱, 박인희, 조재현 조사. 정규운, 남·84, 경기북부구전자료집1, 조희웅 외, 2001, 박이정, 541-542쪽

거 군인이 쓰러뜨려가지고 대위가 금방 죽었다는 거예요. 그래 다시 세웠다는거예요. 그 비가 25사단 연대장이 그 비가 귀찮으면은 이리 굴려라, 그랬거든. 그래 쓰렸뜨렸단 말이야. 그러자 한 일

주일 있다가 연급 권총대위가 있는데 권총으로다가 사격이 있어서 쏘는데 이게 총알이 안 나가더래는 거야, 이게. 그럼 왜 안나가는 거야 하나가 자기가 맞아 죽은거야. 그냥. 그리고 지금도 있는지 모르겠지만 호랑이가 나와서 비를 굴려놓고는 사병들이 거기를 얼씬도 못하는 거야. 그러던 찰나에 그렇게 되니깐 그때 사단장이 와서 묻는 거야, 왜 이런 일이 있는거냐고. 거 난 얘기듣기로는 감악산에 있는 비를 굴렸다면서. 그게 어느 장군 비인데 그걸 내려 굴려. 그러면 어떻게 했으면 좋겠냐. 그래 다시 세워놓고 고사를 지내. 그래가지고서 사단장이 큰 돼지 잡고 다시 그걸 아주 잘 해놨어요. 지금. 거기 그 설인귀비라는 게 하나 있다고요. 여기서 보면은 산꼭대기가 보이는데 비는 잘 안 보이죠. 머니까.

(26) 「설인귀 전설」, [적성면설화5] 율포리 노인정, 1999.2.9., 조흥욱, 박인희, 조재현 조사. 조팽기, 남·65, 경기북부구 전자료집1, 조희웅 외, 2001, 박이정, 542-543쪽

그리고 한 유래를 내가 가만히 얘기하자면은 요 아래 주월리라는 동네가 있는데 거기서 설인귀장군이 출생한 자리여. 그 양반이 이 훈련을 할 때, 어떻게 했냐면은 그 주월리에서 이렇게 올라오면서 이 율포리 전배미, 전암동 앞으로 지나가면은 석벽이 이렇게 서 있는데 거기 굴이 이렇게 뚫려 있어요. 거기서 그 용마가 나와서 그 용마를 타고서는 백운리에, 백운동이 있거든 요기에. 그 동네를 가니까는 어느 농부가 밭을 갈더라 말이야. 그 농부가 밭을 가는데 기기 생기에 걸쳐서 나오는 것이 궤짝이 나

왔는데 그걸 열어보니까는 거기 갑옷, 투구가 있어가지고서 그 그것을 그 양반이 입으시고 거 사태봉이라는 데에 더럭바위가 있어요. 거기 가니까는 이 검을 거기서 훈련을 하셨어요. 그 양반이. 그래 감악산에 설인귀장군의 비석이 있고 설인귀 굴이 있었요. 내가 어려서 정말 초등학교 몇 학년 때 거기 올라가 봤는데, 그래 이렇게 굴을 들여다 보니까는 그냥 하얀 백사장이 내려다 보이는데 거기서 그냥 바람이 이리 치고 올라와요. 어디가 통풍이 되어서 올라오는데 그런 것도 내가 본 사람이여. 이게 설인귀 장군이 그러니깐 고구려 장군이더라구 보니까는. 저기 주월리에서 그러니깐 집이 주월리니까는 그 양반이. 주월리에서 인제 정말 말을 타고서는 무건리로 댕기셨어요. 그 훈련장이 무건리야, 그 양반 훈련장 이름이. 근데 마지리로 해서 이렇게 올라가는 거야. 그래서 마지리 동네가 그 지금 마지리가 신마지리, 구마지리가 이렇게 있는데, 말을 타고 댕겨서 거기가 마지리라고 했대는 거예요. 거기가. 그런 역사를 내가 좀 알고 있었요.

(27) 「설인귀 이야기」, [화현면설화10] 화현3리(영신) 노인정, 2000.1.18., 조흥욱, 박인희, 조재현 조사. 최재수, 남·66, 경기북부구전자료집2, 조희웅 외, 박이정, 2001, 502-507쪽

(조사자: 옛날에 유명한 장수 얘기 같은 거 아세요? 싸움 잘하는?) 설인귀 얘기가 있지. (조사자: 설인귀요?) 응. (조사자: 설인귀 얘기 하나 해주세요.) 그거는 이름이 설인귀라고 하는데, 현

귀라고 했었지. (조사자: 현귀요?) 응. (조사자: 왜 현귀라고 했나
요?) 이름을 바로 가르쳐 주면은 죽거든. 자기 이름을. 그래 변명
을 한 거지. 이름을 밝혀 잡히면은 죽거든. 그래 변명을 한거야.
그래서 현귀라고 한거야. (조사자: 설인귀가 특별한 인물이었나봐
요?) 그럼, 옛날에 우리 나라에서 유명했어요. 왜냐하면은 설인귀
가 조실부모 했는데, 이 설인귀가 큰아버지한테 밥을 얻혀 먹고
살아. 근데 한 일곱 살 적에 조실부모 했어. 근데 큰아버지가 데
리고 있는데 큰아버지네가 살림이 넉넉했어요. 근데 큰아버지 없
을 때 밥을 먹이는데 밥을 한 그릇 가득 주는데도 남이 알다시
피 설인귀가 밥을 많이 먹으니까는 남들이 보기에는 밥을 굶기는
거라고 생각해. 항상 배가 고프다고 하니까는. 아 밥을 이렇게
많이 담아 주어도 만족을 못하고 배가 고프다고 그러는 거야.

　하루는 이놈이 나가서 얘기를 했더니 그래 '너 그러면은 밥을
얼마를 먹어야 양이 차겠냐?'고 물었더니, '나는 밥을 아마 서너
말은 먹어야 양이 차는데, 아 근데 큰아버지네가 밥 한 그릇 가
득 담아 주어도 그게 양이 차겠어.' 그래 이 놈이 내 양 껏 밥을
먹을 수 없으니까는 나가서 대추나무에 목을 매달았어. 목을 매
달았는데 중이 오더니 이렇게 보니까는 사람이거든. 그래 배랑을
풀어놓고서 사람을 나무에서 풀어 놓은거야. 우선 사람을 살려야
하니까는. 배랑을 벗어 놓고서 나무에 올라가서 줄을 풀었어. 근
데 아직 숨은 끊어지지 않았어. 아직 살아 있는 거야. 그래 내려
와서 주인을 불러가지고서 나는 아무 절에서 온 대사왔는데 이
보따리 좀 맡겨 주소 그래 이 양반은 조카가 죽었는지도 나무에
매달렸는지도 모르고 내다도 안 봐. 소리만 지르고 '알았다.' 하

고 내다도 안 봐. 그래 이 중이 조카를 업고서 간거야. 그래 절에 갔는데 중이 이놈을 살렸어요. 이놈을 살려가지고서 하는 말이 '너는 왜 죽을려고 했느냐?' 하니까는 '예, 저는 일찍 조실부모 해가지고서 백부한테 얹혀 살았는데 밥을 뭐 한 그릇 가득 주는데 그건 성에 안 차고 내가 배가 고픈 것을 참고 연명하던 얘기를 했더니 큰아버지한테 했더니 큰아버지가 야단을 쳐고 그래서 내 신세는 죽어야겠다고 생각하고 자살을 할려고 했다.'고 하니까는 '거참 그렇구나, 너 참 불쌍하구나.' 아 옛날에도 나라에서 낭터러지에서 나라에서 다 대줬어요. 또 인제 얻어 먹다보니까는 그걸 나중에 중이 하는 말이 '야, 내가 이 재산 가지고서는 인제 너를 먹일 수 없구나.' 그래 한 끼에 서 말을 다 먹으니 먹일 수 있어야지. 그래 중이 하는 말이 '내가 네가 장성할 때까지 너를 데리고 있을려고 했더니 너를 제대로 먹일 수가 없어서 너를 못 데리고 있겠다.' 그래 너를 먹일 수 없으니까, 그만 떠나가라고 그래가지고서 인제 정처없이 떠나가는 거야. 떠났어. 그냥 바람따라 가는거지 뭐.

　그래 인제 가다 보니까는 배는 고프고 그래 밥을 사먹을 때가 있어, 돈 한 푼이 있어, 얻어 먹을 때가 있어. 그래 얻어 먹어봤자 밥 한 두 그릇이 양에 차기나 해야지. 그래 어디를 가다 보니까는 큰 대갓집을 짓고 있어. 그래 지금으로 말하면 장관집이야. 큰 대갓집을 짓는데 사람이 수십 명, 수백 명이 집 짓는 일을 하고 있는 거야. 근데 큰 나무고 돌멩이고 그 무거운 것을 들고 그러는데 그때가 점심 시간이더래. 쑥 들어가니까는 밥들을 먹는데 일을 하고 나서 술도 먹고 그러니까는 밥이 안 먹히겠지. 그래

먹고 있는데 그래서 밥 좀 먹겠다고 하니까는 그래 밥을 먹으라
고 밥을 먹으라고 하고 함지박에 있는 밥을 먹다보니까는 그걸
다 먹어버리고 말았어. 다른 사람들이 먹고 있지 않으니까는. 그
래 어른들이 먹지도 않은 밥을 다 먹어버리니까는 혼자 다 먹었
다고 야단을 치는 거야. 그래 안 먹는 밥을 다 먹은 거지 먹고
있는 밥을 뺏어넉은 것은 아니라 말이야. 술 먹다 보면은 이것
저것 먹게 되니까는 거진 사람들이 밥을 안 먹은 거야. 그래 거
기에 있던 나이 많은 사람이 하는 말이 '너 여기서 밥을 다 먹
었으니 여기서 일을 시켜보자고' 일을 시켜보는데 저기 산골짜
기에서 나무를 지어 왔는데 여러 사람이 지어도 들지 못하는 나
무를 혼자 번쩍 들어올리거든. 네 개를 둘 씩 나누에 옆에 끼고
번쩍 들어 올리는 거야. 그게 아주 장사지 힘이 센 장사. 밥 값
을 확실히 한거지. 그러다 보니까는 거기서 혼자 4인분을 하는
거야. 그래 밥을 4인분을 먹어도 되는거지. 근데 원래 밥을 서말
을 먹는데 함지박 하나 가득이 성에 차겠어. 밥을 서말씩이나 먹
어야 되는데 그게. 그래 근데 그것도 나이 많은 사람이 얘기를
해서 된거야. 젊은 사람들은 그 놈의 새끼 밥만 다 쳐 먹었다고
쫓아 내라고 난리를 치는 것은 나이 많은 사람이 얘기 해서 그
나마 일을 하게 된거야. 그래가지고서 거기서 힘든 일을 며칠동
안 다 했어. 그랬더니 거기에 있던 힘든 일이 다 하고 간거야.
그랬더니 대감이 부르는 거야. 어떤 친구인지 힘든 일이 혼자 다
했는데 그냥 보낼 수는 없지 않느냐. 그래 대감이 불러가지고서
돈을 몇 푼 준거야.
　　그래 이 사람이 들어갔는데 그 돈을 가지고 가는데 정 배가 고

프면은 그 돈으로 사 먹을려고 돈을 가지고 가는데, 한 얼마쯤 가
니까는 대갓집이 있는데 비는 퍼붓는데 갈 데가 없으니까는 그 집
에 들어선거야. 그래 그 대문 곁에서 하루 쉬어가려고 하는데 거
기서 못 자게 펄쩍 뛰는 거야. '아, 우리 집에는 거지 나그네는 필
요 없다고.' 여기 우리 집 대문에서 잘 수 없다고 그래. 근데 그
대문 옆으로 마구간이 있었나 보지. 그 마구간에서 자려고 한 거
야. 근데 그 대감 집에 예쁘장한 딸이 있었나봐. 그래 그 예쁘장
한 딸이 대문을 열고 쓱 보니까는 그 딸이 사람의 관상을 알았던
지 말이야. 그래 가지고서 인제 그 여자가 아버지에게 하는 말이
나는 저 남자한테 시집을 가고 싶은데, 저 사람하고 살고 싶은데
하니까는 아버지가 그게 무슨 말이야 하고 펄쩍 뛰는 거야. 그래
이 딸이, '사람은 옷이 날개입니다. 없이 살아서 저런 거지 인물은
기가 막힙니다.' 그래 그 여자는 이미 알고 있는 거야. 천생 배필
이거든. 그래 나가서 예전에 시집갈 때 해가려고 한 옷이 있어서
그걸 가지고 나가서 저녁에 자기 아버지 몰래 어머니에게만 말해
놓고서 목욕을 딱 시켜 놓고 옷을 입혀 보니까는 그래 그게 그렇
게 기가 막힌 남자 없거든. 그래 옷이 날개란 말이 딱 맞는 거야.
참 기가 막힌 거야. 그래 이 여자가 어머니한테 보인 거야. 그래
어머니가 하는 말이 '그래도 그렇지 이년아, 어디 시집갈 때가 없
어서 대감의 딸이 거지한테 시집을 가냐?' 하는 거야. 그래 인제
그 사람이 거기서 하룻밤을 자고 났는데 그 옷을 인제 입고 나갈
수는 없으니까 영감을 내다도 안 보는 거야. 나중에 영감이 얘기
를 하는 거야. 철원이 고향인데 딸도 죽이라는 거야. 그래 마누라
가 영감한테 얘기를 해버린 거야. 마누라가. 아무개가 이런 놈이

라고 그래 아 그년 당장 주이라고 그래 거기에 우물이 있어요 파먹는 우물이 있는데, 거기다가 딸을 빠뜨려 죽이라는 거야. 그래 그러니 아버지가 죽이라고 하니까는 이놈은 겁이 나니까는 얼른 나를 따라오라고 약속만 해 놓고는 멀리 도망을 간 거야. 그래 색시가 올 때만 기다리고 있는 거야. 먼발치서 쳐다만 보고 있는 거지. 그래 딸을 우물에다 집어넣을 수는 없으니깐 하인더러 우물에다가 돌을 집어넣고 대성통곡을 하시오 한 거야. 그래 우물에 돌을 집어넣으니 풍덩 소리가 나는 거야. 그래 영감이 쳐다나 보나 방에 앉아서 소리만 듣고 나오지도 않는 거야. 그래 돌을 집어넣고 대성통곡을 하니까는 영감이 당장 우물을 메워 버리는 거야. 그래 바로 메워 버렸잖아. 그래 인제 확인을 할 수 없게 된 거야. 그래 여자는 남편을 쫓아 간 거야. 어머니께 '오래 오래 사세요.' 인사드리고 바로 남편을 쫓아 간 거야. 그래 여자랑 설인귀랑 같이 살게 된 거야. 그래 그때 나이가 몇 살이냐면 한 열한 살 정도였는데 그때 정처 없이 쫓아가는데 산골짜기에 가서 설인귀가 여자한테 '이게 내 집이요.' 했는데 그 골짜기에 바윗돌이 있는데 말이야. 바윗돌을 들쳐 내고 들어가더래. 그래서 인제 문을 열고 들어가니 큰 기와집이 있더래. 그래 먹을 것이 이렇게 쌓여 있더래. 없는 게 없이 먹을 게 다 있더라는 거야. 쌀이고 뭐고 다 있어. 그래 첫날밤에 냉수 떠 놓고 목욕을 하고 대례로 맞절을 하고 혼인을 맺은 거야. 그래 저녁에 자기 전에 그러는 거야. '나는 당신하고 만날 적에 오늘 만나면 한 십 년 후에 다시 만나게 될 거요.' 한 십 년. 한 십 년 후에 만나게 되는데 나라에 전쟁이 벌어져서 거기에 참석하다 보니까는 한 십 년이 걸릴 테니까는 거 내가 십 년 넘어서도 안 돌아오면은 내가 죽은 줄 알고, 그 안에는 생각지도 말고 찾지도 말아라, 그러는 거야. 근데 이 사람이 옛날에 공자 같은 사람이야. 그래 배울 새가 어디 있었나. 그냥 다 배우지 않고도, 활을 연습할 시간이 없어도 다 잘 할 줄 아는 사람이야. 그래 천재로 태어난 거야. 활을 쏘는데 말이야. 그래 나는 내일 떠날 테니까는 나를 찾지 말라고 하고서는 하룻밤을 잤어. 자고 났는데 없더란 말이야. 하룻밤 부부의 정을 맺고 잔 것이, 그날 저녁에 잔 것이 임신이 되었어. 그래 그런데 그걸 자기도 모르고 그냥 하룻밤만 자고 나간거야. 그냥 나간거야. 정처 없이. 부부의 정을 하룻밤만 모르고 나간 거지.

떠나갔는데 전쟁을 하다 보면은 그냥 말이 용마가 말이야. 딴 때는 말을 안 듣고 제멋대로 가거든. 근데 이 용마가 더 잘 알더래. 그러니까는 용마야. 그래 왕이 붙잡혀서 항복을 받았더래. 그래 용마는 용마야. 그래 왕이 설가라니까는 설인귀입니다. 그런 거야. 그래 그때에 가서야 임금한테 이름을 말한 거야. 그 동안에는 이름을 바꾸어서 밝히지 않고 있다가. 그때 가서야 설인귀를 설인귀라고 한거야. 그래 나라에서 싸움에 이겼으니까는 땅을 말이야 나라에서 이겼으니까는 땅을 준거야. 그래 잘 되었으니까는 부모형제를 만나야 할 거 아니야. 그래 그 땅의 왕이 된 거니까는.

그래 그 큰 아버지 댁에 간 거야. 백부 댁에 간 거지. 갔는데 자기 아버지 산소도 거기에 있잖아. 그래 그때만 해도 잘 사고 있던 백부가 그 집에 가니까는 집은 다 망해서 오막살이 하나 짓고 살고 있고 조그만 집을 짓고 어렵고 살고 있는데 말이야. 그래 아버지 산소를 갔는데 그 산소가 십 년을 묵었어. 그 큰아버지가 나빴지. 형제지간에 산소 좀 깎아 주었으면 좋았지만 그 큰아버지가 산소를 돌봐 주지 않았어. 그래 십 년을 아무도 손을 보지 않은 산소인데 누가 와서 산소를 돌보니 이상하단 말이야. 그래 동네사람들도 다 뭐라고 하는 거야. 아들이 죽은 줄로 다 알고 있는데 저럴 리는 없다고 다 이상하게 생각하는 거야. 그래 이 사람이 아버지 산소에 가서 절을 하고 백부를 찾아갔어. 그래 백부는 하얀 백발이 다 되었어. 절을 올리고 '제가 설인귀입니다.' 한 거야. 그래 큰아버지는 깜짝 놀랐지. 죽은 줄만 알았는데 그때 괄시하고 내보냈는데 이렇게 살아서 돌아오니까는. 그래 고향에 갔다가 다시 말을 타고 자기 집으로 간 거야.

가가지고서 가는 도중인데 말을 타고 집으로 가는데 한 열 살 먹은 녀석이 활을 쏘는데 쏘는 화살이 백발백중하는 거야. 그래 자기 아들인 줄도 모르고 '저 어느 집 자식인지 활을 나만큼 잘 쏘는구나.' 하고 생각한 거야. 그런데 자기 집에 찾아가는데, 이 설인귀가 말을 타고 가는데 이 활을 쏘던 녀석이 보니까는 누구, 자기 집으로 가니까는 이상한 거야. 그래 활을 쏘다 말고 쫓아오는 거야. 그래 설인귀는 그 애가 자기 아들인 줄도 몰랐지. 그래 대문에 와서 문을 여니까는 주인을 부르니까 자기 엄마가 그랬던 거야. 누가 오면은 절대 문을 열어주지 말라고 그리고 들여보내지도 말라고 그랬던 거야. 그런데 딸이 있었는데 하룻밤 잔 것이 그래 남매를 쌍둥이 남매를 난 거였어. 하나는 남자고 하나는 여자를 낳았는데 생전 한 번도 본 적이 없는 아버지가 설인귀라고 얘기를 해줬었거든. 예전에 아들한테도. 그래, 내가 설인귀인데 어머니 계시냐고 물었더니 있다고 했대. 당신의 뭐냐고 물었더니 엄마라고 그런 거야. 그래 자기도 그 애들이 자지의 아들 딸인 줄도 모른 거야. 그래 여자가 나와서 말하는 거야. 설인귀 라는 내 남편은 하룻밤을 잤을망정 표시가 있단 말이야. 그래 설 인귀한테 겨드랑이에 점이 있었던 모양이야. 그래 하룻밤을 잤을 망정 그 점을 표시했었나봐. 그래 그런 얘기를 하면서 그 사람한 테 옷을 한번 벗어 봐라 한 거야. 그래 벗어보니 그 점이 있는 거야. 그래 그때 자기 남편인 것을 안 거야. 그래 설인귀가 이 애들은 뭐냐고 하니까는 당신하고 냉수 떠 놓고 하룻밤 잔 것이 쌍둥이를 낳았다고 한 거야. 그래 아내하고 아이들하고 다 만나 거 아니야. 그래 가족 상봉을 했지. 그래가지고 인제 장인 장모 를 만나 보려고 다 간 거야. 그래 다 가보니 그때도 장인 장모가 다 늙었었는데 지금까지 살아 있겠어. 근데 그때까지도 다 살아 있더래. 그래 장인 장모 다 만나고 다 인사하고 거기 가서 잘 살 더래.

· 저자 ·

권도경　　· 약　력 ·

이화여자대학교에서 국어국문학박사학위를 받고, 한국학술진흥재단 기초
학문육성 프로젝트를 책임급 연구원으로 선문대학교 중한번역연구소에서
2002년 12월부터 2004년 9월까지 수행하였으며, 역시 한국학술진흥재단
학술연구교수 프로젝트를 동의대학교에서 2004년 10월부터 2005년 8월
까지 수행하였다. 『조선후기 전기소설사의 전변과 새로운 시각』이라는 책
으로 '2005년도 문화관광부 선정 우수학술도서'에 선정된 바 있다.

· 주요논저 ·

『선진일사』(공저, 이회, 2003), 『설월매전』(공저, 이회, 2003), 『춘향전 연
구의 과제와 방향』(공저, 국학자료원, 2003), 『홍루몽 上』(공저, 이회,
2004), 『홍루몽 下』(공저, 이회, 2004), 『조선후기 전기소설사의 전변과
새로운 시각』(보고사, 2004), 『문학비평용어대사전』(공저, 문화관광부,
2005)등이 있다.

외 다수

한국학술진흥재단 등재등재후보지 수록 논문으로는 「정생전의 서사구조
적 특징과 18세기 전기소설적 의미」(2001), 「김기의 문학세계와 작가의
식」(2002), 「빙허자방화록 연구」(2002), 「포의교집의 애정갈등과 비극성
의 정체」(2002), 「안생전의 창작 경위와 이본의 성격」(2002), 「백운선완
춘결연록의 작품세계와 변심테마의 소설사적 맥락」(2002), 「설월매전의
장르적 전통과 영웅소설적 성격」(2004), 「근대 이행기 한문소설 포의교
집에 나타난 여성의 몸」(2004), 「홍랑전의 구성적 특징과 소설사적 의
의」(2005), 「장보고 구비 전설에 나타난 인물형상화 방식과 기술태도에
관한 연구」(2006), 「「黃生傳」의 서사 갈등의 양상과 양식적 특징」
(2006), 「송징 전설의 형성 과정과 계열 분화에 관한 연구-장도 당제
계열과 고려 삼별초 장군 계열에 나타난 송장군 전설과의 관련성을 중
심으로」 (2007), 「장보고 구비 전승의 변동 단계와 그 현재적 맥락」
(2007), 「설인귀 풍속신앙 전설의 서사구조적 특징과 전승의 역사적 변
동국면」(2007), 「<황생전(黃生伝)에 나타난 김기의 북벌론에 관한 연
구」(2007) 등이 있다.
(thtjsh@naver.com)

고구려·당나라 전쟁 관련 문학에 나타난
한·중 역사인식에 관한 비교연구

• 초판 인쇄	2007년 8월 31일
• 초판 발행	2007년 8월 31일
• 지 은 이	권도경
• 펴 낸 이	채종준
• 펴 낸 곳	한국학술정보㈜
	경기도 파주시 교하읍 문발리 526-2
	파주출판문화정보산업단지
	전화 031) 908-3181(대표) · 팩스 031) 908-3189
	홈페이지 http://www.kstudy.com
	e-mail(출판사업부) publish@kstudy.com
• 등 록	제일산-115호(2000. 6. 19)
• 가 격	16,000원

ISBN   978-89-534-7415-4 93810 (Paper Book)
        978-89-534-7416-1 98810 (e-Book)